NARRATORI DELLA FENICE

Titolo originale:
L'enragé

In copertina: fotografia © Logan Zillmer / Trevillion Images
Progetto grafico: *the*World*of*DOT

ISBN 978-88-235-3440-7

Gruppo editoriale Mauri Spagnol
www.guanda.it

SORJ CHALANDON
LA FURIA

Traduzione di Silvia Turato

UGO GUANDA EDITORE

A tutti coloro
che creparono di noia a scuola,
che in famiglia dovettero piangere,
che durante l'infanzia
furono tiranneggiati dai maestri
o
picchiati dai genitori

io dedico questo libro

Jules Vallès, *Il ragazzo*

1

La Tigna

11 ottobre 1932

Sono tutti a testa bassa, col naso nelle ciotole per cani. Mangiano, lappano, risucchiano la sbobba senza fiatare. È proibito, a tavola, fiatare. Il refettorio dev'essere in silenzio.

« Silenzio, chiaro? » sbraita Chautemps per impressionare i nuovi arrivati.

Tranne che a ricreazione, ogni minima parola è punita.

Il capoguardia vieta anche gli sguardi.

« Ve lo leggo negli occhi, teppisti. »

L'ex sottufficiale cammina tra i tavoli, strizzato nella sua uniforme blu.

« Lo vedo quello che avete in mente. »

Il suo berretto da guardia in mezzo alle nostre teste rasate. Moysan, Trousselot, Carrier, l'Ape, Malo Piccolo, anche Soudars il capobanda, tutti con la testa incassata tra le spalle. La nostra truppa di delinquenti sembra un esercito sconfitto.

« Siete dei depravati! »

Colpisce un tavolo con il cappello decorato. Mi arriva vicino.

« Tigna, occhi bassi! »

Io sostengo il suo sguardo.

Sta per arrivare il colpo. Lo so.

Lui si schiarisce la gola. Segno che è arrabbiato.

« Tigna! »

Nessuno può chiamarmi così. Mai. È il mio nome di battaglia, guadagnato a forza di denti rotti. Solo io posso usarlo.

Io lo rivendico e gli altri lo temono. Nessun detenuto, nessuna guardia, neanche Colmont il direttore, può usarlo. «Tigna» è la mia matricola e la mia rabbia. Il mio campo dell'onore.

Chautemps si avvicina. Sono seduto in fondo alla panca, quinto della mia fila. Vedo solo schiene curve. In prigione i detenuti siedono uno di fronte all'altro, e parlano come al ristorante. Ma qui, alla Colonia penale di Haute-Boulogne, ci mettono di spalle, una schiera di nuche col divieto di girarsi.

«Guarda il piatto!»

Una gamella di latta.

Nella Mayenne i maiali mangiano in quello stesso metallo. Lo sfido. Un sorriso cattivo.

«Il trogolo, vorrai dire.»

Senza una parola, la guardia afferra la brocca ammaccata che ho davanti e me la lancia in faccia. Una sberla di metallo. La caraffa mi colpisce lo zigomo. Sono zuppo. E adesso eccolo Chautemps, un imbecille a braccia penzoloni, che non sa cosa fare.

Quando mi ha detto di abbassare gli occhi, ho afferrato la forchetta, un rebbio mancante, gli altri tre molto affilati. Fare male. La guardia ha visto il mio gesto.

«Guarda il piatto!»

Gli salto alla gola. Quel maledetto è grosso. È alto quanto me, pesa quanto me, ma io ho diciott'anni e lui cinquanta. Un animale che attacca il padrone. E lo travolge. Lui perde l'equilibrio, mani all'aria, e cade sulla schiena, battendo forte la testa a terra. Io gli sono già addosso, a cavalcioni, attaccato al collo della sua uniforme. Urlo, gli occhi nei suoi. Gli schiaccio la gola con il braccio. Tiro fuori la lingua. La faccio roteare. Un cane che lappa.

«È questo un depravato, signore?»

Le nostre fronti vicine, la sua paura, la mia gioia.

«Rispondi, è questo un depravato?»

Dal fondo del refettorio le guardie accorrono urlando. Le loro suole chiodate sul cemento. Raccolgo il berretto di Chautemps, e me lo calo fino agli occhi senza mollare la preda.

Lui il detenuto, io la guardia.

«Non fare lo scemo Tigna! Lasciami!»

La sua voce strozzata. I suoi occhi impazziti. Il suo viso quasi blu.

I tre agenti si lanciano su di me, io mordo la mia vittima. Gli addento il collo. Il banchetto del lupo. Ma la cotenna di un uomo resiste ai denti guasti. È elastica, dura, non si lascia strappare. Non ho carne in bocca. Solo il sapore del sangue. A suon di manganellate, la mia mascella rinuncia. Ho un branco di guardie sulla schiena. Mi fanno alzare, mi ammanettano. Un agente mi colpisce la nuca con il nervo di bue e mi sputa in faccia.

«Bastardo, muoviti!»

Tremo. Tutti tremano. Due colpi di fischietto.

Il refettorio che mormora è richiamato all'ordine.

È finita. Sto per essere rinchiuso in cella di punizione, condannato a pane e acqua. O trascinato in pretorio e spedito a Eysses.

«Se continui così, finisci a Eysses!»

Il penitenziario dei furiosi. La peggiore delle minacce.

Soudars il capobanda c'è rimasto tre anni, prima di finire qui. Non raccontava nessun dettaglio riguardo a quel soggiorno, ma lo ostentava. Era il suo distintivo da duro. In realtà il suo sonaglino da bebè. Soudars era troppo delicato per la spietata struttura di Villeneuve-sur-Lot. L'amministrazione penitenziaria l'aveva trasferito a Belle-Île per buona condotta.

Il capoguardia si siede dolorante. Riprende fiato, con un braccio attorno alle gambe piegate. Non l'ho mai visto così spaventato. Lui che dice di essere il cugino di Camille Chautemps, il presidente del Consiglio, sembra un bambino caduto dalla bicicletta. Lo sguardo è perso. Il collo sanguina. Ho ancora il suo berretto da guardia in testa.

Un agente me lo strappa di dosso.

*

Ambroise Chautemps si fermò accanto a me, in tutta la sua imponenza, a braccia incrociate. Si schiarì la gola. Mi sfidava, mento alzato e sguardo torvo.

« Guarda il piatto! »

Il capoguardia conosceva le mie crisi. I miei deliri, come li chiamava lui. Ne avevo parlato col medico. E questi gliel'aveva riferito. Sognavo di uccidere per non doverlo fare. Mi lasciavo ispirare e immaginavo di passare all'azione. Le urla, gli sguardi, la paura. Mi ascoltavo picchiare. Un ciuffo di capelli strappati, un orecchio schiacciato da un pugno. Sentivo il sapore del sangue in bocca, il salato, il metallico, e la nausea. Le lacrime degli altri sulla lingua. Dopo una tale abbuffata di rabbia, avevo freddo, tremavo. Provavo paura. Senza muovermi dalla panca, senza alzare un dito, senza spostare gli occhi dalla gamella, avevo già ferito un detenuto, ucciso una guardia, distrutto il refettorio, fatto evasione.

Questa volta, invece, avevo divorato Chautemps.

Respiravo forte, la mano che tremava stretta a pugno sul tavolo. L'altra era in tasca, a tormentare il nastro di mia madre.

Mi ci volle qualche minuto per tornare in me. Capire che non era successo niente. Tranquillizzarmi. Dirmi che mi ero immaginato tutto. Il silenzio era totale. La guardia aveva notato che la guardavo. Con i miei occhi da pazzo. La bocca aperta. Gli avevo appena mangiato la gola e lui lo sapeva. Sentiva che gli piantavo la forchetta nella nuca appena girava le spalle. Che lo ferivo con l'impiombatore rubato in corderia. Che gli spaccavo la fronte sullo spigolo di un tavolo ridendo. Immaginava i miei pensieri. Quando mi guardava, vedeva la sua croce.

Si chinò su di me.

« Bonneau, occhi bassi! »

Abbassai gli occhi.

Trousselot, Carrier, Soudars, l'Ape e tutti gli altri.

« Silenzio Malo! »

Ero in fondo alla panca. Al mio solito posto. Chautemps riprese la ronda in mezzo ai coloni. In città era così che ci chiamavano. Lui ci aveva soprannominato « i depravati ». Accigliati, eravamo una minaccia. Sorridenti, un pericolo ancora peggiore. La guardia credeva la ingannassimo per tramare qualche brutto scherzo. Aveva ragione. Non eravamo mai fermi. Anche con gli occhi sulla gamella, io complottavo. Gli tenevo testa, spargevo il suo sangue. Sfidavo anche le altre guardie. Punivo gli scemi che ubbidivano agli ordini come pecore. Davo una lezione a tutti i Soudars, i capibanda, le facce da duri, i pugni da duri, quelli che toccavano i piccoli in doccia, quelli che mi sfidavano, quelli che mi oltraggiavano.

Presi il cucchiaio sporco per raschiare il fondo dello stufato. Ormai non ero altro che una nuca e una schiena. Un teppista domato, con la fronte sul bordo della gamella. Un sottomesso.

*

Sette dei nostri erano evasi due giorni prima. E io avevo voluto prendermi la mia parte di rabbia. Per quanto chiuso nel refettorio, fare male mi faceva bene. I compagni avevano approfittato di un'uscita per fuggire, con guardie, contadini e pescatori alle calcagna.

Il capo del laboratorio ne aveva parlato con un istitutore. Trousselot li aveva sentiti. Stava passando lo straccio, aveva rallentato, chino sullo scopettone con le orecchie tese.

Dopo due giorni passati a vagare nella landa, i pupilli avevano forzato la porta dell'antico castello di Nicolas Fouquet, che era servito da braccio di isolamento della colonia. Ai suoi tempi il visconte aveva comprato Belle-Île per un soldo bucato.

Ora il forte apparteneva a un dentista di Parigi che però viveva altrove. Guidati da Délivas, i sette coloni avevano invaso l'edificio e rubato una pistola, un paio di fioretti e una sciabola. Avevano anche saccheggiato la cantina, e bevuto il vino direttamente dalle bottiglie. Allertati dai vicini, i gendarmi avevano sparato in aria per farli uscire. I coloni allora erano fuggiti nei boschi, con un tozzo di pane e un po' di burro. Li avevano ritrovati sei giorni dopo, nascosti in una grotta sulla costa. Erano usciti sguainando la sciabola, sostenendo di preferire la morte alla colonia. Per ordine della cittadella, i militari ricevettero l'incarico di scortare gli evasi alla prigione di Lorient. Allora Délivas il capobanda e gli altri si erano consegnati, sotto le pietre, le zolle di terra e gli sputi della popolazione.

«I ribelli finiranno a processo e i complici a Eysses» aveva aggiunto il capo del laboratorio.

Si era girato verso Trousselot che sovrappensiero accarezzava le mattonelle con lo straccio.

«Cosa combini tu? Datti una mossa, fannullone!»

Così venimmo a sapere dell'evasione.

*

Quella sera le guardie erano nervose. Ci avevano fatto allineare lungo le baracche. Faceva freddo, un inizio di temporale.

Chautemps urlò:

« Salirete in cella uno alla volta! »

I più giovani andarono per primi, aggrappati alla rampa della rozza scala esterna che portava al primo piano. Quindici gradini scoperti, con il legno reso scivoloso dalla pioggia.

« Un altro! »

La guardia aspettava che il detenuto arrivasse in alto per chiamare il successivo.

Ogni ragazzo saliva un passo alla volta, colpendo forte i gradini con le galosce.

« Con 'sta stronzata staremo qui fino a domani » brontolò qualcuno nella fila.

Chautemps si lanciò su di noi. Estrasse il nervo di bue.

« Chi ha parlato? »

Avevo riconosciuto la voce grave di Marc Auzenet. Tutti abbassarono la testa.

Il capoguardia digrignava i denti.

« Punisco uno a caso o vi lascio tutti fuori? »

Silenzio.

« Loiseau, sei stato tu? »

Il giovane colono sgranò gli occhi. I capibanda come Auzenet lo chiamavano « signorina ». Volto di porcellana e occhi azzurrissimi, Loiseau galleggiava dentro l'uniforme. Non si lamentava mai di niente. Abbassava la testa, cam minava lungo i muri, accettava tutte le corvée e aveva un solo desiderio: suonare il clarinetto nella fanfara. Camille Loiseau era un orfano. La sua colpa? Essere stato abbandonato dai genitori a dodici giorni di vita, avvolto in fasce e deposto di notte davanti alla cattedrale di Saint-Corentin, a Quimper. E per questo sarebbe rimasto chiuso lì dentro dai dodici anni fino alla maggiore età. E per questo viveva a occhi bassi.

Chautemps se la prendeva con il più debole di tutti noi.

La guardia sollevò il mento del ragazzino con la frusta.

« Eh, faccia d'angelo? Ci nascondiamo dietro ai grandi? »

Loiseau chinò la testa.

« Vuoi passare la notte qua fuori, è così? »

Il piccolo scosse la testa. La pioggia gli picchiettava sul cranio rasato.

Il capo guardò la nostra banda. Si schiarì la gola.

« Non sarebbe male se la ragazzina fosse punita al posto vostro, vero? »

Io chinai la testa.

« Farebbe di certo comodo a quel bastardo che si rifiuta di confessare. »

Chautemps risalì la nostra fila. L'acqua gli colava giù dalla visiera. Sapevo che ci stava guardando uno a uno. Sentivo freddo.

« Solo che non funziona così. »

Alzai gli occhi. Il capoguardia aveva messo il braccio attorno alla gracile spalla del colono.

« Non funziona così, perché adesso Loiseau gentilmente ci dirà il nome di chi ha fatto il furbo e andiamo tutti a letto. »

Stringeva il ragazzino, lo soffocava. Si piegò verso la sua testa china.

« Mi dici il nome, Loiseau? »

Silenzio.

« Non ti sento, Loiseau. »

Sospiro.

La guardia intonò:

« Loiiiiiiiiiseau? »

E poi lo colpì. Senza avvertimento. Una frustata a tradimento.

Il ragazzino nascose il viso nell'avambraccio. Un gesto istintivo.

Lo squittio di un topolino.

« È stato Auzenet, signore. »

Chautemps lo lasciò andare. Contemplò la sua coorte. Sorrideva, con una mano dietro l'orecchio.

« Non ho sentito bene. »

« È stato Auzenet, signore » ripeté Loiseau con voce tremante.

Auzenet si voltò verso il ragazzino, come sussultando dopo uno sparo. Fece un passo verso di lui, ma io lo presi per il braccio.

« Lurido moccioso! » urlò Auzenet.

E poi incrociò le mani dietro la nuca. Si mise in ginocchio. Il ribelle si arrendeva.

L'altra scala era deserta. Avevano già tutti raggiunto il letto. Chautemps fischiò tre volte per chiamare i rinforzi. Due agenti arrivarono correndo dal blocco numero 2. Alcuni lecchini, di quelli con il certificato di buona condotta, li chiamavano sorveglianti. Dalla riforma era questo il loro nome. La Colonia penale era stata ribattezzata Istituto di rieducazione e le guardie, sorveglianti. Guardia faceva pensare troppo alla prigione. Sorvegliante invece dava l'idea di una colonia estiva.

Avevano anche sostituito i chepì con i berretti. I due si misero sull'attenti. Uno era sbronzo. Aveva il passo incerto e gli occhi rovesciati. Chautemps indicò Auzenet.

« Questo qui dorme sotto le stelle. »

Le guardie afferrarono il capobanda e lo portarono via. Lui non si ribellò.

Poi ci fecero salire la scala, zitti e in fila indiana.

I più giovani dormivano in mansarda, in stanze da otto.

Letto di ferro, comò, lenzuola e coperte ripiegate ogni mattino. I più grandi avevano diritto a una cella, con le sbarre. Una gabbia per polli chiusa dall'esterno. Io ero da solo nel mio pollaio e mi stava bene così.

Auzenet sarebbe stato ammanettato alla ringhiera, sotto il temporale. Per qualche ora o per tutta la notte. Aveva appena passato una settimana in isolamento. Gli serviva ancora un'altra punizione.

Subito prima che spegnessero le luci e chiudessero le porte, trascinai Moysan e Carrier nei dormitori. Il capoguardia era ancora di sotto con Auzenet. Ma sarebbe salito presto. Bisognava sbrigarsi. Mi infilai un berretto e coprii la faccia con la sciarpa. Loiseau si stava spogliando, nascosto alla bell'e meglio dall'anta dell'armadio. Vedendoci, gli altri si girarono verso il muro.

«Ehi, infame!»

Ero stato io a parlare.

Il clarinettista sussultò. Era ancora in mutande. Pelle e ossa. Graffi sulla schiena e lividi sulle gambe. Si buttò sul pavimento di terra battuta, tutto raggomitolato. Sapeva cosa lo aspettava. Gli diedi un solo calcio. Non alla testa né alla pancia. Fosse stato un altro avrei potuto ucciderlo. Denunciare un compagno e fargli passare una notte sotto la pioggia era qualcosa che si pagava. Ma quando Loiseau si era lasciato scivolare a terra, avevo visto un passerotto cadere dal nido. Un uccellino traslucido, con la pelle sottile venata di blu, i capelli rasati come piume rade. Un malato, un gracilino. Un piccolo Giuda, pur sempre, ma che non meritava niente più di una pedata sul culo.

«Se la cava con poco» brontolò Moysan quando tornammo in cella.

André Moysan era il percussionista della fanfara della

colonia. Batteva sul suo tamburo con rabbia, così come picchiava chi gli si metteva di traverso.
«Tutto qui quello che si becca?» chiese Carrier.
«Sì, tutto qui» risposi.
Camille Loiseau aveva tredici anni.

Auzenet rimase ammanettato fino alle due del mattino. Si era afflosciato contro i gradini della scala. Andarono a chiamare il capoguardia. Temevano un malore. In passato Haute-Boulogne aveva seppellito dei coloni, ma ora sosteneva di proteggere i propri assistiti.

Di ritorno al blocco numero 2, quando il capobanda mi chiese se lo avevo vendicato con l'infame, gli risposi di sì. Ma il giorno dopo Loiseau era di nuovo al suo posto al laboratorio di cucito, esattamente dove i capi andavano a scegliere le loro «donnine». Non aveva nessun segno in faccia, né un braccio fasciato o una gamba zoppicante. Auzenet non mi chiese altro. E Loiseau non parlò.

*

Avevamo sperato per una settimana intera di rivedere gli evasi del forte Fouquet, ma niente. Nessuno ne parlò più. Una volta, però, vedemmo i loro fantasmi. Su un sentiero tortuoso, disseminato di felci, rovi e rocce, che portava alla cittadella. Insieme ad altri ero di corvée ai rifiuti vicino al portone, dall'altra parte del muro. Fu Auzenet a notare il corteo. Mi diede una gomitata.

Una processione bianca, una marcia di penitenti. Erano tutti curvi in avanti, sotto un pesante sacco legato alle spalle con delle cinghie. Alcuni portavano il berretto, altri il cappello a punta della Nuova Caledonia. Solo uno era a testa scoperta. I loro zoccoli grattavano il terreno.
«Un-due! Un-due!»

Il grido delle guardie giungeva fino a noi. Gli evasi marciavano al passo.

« Vuoi assaggiare il mio randello, Vigny? »

Auzenet mi guardò. Una strizzatina d'occhio discreta. Clément Vigny faceva parte dei sette ammutinati.

Era un lavoro punitivo il loro, prima di finire in prigione o essere trasferiti in una colonia più dura. Dall'alba al tramonto estraevano sabbia da una baia a duecento metri dalla cittadella, e la trasportavano per irti sentieri all'ombra delle mura. Erano manodopera gratuita per la massicciata dei binari. Altri invece trasportavano nelle bigonce dei ciottoli di mare per farne la ghiaia delle strade francesi.

« Be', ti dirò, preferisco la corvée delle latrine e spargere la merda dei miei compagni nei campi » commentò con un sorriso Auzenet.

Qualche giorno dopo il suo arrivo a Belle-Île, Auzenet era stato condannato a quello stesso « supplizio delle pietre », come lo chiamavamo. Una settimana a riempire e trasportare sacchi di sabbia. Era luglio. La fetta di pane grigio si era rivelata insufficiente. Alcuni erano svenuti per la fame e la stanchezza, schiacciati dal peso del loro carico. E tutti avevano buttato giù il loro quartino d'acqua di pozzo ben prima della fine del lavoro. Qualcuno aveva addirittura bevuto delle sorsate d'acqua di mare. Per poi stare male. Il terzo giorno, per resistere, il capobanda e tre dei suoi avevano bevuto la propria urina. Si erano giurati di mantenere il segreto, fino a quando uno di loro era stato sorpreso a pisciare nel bicchiere.

« Ma sei davvero un maiale! » aveva urlato l'agente, con il manganello levato.

Il giorno dopo avevano tolto loro le tazze.

*

Solo una volta avevo pensato di scavalcare il muro. Una muraglia di sei metri che circondava la colonia e ci nascondeva l'oceano. Eravamo in tre. Avevo tredici anni ed ero appena arrivato a Haute-Boulogne. L'idea era quella di approfittare dei lavori, per infilarci dentro un cassone di calcinacci e legna che doveva uscire. I miei compagni lo avevano fatto, io non mi decidevo. Evadere? E per andare dove? Eravamo su un'isola. La nostra fuga si sarebbe fermata sulla spiaggia di Port Guen o sugli scogli, con i gendarmi alle calcagna. Rubare un canotto? E poi? Naufragare sognando le luci di Quiberon? Sempre che ci andasse bene. Mettiamo anche che fossimo saliti su un canotto, e avessimo remato verso terra. E poi? Una volta arrivati? Ce ne saremmo andati a Auray? A Vannes? Con le nostre teste da forzati e le casacche da lavoro, bluse bianche che ci facevano somigliare a dei gessaioli? Ah sì! Come no! Rubare qualche vestito appeso ad asciugare in un giardino, infilare un berretto, trovare una bici, correre in stazione, prendere un treno senza biglietto nascondendosi sul predellino? E poi? Arrivare a Parigi, confondersi nella folla, unirsi ai vari ladruncoli del quartiere di Batignolles. Rifarsi una vita alla bell'e meglio. E dopo? Per un pezzo di prosciutto rubato dal banco, il fischietto dei gendarmi, la corsa-rincorsa, la pesante scivolata sul pavé bagnato, lo schiaffo della mantella prima delle bastonate. E poi, di nuovo, quanti anni hai, ragazzo? Tredici? Ti faremo assaggiare la Colonia penale marittima. Belle-Île? Vieni da lì? E fai il gradasso? Allora facciamo Eysses, il torrione dei criminali. Ecco. Avevo rinunciato. Gli altri erano stati presi la sera stessa nella landa.

Le scogliere, le correnti, le tempeste. Da un'isola non si evade. Si percorrono le sue infinite coste maledicendo il mare. Anche se alcuni ci hanno provato.

Me ne ricordo ancora. Ero lì da due anni. Approfittando

di un'uscita in barca a remi, tre dei più grandi si erano ritrovati da soli con una guardia. L'avevano picchiata, legata sul fondo, e avevano rubato una barca per raggiungere il continente. Erano stati arrestati appena messo piede a terra. Un'altra volta quattro detenuti tra i quindici e i diciott'anni si erano ammutinati a bordo del *Sarien*, un canotto-scuola. Il capo si chiamava Goazempis. Un ladruncolo. Avevano ucciso la guardia, Burlut, a colpi di remi, prima di impiccarla al pennone con la drizza del fiocco. Questa volta l'isola intera si era messa sulle loro tracce. Erano stati circondati e salvati per un soffio dal linciaggio. Il loro sogno si era infranto alla prigione di Lorient. Erano stati fortunati. Un giorno il cappellano ci aveva detto che la baia di Quiberon era il cimitero dei coloni scampati alle malattie.

Chautemps, Le Goff, Napoleone, lo Spietato, la Carogna, Toupet, il Ratto, tutti quei picchiatori in uniforme, quegli agenti con il baffo unto, quegli urlatori, puzzolenti d'alcol, quei bastardi ci facevano passare l'inferno. Educazione correttiva, la chiamavano loro. Volevano educarci, riportarci sulla retta via. Per inculcare in noi il sentimento dell'onore, ci raddrizzavano a colpi di manganello e tacchi infangati. Ci insultavano, ci maltrattavano, ci punivano con l'isolamento, una stanza buia, un armadio stretto, una tomba. Ci minacciavano giorno e notte. Ci manipolavano, ci spezzavano, ci modellavano come un impasto. Macinavano i chicchi cattivi. Ci volevano teneri e lisci come pane bianco. In cella di sorveglianza i mascalzoni, i problematici, i ladruncoli. Sotto il tunnel di schiaffi i degenerati, i depravati, gli incorreggibili. In isolamento gli infami. Spezzare i piccoli, annientare i più grandi, i sogni degli uni, la rabbia degli altri. Trasformare quelle potenziali prede in futuri soldati, poi in uomini, e poi in niente. Spettri che vagano nella vita come nei bracci di una galera, servili, vergognosi. Che andranno in fabbrica con le spalle curve, come si va a confessarsi. Che non si ribelleranno mai. Che si stordiranno al ballo del sabato, al cospetto di una gonna. E che la sposeranno sotto effetto del vino, per l'urgenza di un ventre arrotondato. Vite a pezzi, senza grazia, senza luce. Che poi moriranno, un mattino, senza motivo, con indosso la maschera grigia di un ragazzino di Belle-Île.

La Colonia penale marittima e agricola di Haute-Boulogne era stata costruita sul terrapieno della cittadella di Vauban, una muraglia scura a picco su aspre scogliere, per annientare le giovani canaglie. Per spaccarci di botte, affamare i nostri corpi, spremere i nostri spiriti. Gli agenti dicevano di voler fare di noi dei marinai, ma i loro laboratori di timoneria, di vela, di corderia non erano altro che fabbriche di sfruttamento. Con la fattoria di Bruté intendevano trasformarci in contadini, ma i lavori nei campi erano punizioni buone solo a stroncarci. E a restituire ombre, pronte a lasciarsi cadere sui paglericci la sera. Ma a che serviva estenuarci, dal momento che eravamo prigionieri di un'isola? Le alte mura di cinta, i cinque tristi baraccamenti, i dormitori con le sbarre, i refettori silenziosi, niente sulla terraferma ha la brutalità del mare. Anche le guardie, con i loro berretti da ferrovieri, i pantaloni troppo corti, le uniformi stazzonate, i bottoni mancanti, i baffi lucidi per il vino scadente e ingialliti dal fumo, erano solo lacchè dell'oceano. Era lui il nostro muro. La nostra vera prigione. L'oceano era la nostra guardia più crudele. Pronta a sorvegliarci, a risparmiarci o ad ammazzarci.

2

Le fiamme dell'inferno

11 giugno 1933

Il dottor Verhaeghe mi stava osservando. Io ero seduto sul lettino, in mutande, con i piedi nudi sul pavimento.

« Come hai fatto, capo? »

Scrollai le spalle.

« Non sono capo di nessuno. »

Gesto stanco del medico.

« Va bene, Tigna, come hai fatto? »

Finsi di non capire. Lo guardai.

« Cosa, come ho fatto? »

« Il vomito, la febbre. Come te li sei fatti venire? »

Nella cabina accanto, dietro la camera degli infetti, un'infermiera bendava la tibia di Malo Piccolo, un colono del laboratorio del legno. Si era ferito con delle assi troppo pesanti per lui. L'infermiera veniva da Sauzon. Con la sua camicetta bianca a maniche lunghe, il camice bianco e il lungo velo stretto in fronte sembrava una suora. Non conoscevamo il suo nome. La chiamavamo la Rossa, per le macchioline brune sulla pelle chiara e le ciocche che sbucavano dalla cuffia. Lavorava due giorni a settimana alla Colonia penale. Era l'unica a trattarci come bambini.

« Hai giocato con le piante velenose? »

La Rossa me lo chiese di spalle, occupata a rifare la fasciatura.

Non le risposi.

« Ti sei fatto una tisana con le bacche velenose? » insistette Verhaeghe.

Alcuni ragazzi si avvelenavano apposta per ammalarsi. Altri sfregavano gli occhi con le ortiche. Nelle cucine un ragazzo si era tagliato il pollice. Una volta bendato il dito, lo avevano condannato a sessanta giorni di isolamento. Io avevo mangiato di nascosto tre vecchie patate crude, con la buccia tutta macchiata. Era dalla mattina che avevo diarrea e mal di pancia.

«E guarda caso proprio il giorno in cui ti trasferiscono alla sezione agricola per aiutare nella fienagione.»

Sorrise.

«Che iella, eh?»

Non reagii.

«Sai cosa comporta la mutilazione volontaria?»

Lo sapevo, sì. Il pretorio, la cella di sorveglianza, l'isolamento.

«Non ho fatto niente, signore, lo giuro!»

Non mi credeva. Quattro coloni, mandati come me alla fattoria di Bruté, si erano ribellati, rovesciando i letti e rifiutandosi di uscire dal dormitorio.

«Non siamo dei bifolchi, siamo dei marinai!» aveva urlato un ribelle.

Nemmeno io ero più un contadino della Mayenne. Non volevo ritrovarmi con il naso nel fieno e attaccato al culo delle mucche. Al massimo ero pronto a dormire su un covone.

Avevamo comunque il nostro orgoglio di marinai, per quanto farlocchi. Dei finti mozzi, dei navigatori per scherzo, che manovrano a terra, su un trealberi da esercitazione. Una goletta di ventitré metri spiaggiata, prigioniera del cemento in una spianata, messa lì per ripetere i gesti della gente di mare. Volevano fare di noi dei fuochisti, a suon di soprusi e manganelli di corniolo? Allora che ci buttassero pure in fondo alla stiva. Che ci legassero al pennone, come veri marinai. Ma che non ci prestassero a un proprietario terriero. E nemmeno a un riccone che lavora per la colonia. Eravamo detenuti, coloni, non manodopera gratuita. Né stagionali né garzoni di fattoria. A sette anni raccoglievo le uova e davo da mangiare ai maiali. Ma adesso ne avevo diciotto. E la mia famiglia mi aveva abbandonato. La colonia mi aveva preso sotto la sua ala protettrice? Voleva allontanare il suo pupillo dalla corruzione della strada? Riabilitarlo attraverso il lavoro? Allora nessun problema! Che me lo insegnassero questo mestiere, maledizione! Dalla terra ci venivo, ma dell'oceano non sapevo niente. Se volevano darmi una raddrizzata, che lo chiedessero alle onde, ai venti e alle correnti.

C'erano coloni marittimi che stavano per settimane a bordo del dundee *Araok*, a cacciare le sarde al largo della Spagna. Io ero uscito in mare solo due volte, a bordo del *Devoir*, un *misainier*-scuola a vela rossa che si supponeva ci insegnasse il mare. Non avevo mai respirato il largo. Mai visto i gabbiani becchettare sulla rete da pesca. Avevo avuto appena il tempo di sentir sbattere il trinchetto al vento, senza mai allontanarmi dalle coste. La colonia marittima faceva di noi marinai da quattro soldi. Sveglia alle cinque per raggiungere i nostri posti. E iniziavamo a mimare le manovre. I gabbieri al loro pennone, finta partenza, finto ormeggio, finta virata, controllo dell'attrezzatura, delle vele, riparazione, un'inutile manutenzione. Poi, lezione in aula con i capitani delle navi. Norme antincendio, abbordaggi, segnaletica, timoneria. E ritorno sul ponte per altri lavori. Rammendo delle reti da pesca appositamente rovinate la settimana precedente, verifica dei canotti issati sul paranco, poi brandabbasso e in fila per tre verso il refettorio.

In mare il mozzo rischia la vita. Un vero marinaio beccheggia, scivola sul ponte, si scortica le mani sulle cime bagnate. Ma qui, nel cortile, a cavalcioni sul pennone di questo vascello fantasma, l'unica cosa che potevo temere era di cadere sul cemento. Una sbucciatura al ginocchio. In mare la tempesta malmena i ragazzi. E questi tornano orgogliosi, pieni di coraggio, vacillando per il mal di terra. Ma nel cortile la bandiera della nostra goletta pendeva floscia dall'albero di mezzana. Il tricolore sbatteva solamente quando il vento marino veniva a sfidarci da oltre il muro. In mare, dopo aver lavato il ponte, ogni colono ha diritto alla razione dei novizi della marina dello Stato: centocinquanta grammi di carne, venti centilitri di caffè, venticinque centilitri di vino la domenica e tre centilitri di rum. Noi, qui, non avevamo diritto a niente. Pane inzuppato nel brodo, verdura e acqua. Ma non desistevo. Speravo che un giorno mi chiamasse il nostro primo nostromo, un ex ufficiale della marina mercantile:

«Bonneau, si prende il largo!»

Erano tre anni che stavo alla corderia. Lavoravo più per il cordame dell'Amministrazione penitenziaria che per la nostra scuola. Ma non importava. In attesa di andare per mare, il mio lavoro era intrecciare fili di trefolo, non di imbracciare il forcone.

Non sarei mai più tornato nei campi.

L'infermiera rossa aiutò Malo Piccolo a scendere dal letto. L'infezione era rientrata ma il colono ancora zoppicava leggermente. La setticemia era stata scongiurata. Il medico era tornato al suo tavolo e scriveva su un foglio.

«Cosa sta scrivendo?» gli chiesi.

Lui non alzò gli occhi.

«Intossicazione alimentare. Due giorni di infermeria.»

Ero sollevato. Ci era cascato.

«Non occorre che mi ringrazi.»

La mia aria sorpresa.

«Ringraziarla di cosa?»

Lui giocherellò con la penna, facendola passare da un dito all'altro.

« Di evitarti una sanzione disciplinare. »

Stavo per protestare, ma lui si mise un indice sulle labbra.

« Per favore, non farmene pentire. »

Mi guardai le galosce.

La Rossa si avvicinò. Si asciugava le mani con una salvietta.

« Non eri di corvée alle patate ieri sera? »

Silenzio.

Il dottor Verhaeghe osservò l'infermiera. Annuì e sorrise.

« Appunto! Intossicazione alimentare, è quello che ho appena detto. »

*

Il dottore non mi denunciò. Lui non l'avevo mai aggredito. Nemmeno nei miei sogni. Non avevo abbastanza odio per prendermela con quel signore dai capelli bianchi. Non abbastanza rancore per fargli esplodere gli occhiali rotondi, strappargli il camice, torcergli lo stetoscopio gelato. Il dottor Verhaeghe non mi aveva mai fatto del male. Quando mi chiamava Tigna, quasi mi lusingava. Anche se era obbligato a segnalare i tentativi di suicidio e denunciare gli scansafatiche, tra noi non poteva scorrere del sangue.

Passai due giorni in un letto vero. Non una gabbia di legno per polli con le sbarre, ma una cabina pulita, chiusa da una tenda. Il medico venne a vedermi la prima sera, e l'infermiera il mattino dopo. Impedì a Chautemps di riprendermi. Lui voleva che andassi alla fattoria di Bruté il giorno stesso, che raggiungessi gli altri per il fieno. La Rossa gli mostrò la prescrizione del medico, riposo, brodo caldo, e molta acqua. Due notti di infermeria. Lui la lesse come se avesse ricevuto una brutta notizia. Io mi ero tirato il lenzuolo fino al naso, tenendolo con entrambe le mani. Uno scudo ruvido, che odorava di pulito e candeggina. Chautemps si era tolto il berretto. Si scopriva il capo in presenza di figure più importanti di lui, il direttore, il medico, il cappellano, il sergente maggiore, il capo degli istitutori, il capo di un laboratorio. Era impressionato dai titoli e dai camici, anche da quello dell'infermiera. Per lui, passato dalla scuola elementare all'esercito e dalle trincee di Verdun alla nostra sorveglianza, il camice bianco era l'uniforme del sapere. E lui invidiava e imprecava, ma rispettava.

Rilesse due volte le raccomandazioni del medico, con le sopracciglia aggrottate. Decifrava un messaggio in codice. Una smorfietta. Non era convinto.

« Intossicazione alimentare di cosa? »

Non era a me che parlava.

L'infermiera fece un gesto vago.

« Chissà. Il suo pasto, forse? »

L'altro sorrise.

« L'unico malato di tutto il refettorio, però. »

La Rossa mi posò una mano sulla fronte.

« Forse Bonneau è più fragile degli altri. »

Chautemps scoppiò a ridere.

« Chi, la Tigna?! »

Lei non rispose, la mano ancora posata sulla mia fronte. Mi sussurrò:

« La febbre è calata ».

La guardia si rimise il berretto. Aprì la porta.

« Io dico che questo mascalzone si è intossicato apposta per evitare Bruté. »

L'infermiera protestò con gli occhi. Lui sorrise.

« Se potesse, quel diavolo lì le caverebbe gli occhi, signora. »

Le voltò le spalle.

«È troppo buona con queste bestie furiose.»

E poi lasciò l'infermeria. I suoi passi ferrati nel corridoio, il suo raschiarsi la gola.

Io abbassai il lenzuolo sul petto. L'infermiera mi guardava in modo strano.

«Mi strapperesti davvero gli occhi, Bonneau?»

«Con grandissimo piacere» risposi io.

Mi uscì così. Un pugno partito troppo veloce. Un vaffanculo di un ragazzo senza diritto di replica. Rispettavo il medico, e stimavo anche lei. Ma Bonneau non poteva tradire la Tigna. Io non avevo diritto ai sentimenti. I sentimenti erano un oceano dove annegare. Qui dentro, per sopravvivere bisognava essere di pietra. Non un lamento, non una lacrima, non un urlo e nessun rimpianto. Anche quando avevi paura, anche quando avevi fame, anche quando avevi freddo, anche sulla soglia di una notte in cella, quando l'oscurità disegnava il ricordo di tua madre in qualche recesso della memoria. Dovevi restare d'un pezzo, duro, con il collo dritto. E avere solo pugni in fondo alle braccia. Poco importavano le botte, le punizioni, gli insulti. Evadere a occhi ben aperti e camminare vittoriosi sul sangue degli altri, ecco il mio tappeto rosso. Avevo sempre preferito il lupo all'agnello.

La Rossa sorrise.

«Io non penso, mio caro ragazzo.»

Riempì d'acqua il bicchiere sul comodino.

«Ma se a te piace crederlo.»

E poi lasciò la cabina.

*

Non ero sfuggito alla fienagione, avevo solo rimandato di due giorni l'incombenza. Le Goff venne a prendermi all'infermeria e mi scortò militarmente attraverso il cortile, fino alla cappella. Ero il suo bottino di guerra. Non mi aveva ammanettato ma mi teneva i pugni dietro la schiena con la mano buona. L'altra, la destra, gli era stata portata via da una granata francese nell'ottobre 1916, durante la battaglia per Fort Douaumont. Insieme a un pezzo di guancia e a un occhio. Dopo aver disinnescato l'ordigno, un granatiere amico era stato ferito da un proiettile tedesco. Era caduto, mollando l'esplosivo. Le Goff si era affrettato a lanciare la granata fuori dalla trincea. Troppo tardi, però. Sedici anni dopo, quell'eroe di guerra stava scortando me, con il contegno di un fante che ha appena catturato il Kaiser Guglielmo per consegnarlo a Clemenceau.

Come anche il sergente Ambroise Chautemps, oltre alla stella verde regolamentare sul colletto, il soldato semplice Pierre Le Goff aveva la spilla della Legione d'onore sopra il taschino della giubba. E anche la croce di guerra. Un po' di rosso e di verde, a interrompere il grigio-blu dell'uniforme. Non usciva mai senza le sue decorazioni. La sua guancia, il suo occhio, il suo braccio, le sue medaglie, Verdun. Ricordava ai « giovani educandi », come diceva lui, che aveva avuto un'altra vita, prima di pattugliare le celle. Dopo aver sconfitto i crucchi, certo non temeva i coloni. Un giorno, però, dopo una rissa a causa della carne avariata, l'avevo visto nascondersi dietro un armadio. Chautemps picchiava i detenuti con la frusta. La Carogna mi aveva placcato a terra e mi si era seduto sopra. Il Ratto urlava i nomi dei picchiatori a Napoleone che ne prendeva nota e lui, l'eroe del 1916, si era nascosto. Quel giorno, quando le guardie mi avevano riportato in cella, avevo visto la paura sul suo volto. E anche la vergogna.

Mentre Le Goff mi consegnava al cappellano, facendo un ridicolo saluto militare, pensai a quel grande invalido che aveva paura di morire. Sdraiato tra il filo spinato, strapazzato dalla lettiga, amputato con la sega, rimandato poi a casa, ammassato con altri in un dormitorio dolente, restituito alla vita civile e crivellato di medaglie, lui continuava a temere la morte. E lì, a Haute-Boulogne, di fronte a detenuti bambini che lo superavano in altezza, capibanda col coltello nascosto nella manica, piccoli delinquenti nati solo per fare del male, lì, trasudava angoscia.

Il monco rimase sulla porta della cappella. Il curato mi fece inginocchiare. Per colpa del mio soggiorno in infermeria, avevo saltato la messa della domenica. Anche l'Ape era lì, avendo bigiato la Pentecoste. L'Ape era magro, con la pelle gialla e grandi cerchi neri intorno agli occhi. Giallo e nero, il colore dell'insetto. Era lì solo di passaggio, condannato a quattro miseri anni di galera per « disturbo dell'ordine pubblico durante l'esercizio di culto ». Era successo un 15 d'agosto, a Vannes. Si era bevuto un litro di sidro sotto il solleone. Al passaggio di una processione religiosa, sigaretta in bocca, mani in tasca e berretto in testa, aveva urlato al reverendo di andare a fottersi gli angeli.

Il cappellano non ci guardò nemmeno, parlava da solo.

« Durante la Pentecoste, lo Spirito Santo viene a dirvi che esiste una salvezza, una via d'uscita, una prospettiva di futuro, che c'è sempre una seconda possibilità. »

Sorrisi.

Una salvezza, una via d'uscita. Era da sei anni che la cercavo. Ma quale seconda possibilità? Quale prospettiva di futuro? Non era a noi che il prete si stava rivolgendo. Recitava un copione. Voce piatta e sguardo basso. Non voleva neanche vedere i nostri occhi di pecorelle smarrite fissi nei suoi.

Stava di sicuro sognando una platea diversa padre Bricout, un'altra chiesa. Si immaginava sul pulpito di Saint-

Géran, a predicare il Cristo Re davanti alle persone più pie, più virtuose. Grandi lavoratori, spose devote, bravi bambini. O ancora meglio, a officiare alla cattedrale di Saint-Pierre di Vannes, davanti a centinaia di fedeli inginocchiati, circondati dai bambini del coro, i ceri e l'incenso. Non era più padre Bricout ma monsignor Bricout, un cardinale nominato da Pio XI. E divenuto a poco a poco il confidente del papa. Il braccio destro del vicario di Cristo, in attesa della santa morte e della beatificazione.

Conoscevamo bene la vanità del cappellano. Anche le guardie lo canzonavano alle sue spalle. Padre Bricout continuava a dire che il suo posto non era lì. Che era un incarico provvisorio. Che presto l'avrebbero chiamato a un compito più entusiasmante. Aveva cinquantasei anni. La salvezza, una via d'uscita, la seconda possibilità. Era di sé che stava parlando.

« Magari avete tradito, avete fallito, e vi siete chiusi in voi stessi, nella vostra colpa, nel vostro disfattismo. Oggi il Cristo vi dice che esiste una via d'uscita, una seconda possibilità. »

Alla fine alzò gli occhi su di me e l'Ape. Due futuri ergastolani, con il berretto sulle ginocchia. Dei declassati, dei parassiti, come ci chiamava il direttore. Dei parrocchiani ben strani che ridevano delle sue parole. Il suo gregge, col diavolo in corpo. Io avevo giunto le mani in preghiera, con il nastro grigio perla di mia madre tra le dita.

Né io né l'Ape ci eravamo confessati, perciò lui bevve il suo goccio di vino e fece la comunione da solo.

« L'Eucarestia non è una ricompensa per persone perfette, ma una forza per avanzare nella nostra vita umana e cristiana. E la comunione con Gesù ci chiama a essere ancor più in comunione con noi stessi e con gli altri! »

« Amen » rispondemmo.

Prima di arrivare a Belle-Île, non ero mai stato a messa. Credevo che « amen » fosse una parola bretone.

Il cappellano aprì le braccia. La messa era finita.

Padre Bricout non ci aveva mai messo le mani addosso. Alcuni capibanda se lo facevano succhiare dai piccoli, qualche guardia aveva gesti ambigui, altri ci guardavano da vicino sotto la doccia o ci facevano spogliare alla minima punizione. Lui no. Insieme all'infermiera, era l'unico che offrisse ai nuovi arrivati la sua compassione. Non che li proteggesse. Chiedeva solo di tenersi i propri dolori dentro di sé, di nascondere le lacrime e di pregare.

*

Le Goff mi aveva messo a capo del nostro gruppo. Eravamo trenta mozzi, in fila per due, diretti alla fattoria. Con cinque guardie a scortarci. In piedi, appoggiato alla portiera aperta della sua Peugeot 201, François-Donatien de Colmont sorvegliava la nostra partenza. Da quando si era rasato la barba, tenendo solo due baffi severi e un pizzetto bianco, lo chiamavamo «il Becco».

«Vuole somigliare a Charles Maurras» aveva detto ridendo Le Goff, una mattina.

La guardia aveva parlato troppo forte. Arrossì, riprendendo subito il controllo. La sera Auzenet, che sa tutto, ci aveva spiegato che Maurras era un attore del cinema. Aveva anche recitato in *Le mauvais garçon*, con Maurice Chevalier, un film che a quanto pare lui aveva visto a Parigi, sui boulevard, poco prima di finire qui dentro. Si era intrufolato nell'oscurità, durante la proiezione, grazie a una maschera pazza di lui. Auzenet aveva solo nove anni quando il film era uscito. E non stava nemmeno a Parigi, veniva da Brest. Ma nessuno aveva osato protestare.

Non appena mettevamo piede fuori dalla colonia, il Becco ci imponeva la sua silenziosa presenza. Pince-nez sul naso, abito a tre pezzi, collo diplomatico, cravatta di seta, ghette di velluto scuro, ricordava a tutti che lui, ovunque sull'isola, rappresentava la legge e l'ordine.

Passare il portone era sempre una gioia. Anche se poi si finiva alla fattoria. Dietro il muro di cinta la strada stretta, le erbe matte, il mare, l'ombra della cittadella, odori, colori e luci di libertà.

« Fate sentire le vostre galosce fino a Locmaria » urlò lo Spietato.

E si mise in marcia, percuotendo la terra con passo da parata. Dietro di lui Le Goff e la Carogna sferravano l'attacco e noi li seguivamo sotto il sole ondeggiando le braccia. Un esercito di piccoli teppisti. Io sfoggiavo la mia faccia più cattiva. Berretto calato, maglia ben chiusa, stivaletti lustri. Per attraversare la città aggrottavamo le sopracciglia, mascella contratta e labbra sprezzanti. Eccoci, siamo i coloni di Haute-Boulogne. Quelli che depredano i ricchi, che saccheggiano le loro case, che rubano la barca del pescatore. Siamo l'erba cattiva. La gramigna. La feccia. Nascondete le vostre figlie, i vostri portafogli e i vostri gioielli, care signore. Il peggio dell'umanità sta sfilando in città. D'altronde, la stampa lo diceva bene. Ogni articolo sull'Istituto di educazione sorvegliata era una condanna a morte. Non dell'istituzione, ma dei detenuti che ci lavoravano. Non appena spariva un pollo dal cortile o un sacco da una carriola, i giornali accusavano subito Haute-Boulogne. A me stava bene. Il loro odio mi dava nutrimento. Quando uscivo per andare al canotto-scuola, mi godevo la paura della gente per bene. I più vecchi guardavano da un'altra parte o cambiavano strada. Ma quelli della nostra età sono pronti a fare a botte. Quando è da solo, il debole fa finta di niente. Ma se è in banda, allora fa scudo con gli altri. Seduti sulla bicicletta, quelli ci stuzzicavano. Senza urlare, senza parlare, ma con un sorriso da bancone del bar, provocazioni da fine ballo, quelle arroganze che scatenano la rissa. Quando avevano una fidanzata con loro, la stringevano ridendo. Si pavoneggiavano. Ci ricordavano che loro erano liberi e noi in prigione. Un giorno, al nostro passaggio, una coppia si era baciata a lungo. Lui ci dava le spalle, lei era appoggiata al muro. Per tutta la durata del bacio, la ragazza ci aveva guardato. La lingua di un uomo in bocca e gli occhi fissi sui nostri. Dal primo all'ultimo colono della fila. E poi la coppia aveva riso forte mentre la superavamo. Erano divertiti dal loro scherzo. A me non importava. I capelli della ragazza, le sue mani intrecciate a quelle del ragazzo, il suo abito a fiori, gli stivaletti col tacco squadrato. Lo sguardo che mi aveva rivolto aveva agitato le mie notti.

Quattro chilometri a passo di marcia. La città, la campagna intorno. Qualche famiglia inquieta, alcuni turisti curiosi, una madre che aveva trascinato via la figlia che indugiava a salutarci. Quando la fanfara della sezione marina sfilava per Palais, il 14 luglio, i marciapiedi sorridevano ai pupilli. Una cinquantina di musicisti. Cinque tamburi militari, una grancassa, trombe e trombette, cori, clarinetti, maglie alla marinara ben stirate, giubbe da equipaggio, berretti col pompon, sottogola ben sistemati, il travestimento da bravi bambini faceva dimenticare i forzati. I curiosi ammassati sui marciapiedi sapevano che quei musicisti erano i correggibili. I meno depravati tra noi, i meno sanguinari, quelli che « sanno leggere e scrivere », l'élite e l'orgoglio dell'Istituto di Belle-Île. Perciò quasi li applaudivano. Certi che quella triste parata fosse la prova del loro recupero.

Incrociammo due gendarmi in bicicletta. Quelli fecero il saluto militare all'auto bordeaux del direttore, che stava in testa alla nostra colonna. E anche a Le Goff il decorato, che alzò il mento e portò la mano al berretto. Scorgevo già, in lontananza, il campanile del Souverain che dominava la fattoria. Avremmo dovuto lavorare a Bruté per tre settimane, tornando a dormire alla colonia. Partire il mattino, rientrare la sera, con il fieno tra i denti e le gambe piene di fatica. Cenare d'aria, coricarsi spossati e poi svegliarsi alle cinque e mezza, saluto alla bandiera nel cortile, in fila davanti al portone d'ingresso, e via! I galeotti ripartono al lavoro. Facendo schioccare le suole nella città tremante.

*

La seconda settimana una guardia di Bruté mi aggredì. Stavo riposando contro una balla di fieno, con il nastro di seta grigio intorno al polso. Lui mi arrivò alle spalle.

«Pensi di essere in vacanza?»

Mi afferrò e mi trascinò per terra. Mi guardava, con le mani in tasca.

«Sei la Tigna, vero? Fai il duro, eh? Mi hanno avvertito.»

Mi rialzai.

«E tu, invece? Chi sei?»

«Non parlarmi così, stronzo!»

Si avvicinò minaccioso. Io sostenni il suo sguardo.

«Io sono un marinaio, prendo ordini da Chautemps, da Le Goff, da Napoleone, ma non certo da un bifolco come te!»

Lui fece un movimento con la mano. Lo bloccai afferrandolo per il polso.

«Bonneau!»

Il Ratto arrivò correndo. Lasciai il contadino. Lui mi tirò una sberla.

«Qui, Bonneau» urlò la mia guardia.

Si batté la mano sulla coscia. Non mi mossi.

«Non siete capaci di governarli, i vostri delinquenti» disse la guardia della fattoria.

«Bonneau» ripeté il Ratto.

Io raccolsi il berretto e mi avvicinai.

Parlai. È vero, mi stavo riposando, ma lui non doveva buttarmi per terra. E io obbedivo a lui, al Ratto, a Le Goff, alle guardie della marina, non a uno qualsiasi.

Un lampo veloce negli occhi del Ratto. Era lusingato, lo sapevo. Gli avevo appena offerto la mia fedeltà.

Poi si irrigidì.

«Anche qui è Haute-Boulogne, Bonneau.»

Aveva i pugni chiusi sui fianchi.

«Stessi capi, stessa disciplina.»

L'altro mi guardava duramente.

«Quando disobbedisci al signor Tual...»

Si chiamava Tual.

«... disobbedisci a me.»

L'altro si pavoneggiava.

«Capito, Bonneau?»

Sospirai.

«Capito, signore.»

Mi chiese di presentare le mie scuse a Tual e mi affibbiò una settimana in più alla fattoria. Al ritorno, non riuscivo a stare al passo. Le braccia ondeggiavano fuori ritmo. Ogni giorno che passava ero sempre più stanco. Anche l'appello nella neve, le manovre del mattino, la ginnastica sotto la pioggia, le peggiori corvée erano meno estenuanti della loro maledetta fienagione. E poi era qualcosa che mi ricordava troppo la fattoria di mio zio.

Il giorno dopo notai un mucchio di fieno abbandonato contro il muro del magazzino. Stavo facendo avanti e indietro con la carriola piena quando sognai di dargli fuoco. Lo immaginai molto intensamente. Il fieno era umido, dovetti provarci tre volte prima che prendesse. E poi esplose. Come un silo di mangime saturo di gas e polvere. Le fiamme attaccarono l'edificio, la montagna di fieno scaricata da migliaia di carriole. Mi ero vendicato di Bruté. Era bellissimo.

Quel giorno conclusi la giornata di lavoro a mezzo metro da terra. I miei piedi erano leggeri come piume, la schiena riposata. Sulla strada del ritorno non ero più un forzato ma un vendicatore. E la colonia intera mi avrebbe applaudito.

Fu quel sogno a darmi l'idea.

La settimana successiva io e Armand Viallard trovammo un accordo. Il pupillo lavorava al laboratorio di lattonieri e Lucien, suo fratello minore, alla fattoria di Bruté. Da piccoli il padre li picchiava, il cugino andava a spogliarli nel mezzo della notte e la madre beveva. Perciò erano fuggiti insieme. Erano stati arrestati una prima volta per vagabondaggio e affidati all'Assistenza sociale. Erano scappati per poi essere sorpresi a rubare una salsiccia e un pane di due chili a un fattorino. Sentenza? Deportazione a Belle-Île, e prigione fino a ventun anni, la maggiore età.

Io non ho mai avuto niente contro Viallard, mentre gli altri coloni lo perseguitavano. Anche suo fratello alla fattoria veniva picchiato.

« Invertiti » aveva sentenziato con disprezzo Jean Soudars.

Alcuni capibanda ne approfittavano. Li obbligavano a stare con loro, ma io non me ne curavo. Non mi importava di nessuno, né dei Viallard né dei capibanda. Né di chi ansima né di chi piange.

Mi bastava la mia, di catena.

« Pensi di farcela? » gli chiesi.

Viallard mi disse di sì. Sarebbe stato lui a fornire la carta e due fiammiferi, rubandoli in lavanderia. Lucien avrebbe acceso il fuoco, la sera tardi, una volta che tutti noi marinai ci fossimo messi sulla strada del ritorno. Tual era uno degli aguzzini di Lucien. Quando era di ronda la notte, quel bastardo lo faceva spogliare nel suo ufficio. E lo obbligava a mettersi in ginocchio.

«Sei sempre d'accordo di scrivere il messaggio?» mi chiese Viallard.

Lui sapeva a malapena leggere.

Sì, d'accordo. Se Tual non mi avesse umiliato, avrei anche potuto chiudere un occhio sulle sue porcate, come facevano tutti. Ma mi aveva offeso. E questo non potevo accettarlo.

Il fratello maggiore aveva assoldato un apprendista timoniere, quasi maggiorenne, al prezzo di una settimana di razione di pane e di qualche servizietto. In cambio quello gli avrebbe procurato un rotolo di carta vergata, abbastanza lungo da fare uno striscione di un metro. Era su quello che gli apprendisti piloti imparavano a disegnare e a leggere le carte nautiche. Mi aveva anche dato un carboncino, sottratto dalla borsa dell'economo.

*

TUAL, TI MERITI LE FIAMME DELL'INFERNO

Avevamo deciso di attaccare quell'intimidazione a un carro, lontano dalle fiamme.

Ero contento della formula. Oltretutto metteva al riparo i due fratelli. Nessuno dei due avrebbe potuto scrivere quelle parole. Era una rivendicazione troppo complicata e le lettere erano tracciate troppo bene per essere opera di due detenuti quasi analfabeti. Io poi non avevo nessun legame con loro. Non eravamo mai stati visti insieme. Era stato sulla strada per Bruté, parlando fra i denti, che io e Armand avevamo deciso di vendicarci. I Viallard erano insospettabili e io pure. Arrivare a noi sarebbe stato impossibile.

A maggior ragione dal momento che avevo stretto la mano di Tual. Mi ero scusato, spalle basse, occhi a terra, piedi giunti e berretto tra le mani. L'avevano visto tutti.

« Il delitto perfetto » aveva sorriso Armand Viallard.

Sì, il delitto perfetto.

*

L'incendio fu terribile. Il magazzino bruciò tutta la notte. La mattina nubi gialle e grigie ricoprivano il cielo sopra Bruté e l'odore di fumo arrivava a impestare anche le nostre celle. Eravamo in fila davanti al portone pronti per andare alla fattoria, quando arrivò l'ordine della direzione. Lavori nei campi annullati.

« Tutti ai propri laboratori » ordinò il Ratto.

« Cosa succede? »

La guardia squadrò il colono.

« Lo scoprirai presto. »

Della corderia eravamo in cinque, scortati da Le Goff al laboratorio. La guardia era agitata. Tutti lo erano. Il Ratto, Napoleone, Toupet con il suo parrucchino biondo e gli altri.

François-Donatien de Colmont, il direttore, attraversò la colonia a grandi passi, seguito da quel cagnolino di Chautemps. E anche da Tual. La guardia della colonia agricola non c'entrava nulla con i marinai. Non credo avesse mai nemmeno varcato le porte di Haute-Boulogne. Quando lo vidi, abbassai la testa.

I tre entrarono dai timonieri, seguiti da cinque guardie e

due pompieri in tenuta da lavoro, con il casco di ottone sotto il braccio. Colmont teneva il mio striscione arrotolato in mano, come un manganello di carta. Camminando, si batteva la gamba con il tubo nero di fuliggine. La carta era rinsecchita, strappata, bruciacchiata sui bordi.

Nel laboratorio, a voce bassa, i detenuti non facevano che parlare dell'incendio.

«Le Goff dice che è doloso» mi bisbigliò Soupault.

Chiesi cosa fosse bruciato.

«Tutta Bruté, non resta più niente» rispose lui.

Mi misi a tremare. Non era possibile. Il magazzino del foraggio era lontano dai laboratori, dai dormitori, dagli edifici principali. Il piccolo Viallard non poteva aver incendiato il cortile, la terra battuta, il ghiaino della strada principale. Soupault stava dicendo una sciocchezza.

«Dicono ci siano dei morti» aggiunse il lionese.

Mi misi a lavorare come un automa. Lì su, al piano superiore di un baraccamento, il laboratorio mi apparve ancora più immenso.

«Cento metri di lunghezza» ci aveva spiegato un allievo anziano della corderia.

Tornai al mio posto, con la testa che ronzava. Mi aspettavo di vedere il Becco venire dritto su di me. Lo immaginai urlare il mio nome e indicarmi col dito. Sognai anche un gendarme, con la pistola spianata. Io allora gli scaglio addosso la mia scorta di canapa, lui indietreggia, lo disarmo e sparo. A lui innanzitutto, e poi a Colmont, a Tual che fuggiva, a Chautemps, e al Ratto addossato al muro.

Uccidere per finta era il mio ossigeno. La mia strategia per sopravvivere.

«Bonneau!»

Sussultai.

Il capocordaio indicò l'ammasso di fili che occupava la mia postazione.

« La drizza non si intreccia mica da sola, sai? »

Mi arrotolai le trecce di canapa attorno alla vita e poi indietreggiai, lentamente, fino al fondo del laboratorio, ondeggiando tra i trefoli tesi all'infinito, i torni e le ruote. Sovrappensiero, piegavo a due mani i fili destinati alla navetta. I detenuti incaricati dell'arcolaio avevano simili movimenti sognanti. Idem quelli dei quadrati. L'incendio occupava gli animi. Era un momento votato alla disattenzione. Un attimo di distrazione, e tre pupilli addirittura girarono puleggia e crochet nella stessa direzione, rischiando di slegare tutto. Il responsabile si lanciò sul loro cavalletto, districando i fili con il suo topino a forma di croce. Non urlò nemmeno. Sapeva che il laboratorio era nervoso e non volle peggiorare la situazione.

« Tu sai qualcosa? » mi chiese uno di Saint-Nazaire.

No. Non sapevo niente. Solo che saremmo finiti in cella, se ci beccavano a parlare invece di concentrarci sul lavoro.

Prima di pranzo ci riunirono nel cortile, come per la parata della domenica, ma senza l'uniforme blu. C'erano tutti i pupilli. E anche le guardie. Però nel gruppo dei lattonieri non vedevo Viallard. Non era nemmeno con chi inscatolava le sarde o le conserve. Quando il direttore entrò in cortile, prendendo posto sulla pedana di legno, Chautemps batté le mani. Ci togliemmo i berretti, rettificando le posizioni. Lui e Le Goff si misero istintivamente sull'attenti.

François-Donatien de Colmont aveva la faccia del dramma. Ci osservò a lungo, senza fiatare. L'anno prima era stato fatto cavaliere della Legione d'onore. Ma dentro la colonia non indossava mai la medaglia. Lasciava quell'orgoglio agli uomini che avevano conosciuto la battaglia. Le Goff ce l'aveva detto. Ci aveva anche spiegato che il suo capo portava la spilla solo nei ricevimenti ufficiali, nelle cene con le personalità importanti, nelle commemorazioni o nei comizi agricoli. Così facendo rendeva onore all'Istituto di educazione sorvegliata.

Quel mattino però era arrivato con la croce e con il fiocco rosso sul bavero.

Si stava mettendo in mostra.

La sua voce forte.

« Per prima cosa, i fatti. »

Spinse i pollici sotto il bavero della giacca.

« Questa notte un vandalo ha incendiato il magazzino del fieno di Bruté. »

Rumore tra le fila.

« L'odore che sentite è quello. Un anno di raccolto andato in fumo. »

Silenzio totale.

« E secondo i pompieri la paglia brucerà ancora per una settimana. »

Il direttore scese dalla pedana, con le braccia lungo il corpo. Percorse le nostre colonne, ispezionando le truppe.

« A meno che non ci siano salti nella linea di controllo, il disastro dovrebbe restare circoscritto al magazzino. »

La colonia agricola non era bruciata.

« E per fortuna non ci sono vittime. »

Sospirai.

« Il colpevole di quest'azione immonda è stato acciuffato. »

Stupore sui volti. Io mi guardavo le galosce.

« Si tratta di un essere vile, già conosciuto per atti contro natura. »

Ognuno guardava il suo vicino di sottecchi. Alcuni sguardi ne interrogavano altri.

« Il delinquente si è fatto prendere con le mani nel sacco. Stava lì seduto a contemplare il suo operato. »

Il Becco tornò sul pulpito.

« Ma non è tutto. »

Si girò, indicando col dito la porta della cappella. Questa si aprì e ne uscì Armand Viallard, ammanettato dietro la schiena, scortato dal prete e da tre gendarmi. Il gruppetto si fermò. Colmont aveva orchestrato la scena come una cerimonia tragica.

« Il criminale aveva un complice, suo fratello. »

Nuovo rumoreggiare tra i ranghi.

« Sì, signori, il pupillo Viallard si è dichiarato colpevole. »

Il Becco incrociò le braccia, squadrando il prigioniero.

« E si è confessato con il prete. »

Non potevo alzare la testa.

« Ha aiutato il fratello a compiere il misfatto. »

Il direttore ci guardò, indicando il prigioniero col dito.

« Probabilmente non si tratta del suo unico complice. »

Smisi di respirare.

Il direttore fece un gesto sprezzante con la mano. Congedava così il colpevole e la sua scorta.

« Ecco quindi il pupillo Viallard che ci lascia. »

Colmont ordinò bruscamente:

« Guardatelo! »

Ci girammo verso la triste comitiva. I gendarmi erano tronfi di importanza. A vederli gonfiare il petto così, c'era da credere che avessero appena catturato il capo del *Gwenn ha du*. L'anno prima, a Rennes, il gruppo autonomista bretone aveva distrutto ciò che veniva chiamato « il monumento dell'annessione », che celebrava l'unione di Francia e Bretagna. La duchessa Anna di Bretagna devotamente inginocchiata davanti a re Carlo VIII.

In occasione di uno dei suoi sermoni, l'attentato era stato duramente condannato dal nostro cappellano. Ma non da Le Goff.

Alla messa, seduta tra i banchi, la guardia si era fatta discretamente il segno della croce e aveva sorriso. L'eroe di Verdun veniva dal Finistère, pregava e imprecava in bretone.

Eppure non era un bombarolo quello che i gendarmi stavano portando via legato, ma solo Armand Viallard, sedici anni, ragazzino dell'Assistenza sociale, la nostra madre comune. Un ladro di pane, atteso al tribunale di Vannes per complicità in incendio doloso. Sarebbe stato trasferito al centro penitenziario di Eysses. Laddove anche il fratello di tredici anni sarebbe stato condotto.

I militari si misero in marcia nel cortile dei laboratori, come alla parata. Direzione: il corpo di guardia e il portone d'ingresso. Il loro detenuto era ormai solo una schiena curva.

« Guardatelo bene! »

Il Becco aveva le mani sui fianchi.

« Guardate la pecora nera lasciare il gregge che l'aveva accolta! »

Il discorso era finito.

Scese velocemente dalla pedana, mentre Chautemps batté di nuovo le mani.

Direzione refettorio, in fila per tre.

I fratelli non avevano parlato. Nessuno dei due mi aveva denunciato. Ero al contempo sollevato e preoccupato. C'era qualcosa che non tornava. Una qualche minaccia che sentivo aleggiare su di me. Da quando il direttore era entrato in cortile, le guardie mi osservavano. Le Goff, in particolare, spiava ogni mia reazione. E quando Colmont ci aveva energicamente ordinato di guardare il nostro compagno che se ne andava ammanettato, era me che teneva d'occhio. E me soltanto.

Ero seduto in un angolo del tavolo, nel refettorio, quando Napoleone si avvicinò.

«Seguimi, Bonneau.»

Io posai il bicchiere. Finsi stupore.

«Adesso?»

Lui alzò il mento, infilò una mano sotto la giubba e mise l'altra sulla mia schiena. Guardai il distintivo che portava al bavero dell'uniforme, un teschio di bronzo con una croce di fuoco dorata e due spade incrociate.

«Adesso» ripeté Napoleone.

La porta del laboratorio di marineria era aperta. L'enorme stanza serviva da timoneria e aula magna, ma quel giorno era stata trasformata in pretorio. Chautemps, Le Goff e due mastri timonieri circondavano il direttore, seduto dietro un tavolo da carteggio. Un pupillo stava inginocchiato in corridoio, faccia al muro, in attesa del suo turno di punizione. Tutti mi guardavano severamente. Questa volta era tutto vero.

Napoleone mi spinse in mezzo alla stanza.

«Entra, Bonneau» disse Colmont.

C'era il mio striscione aperto davanti a lui. Posato al contrario.

Con un gesto della mano indicò un banco. Sopra c'erano un foglio e un carboncino.

«Siediti.»

Io tolsi il berretto. Mi sedetti. Era la prima volta che entravo lì dentro. Su tutti i muri, gli scaffali e i banchi da lavoro c'erano carte nautiche, manuali di navigazione, bussole, bandiere delle nazioni marittime.

Avevo di fronte un tribunale.
« Sai perché sei qui, Bonneau? »
Il Becco mi guardava da sopra gli occhiali. Pensai al gatto tigrato del Cheshire, alla storia di Alice che ci avevano raccontato a scuola.
« O forse preferisci che ti chiami la Tigna? »
Io ostentavo una faccia innocente. Lui mi squadrava. Non rispondevo.
« Bonneau? »
Il carboncino era tagliato come uno stiletto appuntito ma non provai a fare niente, e niente immaginai. Il momento era troppo grave per permettere alla mia mente di cavargli un occhio.
« No, signor direttore. »
« No cosa? »
Mi stava accerchiando una parola per volta.
« Non so perché sono qui. »
Lui sorrise, con le mani in grembo. Mi chiese se avessi sentito parlare dell'incendio di Bruté, se avessi capito che i colpevoli erano stati arrestati, e che sospettavano ci fosse un altro complice. Annuii a ogni domanda. Sì, lo capivo.
« Bene, Bonneau. È un buon inizio. »
Lui si girò verso il pupillo che stava in punizione.
« Lajoux? »
L'apprendista timoniere si alzò, staccandosi dal muro. Lo conoscevo solo vagamente. Non era un capobanda, ma piuttosto un commerciante. Barattava tutto ciò che poteva. Anche le carezze. Di lì a pochi mesi sarebbe diventato maggiorenne e avrebbe lasciato Haute-Boulogne per la marina mercantile. La Colonia penale gli aveva insegnato un mestiere.
Il direttore chiese a Lajoux di ripetere ciò che aveva detto alle guardie. E quello recitò qualche frase, come a memoria. Il lattoniere Armand Viallard gli aveva chiesto un

rotolo di carta vergata. Lui lo aveva venduto per una settimana di razione di pane.

« E per cos'altro, depravato? »

Il ragazzo abbassò gli occhi senza rispondere. Era sull'orlo delle lacrime.

« Ti vergogni, spero? »

Lajoux annuì con energia.

« Continua. »

Fece un respiro. Stesso flusso di parole, una lezione imparata alla perfezione.

« Viallard ha detto che la carta era per Bonneau, della corderia. »

Si zittì.

« E basta? » interrogò il Becco.

« Sì, basta. Per Bonneau, della corderia. »

Colmont si alzò, andò verso la finestra. Guardò il cielo.

« Non ti ha mai parlato di voler appiccare il fuoco a Bruté? »

L'altro fece di no con la testa.

« Non ho sentito. »

« No, signore » ripeté Lajoux.

Io ero seduto al mio banco, con le mani appoggiate sul piano. Lajoux aveva denunciato Viallard, e poi me, per il furto della carta. Forse non sapeva niente di più.

Il direttore tornò al suo posto.

« Confessi, Bonneau? »

« Assolutamente no » risposi.

Lui si irrigidì.

« Pensi che Lajoux si sia inventato tutto? »

Scossi le spalle.

« Rispondi, Bonneau, pensi che sia una menzogna? »

Guardai Lajoux. Rabbia negli occhi.

« Ma io cosa c'entro, cretino? »

« Rivolgiti a me » tuonò Colmont.

Mi voltai verso il direttore.

« Ma io cosa c'entro, signore? »

Chautemps fece un salto dalla sedia, e mi si scagliò contro con il braccio alzato.

« Insolente! »

« Chautemps! » urlò il suo capo.

La guardia tornò al suo posto, offesa. Avrebbe voluto sgozzarmi.

Con Erwann Lajoux avevano finito. Niente lo collegava all'incendio. Sarebbe stato punito solo per il furto della carta. Decisione del direttore. Poi Le Goff lo riaccompagnò.

Restavo io da solo di fronte all'accusa.

« Hai preso il certificato di studi qui da noi, vero Bonneau? »

Sì con la testa.

« Avevi tredici anni, no, il primo anno di colonia marittima? »

Sì di nuovo.

« Quindi sai leggere, scrivere, far di conto. Le guardie dicono che ti interessi di storia e di geografia. »

Cenno del capo.

« E anche un po' di politica, vero? »

Chinai il capo.

« Non fare il modesto. »

Si piegò sul tavolo.

« Dimmi un po', Bonneau, preferisci il Cartello delle sinistre o le Leghe nazionaliste? »

Il mio sguardo vuoto.

« Non ne capisco granché, signore. »

« Eppure parli un sacco durante le pause. Me l'ha detto più di un uccellino. »

Aprì un foglio stropicciato preso dalla tasca. Lo lesse.

« Di recente hai sostenuto davanti a due cordai che il ministro Édouard Herriot è stato nominato colonnello dell'Unione sovietica da Stalin.»

Così si diceva.

«Dove sei andato a pescare questa notizia?»

Non risposi. Adesso avevo capito. Per scagionare Viallard l'illetterato, il Becco si inventava Bonneau l'agitatore. Le autorità avevano bisogno di un responsabile.

«Tu sei già stato coinvolto in un incendio, non è vero?»

Non potevo negarlo.

«Quanti anni avevi? Dodici?»

«Tredici, signore.»

Consultò il foglio.

«Tredici, giusto.»

Una smorfia del direttore.

«È stata proprio quella bravata a portarti qui da noi.»

«Non è stata una bravata.»

Sorrise.

«Ah, giusto. Secondo te stavate rimediando a un'ingiustizia.»

Non risposi.

«I fratelli Rolin, i tuoi complici, sono stati condannati a sei e a quindici anni. Ti è andata bene.»

Alzai le spalle.

«Non avevo fatto niente.»

Lui annuì.

«Ma certo, come stavolta. La Tigna è sempre nel posto sbagliato al momento sbagliato.»

Colmont mi osservò. Ero un enigma. Si scosse.

«Suvvia Bonneau, prendi il carboncino che hai davanti.»

Sapevo che quel momento sarebbe arrivato.

Simulai stupore.

Il Becco incrociò le mani dietro la testa e allungò le gambe sotto il tavolo.

«Le Goff, detti a Bonneau, per favore.»

Il monco si aggiustò la benda grigia di sporcizia sull'occhio.

«Pronto Bonneau?» chiese Le Goff.

Finsi di non capire. Pronto? Per cosa?

«Adesso scrivi.»

Guadagnavo tempo. Sapevo quello che si aspettavano da me. Seguii la guardia con gli occhi. Lui si mosse nella sala come un professore che va alla lavagna.

«Tual, ti meriti le fiamme dell'inferno» recitò Le Goff.

«Cosa?»

Rischiavo la testa.

Le Goff interrogò il suo capo con lo sguardo.

«Continui il dettato.»

Avevo previsto quella trappola. Scrivendo lo striscione, avevo mischiato lettere maiuscole e minuscole. Aggiunto uno zoccolo spesso alla «r» e disegnato dei riccioli alla base delle «f».

Era una scrittura che non somigliava alla mia.

Ero ancora a bocca aperta con il carboncino a mezz'aria.

«Ripeto» disse il monco. «'Tual, ti meriti le fiamme dell'inferno'.»

Io osservai la guardia in piedi, il direttore seduto, i capi di laboratorio immobili. Mi chinai sul foglio, passai sulla lingua la mina del carboncino e scrissi: «Thual, ti meriti le fiame dell'inferno».

Il monco venne alle mie spalle. Mi strappò il foglio e lo portò al direttore.

Il Becco lesse. Il suo sorriso malvagio.

«Non sappiamo più scrivere il nome della nostra vittima? Facciamo degli errori di grammatica?»

Si lasciò andare sulla sedia.

«Stai facendo il furbo, Bonneau?»

Io avevo posato con cura il carboncino sul banco. Non risposi.

« Tuo padre non ti ha chiamato Jules a caso, eh? »

Questa l'avevo già sentita centinaia di volte. Una volta di più quel giorno. Bonneau si pronunciava come la famosa banda Bonnot. Mio padre era un contadino della Mayenne. Non so nemmeno se sapesse chi era l'anarchico Jules Bonnot, ma l'ombra di quell'uomo mi seguiva da sempre, dalla prima famiglia d'accoglienza alla prima condanna per furto, ribellione e offesa a pubblico ufficiale.

« Finirai come quel criminale, ragazzo! »

Era la frase di tutti. Gendarmi, giudici, guardie, sorveglianti.

Quando avevo undici anni, un guardapesca di Aron, nella Mayenne, credeva addirittura che lo stessi prendendo in giro. Mi aveva beccato mentre pescavo di frodo nello stagno della Forge. Ero con altri due piccoli delinquenti di Belgeard, un villaggio vicino. Avevamo provato a scappare ma il guardapesca era stato più veloce. Non volevo abbandonare la mia canna. Me l'ero costruita da solo. Una canna di bambù, un filo di lino, un tappo di sughero, un piombino bucato e un amo fatto con un ago da cucito. Mi ero lasciato prendere.

« Come ti chiami, piccola canaglia? »

« Jules Bonneau » avevo risposto.

Il guardapesca era scoppiato a ridere.

« E sai chi sono io? Il capo della Sicurezza nazionale! »

Avevo cercato di liberarmi.

« No, signore, non è scritto uguale. »

*

Non confessai niente. Mi punirono lo stesso. Cella di isolamento.

«Ti tocca il Gran Ballo, Tigna» gracchiò Chautemps.

In sei anni non ero mai stato condannato al Ballo. Si trattava di una lunga pista ovale di cemento, larga trenta centimetri, sistemata sul pavimento di una sala al coperto e completamente spoglia. Le guardie la chiamavano «la tavola».

Ci arrivai alle otto di mattina. Altri cinque già ci camminavano sopra. Non si trattava di superarsi l'un l'altro o di vincere la corsa, ma di resistere fino a sera. Ed era tutto vero.

Quell'infame di Lajoux era già lì. L'apprendista timoniere camminava a fatica. Ogni passo era per lui una sfida. Vedendomi, girò la testa dall'altra parte.

«Lajoux, non stiamo mica facendo una passeggiata, cammina!»

Mi dissero di togliere le scarpe, le calze. Presi posto su quell'affare a piedi nudi. Non urtare il pupillo davanti, non rallentare quello dietro, non perdere l'equilibrio e non scivolare sul pavimento. C'erano due guardie che ci degnavano appena di uno sguardo. Stravaccate sulle loro sedie, aspettavano il pasto. Camminare, camminare, camminare. Uno, due, cento, mille giri di pista. Un numero da circo. Lo facevano per stroncarci. Io ero furioso.

Verso mezzogiorno la guardia Fontan suonò la pausa. Quello alla testa del Ballo, un capobanda che aveva picchiato il vicino di cella, si lasciò cadere sulla pancia. Gli altri crollarono con lui. Io resistetti. Scesi da vincitore, in piedi e fiero, come da una scalinata col tappeto rosso. E mi sedetti sul pavimento. Avevamo due bacinelle d'acqua per dare sollievo ai piedi. Con l'unghia bucai la bolla nera e le vesciche bianche che mi deturpavano il tallone. Uscì il liquido.

Nessuno parlava. Riprendevamo fiato e forze.

Dopo un piatto di lenticchie, una mezza cipolla e un pezzo di groviera, risalimmo su quel percorso stretto. Io camminavo a denti stretti, i pugni vicini sul petto. A metà del pomeriggio finsi di essere Eddie Tolan, vincitore dei cento metri ai Giochi olimpici di Los Angeles. La sua foto, ritagliata da un giornale, era circolata tra i pollai. Accelerai, fino a urtare il colono davanti a me. Un primo colpo. Un secondo. Partii in quarta. Uno sprint, incollato alla schiena dell'altro.

« Bonneau! » urlò una guardia.

Ne avevo abbastanza. Tentai un sorpasso sulla sinistra. Gomitata sulle costole. Il tipo davanti a me cadde pesantemente sul fianco.

« Bonneau! »

Ne approfittai per crollare anch'io. Trascinandomi dietro gli inseguitori.

Ero disteso a terra, sulla schiena. Il resto del Ballo sparpagliato sul pavimento.

« Sono scivolato, capo! »

« Su di nuovo! Continuate! » urlò la guardia.

Io mi distesi lentamente. Mi pulsava la testa. Avevo sete. Male in tutto il corpo. Risalii in pista e ripresi la mia corsa. A denti stretti, con il nastro di mia madre prigioniero nel pugno, la bocca aperta e i piedi brucianti.

« Ti tengo d'occhio, Bonneau! »

Me ne fregavo. Io camminavo. Sulla pista di cemento, nella mia testa, nei miei sogni, camminavo verso il corpo di guardia, verso il muro, verso il mare, verso tutto ciò che non mi rinchiudeva più. Camminavo sempre più veloce, lontano dalla colonia, e nessuno poteva più raggiungermi. Lo senti Becco? Ora corro! E tu, Chautemps? Scappo! Riesci a prendermi Le Goff? Dimmi un po', caro prete, chi è che ha il coraggio di lanciarsi al mio inseguimento? Forse tu, dottore? O tu, Spietato, con il tuo labbro leporino? Tu, Toupet, che ti riaggiusti i capelli biondi a ogni starnuto? O voi gendarmi, che date la caccia ai bambini evasi sulla spiaggia? Chi me lo impedirà, eh? Chi mi prenderà? Io cammino, signori miei. Corro.

Corro e vaffanculo!

Ero stato condannato a due giorni di Ballo, dall'alba al tramonto. A una giornata di « pane secco senza pane », come diceva Le Goff, sei giorni di pane secco e sei giorni di isolamento. Piansi tutte le sere, in segreto, di rabbia e di dolore, con la faccia nelle lenzuola. Volevano che confessassi. Non lo feci. Negai fino alle lacrime. Nemmeno per un attimo li sfiorò il pensiero di avermi fatto correre per niente, isolato per niente, affamato per niente. A parte una denuncia, non avevano alcuna prova contro di me ma serviva un colpevole. E poter dare un esempio, anche.

La prima sera del Ballo, l'infermiera chiese di vedere i puniti. Dopo essersi annodata il velo sulla testa, mi spalmò una grassa pomata sulla pianta dei piedi. Mentre mi disinfettava la ferita, mi informò che l'incendio di Bruté era finito in prima pagina sull'*Ouest-Éclair*. Esclusa la pista criminale, l'inchiesta della gendarmeria aveva concluso fosse stata una « combustione spontanea » dovuta alla fermentazione del fieno.

Io ero seduto sul letto, la Rossa aprì il giornale.

« Vuoi ancora cavarmi gli occhi? »

No. Me ne vergognavo. Scossi la testa.

« Tieni. Leggi. »

Guardai l'articolo. Lei aveva cerchiato un passaggio con la matita blu.

« *Per effetto dell'umidità, tra le scorte si sono sviluppati batteri e muffe, che hanno progressivamente aumentato la temperatura fino al punto di infiammarsi.* »

Sorrise.

« Dev'essere seccante venire punito per qualcosa che non si è fatto, no? »

La osservai. Non era per niente sciocca.

«Non lo trovi ingiusto, Bonneau?»

Non risposi. Stava giocando.

«Ad ogni modo, la colonia ne esce bene. Nessuna rivolta, né incendio criminale.»

La sua mano, per aiutarmi ad alzarmi.

«E poi, così l'onore del direttore è salvo.»

L'infermiera non mi curò davvero né tantomeno mi diede sollievo, piuttosto mi rattoppò. Mi riparò perché potessi risalire in pista. E anche questa volta, mi andava bene così. Quando mi riaccompagnò alla porta dell'infermeria, sentivo dolore. Zoppicavo. Lei mi posò una mano leggera sulla spalla.

«E il tuo, Bonneau, di onore, dove sta?»

«Nel continuare il Ballo senza piangere, signora.»

3

L'uovo e la gallina

A sette anni rubai tre uova in un pollaio della Mayenne.

Augustin, mio padre, era bracciante stagionale. Era rimasto ferito durante la guerra e da allora era condannato ai lavori più marginali. Alcuni agricoltori lo chiamavano solo per carità cristiana. Altri come gesto di solidarietà. Aiutavano il conterraneo o l'ex soldato, ma la sua paga era un ben misero aiuto.

Quando mia madre se ne andò avevo cinque anni. Conservo pochi ricordi di lei. L'odore umido del suo collo, il fumo della sua sigaretta, la sua voce roca. E il nastro di seta grigia che si annodava tra i capelli. La mattina della fuga, me lo legò al polso. Io dormivo ancora. Solo più tardi ho saputo che ci aveva lasciato per il fisarmonicista italiano di una balera.

Il giorno dopo mio padre mi portò dai suoi genitori. La mamma mi aveva abbandonato, i nonni non mi volevano. Mi sistemarono in un angolo della cucina, vicino alle scale che portavano alla dispensa. In una rientranza del muro mio nonno mi costruì una specie di camera. Un materasso, delle lenzuola, una coperta, un comò.

A tavola il pezzo di lardo era per lui, le verdure per sua moglie e il resto per me.

« La carne a chi lavora » dicevano.

Non erano cattivi. Funzionava così. Era normale.

Per tutta la vita avevano coltivato la terra di qualcun altro. Alla morte del padrone, i figli avevano venduto tutto.

La fattoria, i campi, le coltivazioni. Ma avevano risparmiato la *longère* che i miei nonni occupavano in cambio del loro lavoro. Il proprietario gli aveva lasciato quella capanna, prima di morire. I loro nomi sul testamento. La firma della nonna in fondo al documento, la croce del nonno, l'orgoglio di una vita.

Avevo sempre fame, tutto il giorno. Soprattutto d'inverno, senza frutta né verdura da rubacchiare in giro. Nell'autunno del 1921 scavalcai il cancello di una fattoria con un altro ragazzo del villaggio. C'era la festa della mietitura. Gli altri erano tutti là. Lui rubò una vanga nella stalla e io tre uova dal pollaio. Fu la vanga a farci prendere, pesante com'era. Il mio compare la portava in spalla come un fucile, fischiettando una marcetta. Stavamo per separarci all'incrocio, andando ognuno per la propria strada, per la sua parte di calvario.

«Ehi, voi due!»

Un contadino della zona. Lo avevo visto picchiare suo figlio nel campo una volta.

Il mio amico lasciò cadere la vanga nel fosso. Scappò di corsa.

«Bonneau!»

Il tizio mi aveva riconosciuto. Ero fregato. Mentre lui si dirigeva a grandi passi verso di me, mi colpii la tasca dei calzoncini con la mano. Ruppi le uova. Il giallo e il bianco dell'uovo mi colarono lungo le gambe nude. Un solo sguardo. E aveva capito.

«Ladro!»

Mi scosse le spalle, sollevandomi poi per i capelli, una punizione riservata ai suoi figli. Tirandoli da tre ciuffi delle tempie li obbligava a camminare piegati.

Per prima cosa mi ordinò di condurlo sul luogo del furto. Poi, trascinandomi a passo di granchio, mi portò dal proprietario delle galline.

Appoggiato al chiosco della festa, stava bevendo con mio nonno.

Il padre di mio padre mi prese a schiaffi. In pubblico. Mi aveva accolto a casa sua, mi stava crescendo, mi dava da mangiare e io lo svergognavo così. Infangavo il nome dei Bonneau. Mi prese per il braccio e mi ordinò di presentare le mie scuse. Al contadino, innanzitutto. E poi al villaggio intero. Ci saranno state circa cinquanta persone. Adulti, bambini. Chiesi scusa a tutti. E poi mio nonno chiamò Barnabé, la guardia campestre.

« Chi ruba un uovo oggi... » diceva spesso con aria di saperla lunga.

Barnabé si appuntò con cura il mio nome sul taccuino nero da poliziotto.

« Jules Bonneau, devi rigare dritto. »

Mi osservò in modo strano.

« Oppure il tuo nome entrerà nella storia del crimine. »

Mio nonno si era allontanato. Mi aveva affidato a qualcuno di più importante di lui. Il mio futuro era nelle mani della Giustizia. Il proprietario delle uova andava in cerca di attenzioni. Annuiva a destra e a manca. Rispondeva a domande sussurrate. Restituiva gli sguardi. Sì, era successo proprio a lui. Si pavoneggiava. Chiedendosi se ne avrebbero parlato su *Le Républicain de la Mayenne*. Per *L'Hebdomadaire des campagnes* era comunque una discreta notizia. Tra l'altro sembrava che si trattasse di una banda organizzata, dato che un secondo ladro si era dato alla fuga. A quanto pare quest'ultimo aveva mollato il bottino solo per l'intervento coraggioso di Donatien Croizier.

« Croizier con una 'z' » precisò l'eroe del giorno.

Barnabé stava finendo il suo verbale, con la fronte china sul taccuino.

Bonneau il ladro, Maurelle l'allevatore di polli, Croizier il giustiziere. A poco a poco la misera folla si disperdeva. Erano tutti sollevati. Giustizia era fatta.

Maurelle era tornato al chiosco, a ringraziare Croizier con una bella birra. Mio nonno spiegava a chi era rimasto che non ero mai stato facile. Anche a scuola creavo problemi. Bucavo i pantaloni sulle ginocchia giocando in cortile e rispondevo all'insegnante. Tutto per colpa di mia madre che se n'era andata. Proprio così. Da un giorno all'altro per giunta. No, non aveva più dato sue notizie. Veniva da Château-Gontier, una ragazza di città. Volgare. In chiesa metteva le scarpe rosse. Non si era mai abituata alla fattoria. I miei nonni non si erano mai fidati di lei. Esatto. E io avevo preso tutto da lei e niente dal figlio. Un uomo vero, il figlio. Menomato dalla guerra, ma un brav'uomo. Faceva quel che poteva ormai.

Quando mio nonno rimase solo, guardò in direzione del chiosco.

« Ha intenzione di arrestarlo, Barnabé? »

La guardia sorrise.

« Per tre uova? »

Chiuse il taccuino nero con l'elastico.

« Lo riporti a casa. Mi sembra che abbia imparato la lezione. »

Mio nonno era indeciso se riaccompagnarmi o bersi un ultimo bicchiere.

Croizier e Maurelle lo stavano chiamando.

« Rimani qui, tu. Torniamo a casa appena ho finito di rimediare alle tue sciocchezze. »

E poi se ne andò veloce al bancone, dove lo aspettava un boccale bello fresco.

La guardia campestre si alzò.

« Ah, dimenticavo! »

Riaprì il taccuino.

« Un'ultima formalità. »

Mi passò il taccuino. Io allungai la mano. Tremavo. Lui sorrideva.

« Sai firmare? »

Sì, lo sapevo fare. Avevo addirittura abbellito il mio nome di un ricciolo.

Stavo per prendere la matita quando lui la tirò indietro.

« Perché hai rubato quelle uova? »

Chinai la testa. Quel suo sguardo troppo gentile mi faceva paura.

« Avevo fame, signore. »

Lui sospirò, annuendo. Aveva la bocca triste.

Mi piaceva Barnabé. Una mattina avevo fatto il giro delle fattorie con lui. Mi aveva permesso di battere il tamburo a mezzogiorno, per annunciare i nuovi orari della corriera per Mayenne. Mi chiamava poverino o piccolo vagabondo. Più volte mi aveva trovato lungo il fiume o nei frutteti invece che a scuola. Un giorno aveva condiviso con me la sua mela. Io ero senza merenda. Gliel'avevo detto.

Mi diede il taccuino, la matita.

« Allora firma, piccolo bandito. »

Aprii il taccuino. Non aveva scritto niente sulla pagina. Non una parola, non un nome. Aveva semplicemente disegnato un buffo pollo. Ero interdetto.

« Cosa devo fare? »

« Be', firma, te l'ho appena detto. »

Io esitavo, con la matita ferma sul foglio a quadretti.

« Firmo con il mio nome? »

Lui sorrise.

« No. Disegna un uovo. »

Non me lo feci ripetere. Bagnai la matita tra le labbra e tracciai un bell'ovale. Un bell'uovo di gallina. La mia prima riparazione penale.

*

Mio nonno aveva ragione. Avevo rubato un uovo oggi, avrei rubato una gallina domani. Un cosciotto di capriolo che sporgeva da sotto uno straccio, al banchetto di un matrimonio. Un orologio da taschino, appoggiato su un sasso il tempo di un bagno. Una coperta stesa su un filo ad asciugare. Il coltellaccio di un cacciatore. Un berretto nuovo, una brocca in metallo punzonato, una bustina di tabacco, tutto ciò che mi capitava a tiro. E poi scambiavo un oggetto con un altro. Il coltello per trenta biglie di terracotta colorate. Un accendino a benzina di latta, a forma di testa di donna, per un paio di scarpe da città arrivate da Laval.

Fino al 19 aprile 1927 non mi presero mai. Ogni volta schivavo il possibile sospetto. Un'anguilla. Anche in classe, dopo aver svuotato l'astuccio di un compagno, ero sempre riuscito a sbarazzarmene in tempo, e a far punire qualcun altro.

Quel giorno era un martedì. Avevo marinato la scuola. Con i fratelli Rolin, due del paese, ero andato a Mayenne in bicicletta. Loro avevano portato una mezza bottiglia di vermut per darsi coraggio. E un litro di benzina in un vecchio bidone dell'olio. La questione era seria. Dovevano vendicarsi di un brutto tiro giocato ai loro genitori un anno prima.

« Dategli fuoco a quel bastardo! » aveva urlato la sorella maggiore per incoraggiarli.

Mi piaceva la sorella Rolin. Era gentile con me. Quando eravamo saliti sulle bici, mi aveva mandato un bacio. Mi ero girato, e l'avevo salutata con la mano.

Era per lei che andavo con i suoi fratelli.

Volevamo sposarci.

Non la rividi mai più.

La madre lavorava in una sartoria. Rammendava gli strappi, aggiustava le maniche o cuciva gli orli prima che i vestiti fossero affidati alle lavandaie. Una sera erano sparite trenta lenzuola dell'Hôtel de la Barre Ducale da rattoppare. Il giorno prima, verso mezzogiorno, Suzanne Rolin aveva lasciato precipitosamente il banco di lavoro. Sanguinava dalla bocca e dal naso, come le succedeva spesso, e aveva male alla pancia dal mattino. Suo marito era venuto a prenderla. Era uno straccivendolo. Aveva lasciato il carretto col suo carico davanti alla porta della sartoria. E tanto era bastato.

Il padrone aveva chiamato i gendarmi, il cognato era un ufficiale. Secondo lui Victor Rolin aveva approfittato dell'occasione per ficcarsi le trenta lenzuola in mezzo agli stracci. Ne era sicuro. Nessuno aveva visto la donna prendere le lenzuola, né il marito nasconderle nel carretto a braccia. Arrestati al mattino e interrogati dalla polizia, i due coniugi avevano negato. Lei piangeva, lui voleva fare a botte per difendere il suo onore. Avevano dovuto ammanettarlo a una panca.

I fratelli e la sorella avevano assistito a tutto. L'arresto, la perquisizione selvaggia. I militari avevano messo sottosopra la loro stamberga. Avevano visto la madre avere una crisi di nervi quando il portacipria bianco si era rotto in terra. Il suo regalo di nozze. Avevano seguito i genitori legati per il guinzaglio, erano saliti con loro sul furgone cellulare, li avevano accompagnati per le strade di Mayenne fino alla gendarmeria. Per la prima volta in vita loro, i fratelli si erano presi per mano camminando per strada. Come bambini piccoli.

Nonostante le urla, la rabbia e le lacrime, i coniugi Rolin erano stati giudicati e condannati senza prove. Lei a cinque anni di prigione per furto senza scasso, lui a tre anni per complicità.

IL COLPO DELLE LENZUOLA aveva titolato *Le Républicain*. Durante il processo avevano infangato il nome dei Rolin. Il giornale aveva parlato del padre come del « sinistro straccivendolo » e chiamato la madre « la commediante », quella che aveva finto di stare male per scappare con la stoffa.

Era avvenuto l'anno prima.

Dopo due settimane di galera, Suzanne Rolin era morta nella prigione di Laval. Nessuno aveva pensato di curarla. Ma questa volta non si era presentato nessun giornalista. Qualche giorno dopo, una delle sarte aveva ritrovato le lenzuola nel laboratorio, in fondo alla rimessa, nascoste sotto un materasso da rivestire. C'erano tutte. Trenta lenzuola, accuratamente rattoppate dalla loro innocente madre, piegate e pronte per la consegna. E di nuovo la stampa non c'era. Neanche un articolo. I Rolin erano stati condannati dai giudici della carta stampata. E smentirsi non era loro abitudine.

Il marito era stato scarcerato senza ricevere nessuna scusa. Aveva perso il senno. I figli erano stati affidati allo zio, un agricoltore di Moulay. Ed erano rimasti a vivere da lui.

*

I fratelli Rolin erano selvaggi. Lucien, sedici anni, René, tredici, delle belve. E Marcelle aveva una gamba troppo corta per camminare come noi. Lucien si credeva Jean Valjean. René faceva come Lucien. A diciott'anni Marcelle metteva i tacchi e si truccava. Per loro, giustizia era una parolaccia. Avevano visto la madre morire, il padre impazzire. Non credevano più in niente. Avevano sofferto troppo. Nessuno avrebbe potuto ricondurli alla ragione. Quando avevo seguito i fratelli in bici, ero soltanto un somaro che saltava la scuola. La loro rabbia avrebbe fatto di me un criminale.

E volete sapere una cosa? Mi andava bene così. Mio padre beveva, mia madre era scappata per ottenere di meglio. Io vivevo con due vecchi in una fattoria in mezzo ai campi. A scuola imparavo cifre che non servivano a niente. Nomi di paesi in cui non sarei mai andato. Il maestro ci parlava di morale. Cos'è, la morale? Lasciare il brodo a un bambino e tenersi la carne? Cosa faceva per noi, la morale? E l'istruzione civica? E di « amerai il prossimo tuo come te stesso », salmodiato dal prete, cosa avrei dovuto farmene? Mi odiava, il prossimo mio. Mi aveva tirato le orecchie mentre pescavo la lasca nel lago. Aveva definito mia madre una donna facile quando se n'era andata. Aveva lasciato mio padre, un eroe di guerra, ammazzarsi di fatica a raccogliere le patate di quei bastardi che avevano disertato le prime linee del fronte. Eccolo qui, il prossimo mio. Lo capite? Sapete cosa vuol dire venire abbandonati per un fisarmonicista? Conservare di vostra madre solo un nastro di seta striminzito? Sapete cosa significa rubare tre uova per poterle bere dietro un cespuglio? Cosa sapete voi della fame, signori della Giustizia? E del freddo? Avete mai avuto le suole di cartone a mascherare i buchi nelle scarpe? Conoscete la vergogna dei pantaloni rotti? Il dolore delle notti senza genitori?

Nessuno sa niente. Nessuno, mai, parlerà di questa solitudine. Di questa miseria. Dell'immensità di una notte senza un tetto sopra la testa. Della brina del mattino, che imperla la giacca di un povero.

Erano come me, i fratelli Rolin.

Quando arrivammo a Mayenne, mi proposero di tirarmi indietro.

«È affare nostro, Bonneau, non tuo» mi disse René. Era in classe con me, marinavamo la scuola insieme.
«È anche la mia, di vita» risposi.

Avevamo parcheggiato le bici in rue Neuve-des-Halles, a qualche decina di metri dalla sartoria. E dalle Nouvelles Galeries, il più grande magazzino della regione.

Lucien era davanti con la benzina. Poi veniva René con il vermut. Io ero l'ultimo. Quello a protezione. Da sempre, era quello il mio ruolo. Prima che qualcuno mi soprannominasse la Tigna, altri mi avevano chiamato la Sentinella. Non avevo mai voluto essere il capo di niente, né il comandante di nessuno. Ero un soldato semplice.

E così anche quel giorno di aprile, a Mayenne. Seguii i fratelli tra l'erba, sotto il Pont de l'Impératrice. Ci sedemmo senza fiatare. Lucien tolse il tappo della bottiglia di liquore. Bevve per primo, con gli occhi sulla Mayenne. Passò la bottiglia a René. Poi a me. Il vermut era amaro, un miscuglio di zucchero e bacche.

Ci rialzammo verso le quattro del pomeriggio. Mi veniva da ridere. E tornare a casa. L'erba sulla riva era quasi rosa. Io avevo delle farfalline davanti agli occhi. Guardai Lucien riempire la bottiglia con un po' di benzina e arrotolarla in una striscia di stoffa.

Lui mi guardò.

«Che fai allora? Te ne vai o continui insieme a noi?»

Continuavo. Ovvio. Per suo padre, per sua madre, per i seni di sua sorella. Avevo annodato il nastro grigio al polso. Volevo che anche mia madre fosse presente. Non ero stato abbastanza importante per lei, ora volevo che finalmente provasse paura per me.

Avevamo risalito la strada, tre briganti. I fratelli camminavano con le gambe arcuate, io feci lo stesso. Lucien aveva calato il berretto sugli occhi e preparato la sciarpa per coprirsi il volto. Ero scosso dai brividi. Una giovane coppia rideva. Una vecchia signora inveiva contro un carretto trainato da un cavallo. Il sole lottava dietro le nuvole. Quella era la vita di prima. E io stavo per mandarla per aria. Mentre andavo alla sartoria, speravo che tutta la Mayenne si rendesse conto di cosa stavamo per fare. Che la smettessero di sorridere. Che ci vedessero fare giustizia. Io non ero più Bonneau, il bastardo. Loro non erano più i figli della coppia maledetta. Eravamo i purificatori delle trincee nemiche. Avremmo estirpato il male. Rimediato all'ingiustizia. Restituito la dignità a due innocenti.

René entrò per primo urlando:

« Viva l'Anarchia! »

Brandì il suo bidone di benzina.

« Tutti fuori, che scoppia! »

Il padrone non c'era, le sarte si precipitarono in strada, urlando a braccia levate:

« Gli anarchici! »

René aspettò che il negozio fosse deserto per vuotare il bidone sulle coperte, i vestiti da borghesi, un abito da sposa, delle tende, una tappezzeria a fiori, su tutte le altre lenzuola che sua madre non aveva mai rubato. Per strada c'era già il fischietto della polizia. Alcuni commercianti ritiravano la mercanzia gridando. La folla si disperdeva.

L'urlo stridulo di una donna alla finestra:

« Libertà per Sacco e Vanzetti! »

Lucien salì su una cassa di legno dimenticata sul marciapiede.

Urlò:

« Giustizia per Suzanne Rolin! »

E diede fuoco alla bottiglia, prima di lanciarla contro la vetrina della sartoria.

Il locale esplose, come per effetto di una bomba.

Il vetro arrivò ovunque, pezzi di muro, filaccia infiammata, brandelli di stoffa danzavano nell'aria bruciando, fino in strada. Un fumo nero e denso usciva dal negozio, un immenso focolare.

Arrivarono i gendarmi, i pompieri, Lucien e René si buttarono a pancia in giù sul marciapiede, con le mani sulla testa.

« Scappa, cretino! » mi suggerì il maggiore.

Io non ero entrato nel negozio, non avevo parlato e nessuno mi aveva visto. Ero libero di sparire nel fumo, nei detriti, e tornarmene a casa.

Allora unii le mani dietro la nuca e mi stesi accanto al mio amico René. Tremavo. Mi stava succedendo davvero. Era tutto vero, e avevo tredici anni.

*

Lucien Rolin fu condannato a quindici anni di prigione dal tribunale del Mans. Suo fratello René a sei. Io non avevo fatto niente di male, a parte accompagnarli. Non avevo opposto nessuna resistenza ai gendarmi. Perciò il giudice mi assegnò soltanto due anni di detenzione.

Avevo meno di sedici anni. Secondo la legge avevo « agito senza discernimento ». Quindi mi graziarono immediatamente, e mi misero in una cella in attesa che la mia famiglia venisse a prendermi.

Ma mio padre non fu trovato, e i miei nonni non mi rivollero con loro. Si sbarazzarono di me. Esercitando la patria potestà, mio nonno propose alla Giustizia di sistemarmi in un istituto caritatevole. Rifiutai. Respinsi anche la famiglia d'accoglienza e la pubblica assistenza. Ma dato che per strada ero passibile del reato di vagabondaggio, la Giustizia decise di mandarmi in riformatorio fino alla maggiore età.

In quella che chiamavano una Colonia penale.

Rimasi un'ora nell'ufficio del giudice. Venivo da un paesino di campagna? Allora sarei andato a Belle-Île, nel Morbihan. Era una prigione agricola per bambini. Avrei lavorato in una fattoria, aratura e pascolo, ma avrei fatto anche qualche ora di scuola. Sarei stato all'aperto. Il lavoro nei campi e nella stalla mi avrebbe allontanato dalla corruzione della città.

« Alla tua età puoi ancora diventare un bravo ragazzo » disse il magistrato.

Secondo lui non ero ancora stato corrotto dal vizio. Il medico mi aveva dichiarato privo di tare famigliari. Non ero ancora da relegare tra la gioventù colpevole.

Il giudice non parlava a me, ma componeva delle frasi. Avevo l'impressione che recitasse.

Durante la perquisizione ero riuscito a salvare il nastro di mia madre. Ci giochicchiavo nervosamente. Chiesi al giudice se in quell'isola ci fossero sbarre, muri, divise da carcerato. Lui si alzò e sorridendo si accese una sigaretta. Osservò la mia aria triste e mi spiegò che ero fortunato. Nel secolo scorso i ragazzi problematici venivano affidati ai padri del Santo Spirito. A peggiorare le cose, maggiorenni e minorenni erano rinchiusi insieme. L'assassino con il ladro di frutta e il violentatore con la sua vittima. Oggi i veri criminali erano separati dalle mele marce. Grazie a queste colonie i ragazzi affidati alla Giustizia avevano una seconda opportunità, e io dovevo approfittarne.

In un angolo dell'ufficio un uomo prendeva appunti, con il quaderno sulle ginocchia. Non ho mai saputo se fosse un giornalista, uno scrittore, o se ispezionasse il lavoro del giudice, ma capii che le belle frasi del magistrato erano destinate a lui. Stava cercando di sedurre lui, non di rassicurare me. Lo sconosciuto annuiva spesso. Assentiva silenziosamente, incoraggiando il magistrato a continuare con la sua dimostrazione. Grazie alla colonia avrei preso un titolo di studio, imparato un mestiere. Sarei potuto entrare nell'esercito a testa alta. O nella marina mercantile, magari, perché no?

«Nella marina?»

Lui sorrise. La colonia di Haute-Boulogne era divisa in due, marinai e agricoltori.

Non ci pensai due volte. Quasi gridai:

«La marina, voglio diventare marinaio!»

Lasciai cadere le spalle.

«Ne ho abbastanza dell'aratro.»

Il giudice rimase sorpreso. Ero passato dalla prostrazione all'eccitazione. Si girò verso l'uomo che scriveva.

«Un punto per lei» mormorò questi rivolto al magistrato.

Non ero altro che un oggetto di studio.

*

Arrivai alla Colonia penale il 16 maggio 1927. Testa rasata per evitare i pidocchi. E anche per contraddistinguerci. Mi avevano ammesso tra i marinai. Mancavano braccia alla corderia e alla falegnameria. E mi ritrovai a intrecciare trefoli di canapa.

Il 20 maggio finii in isolamento per la prima volta.

Stavo in un dormitorio da otto, nel blocco numero 2. Avevo il letto vicino alla porta. La prima sera gli altri mi avevano buttato il materasso in corridoio. La sera dopo di nuovo. E così quella seguente. Quando andai in camerata per la quarta notte, il materasso era arrotolato in un angolo e le coperte erano sfatte. Questa volta le lenzuola erano bagnate di piscio. Le portai in corridoio, senza fiatare. E ribaltai bruscamente il materasso accanto, rubando il lenzuolo asciutto. E poi il materasso seguente, e poi un altro, e un altro ancora, tutti e sette.

Non stavo sognando. Avevo appena reagito.

E in quel momento lo vidi. Capii chi era il capo. Quello che spingeva gli altri a maltrattare il nuovo arrivato. Si chiamava Jean Soudars. Nella stanza nessuno si era mosso, ma lui si lanciò contro di me con il pugno alzato. E io lo accolsi a colpi di sedia. Naso, bocca, andò giù senza un fiato, con gli occhi sgranati. Quando arrivarono le guardie, Soudars era seduto sul suo letto, pesto, con la bocca piena di sangue. Mi accusò tra i singhiozzi, col dito puntato.

Le guardie mi trascinarono via, e io gli sputai sui piedi nudi.

« Smettila, Bonneau » gracchiò il monco.

La guardia si chiamava Pierre Le Goff. Lui e gli altri avevano intuito qualcosa. Soudars aveva probabilmente ricevuto quel che si meritava, ma io non volli parlare. Non raccontai cosa era successo al mio materasso, né risposi alle loro domande. Stavo seduto nella sala delle guardie, con le braccia ammanettate dietro la schiena e la testa bassa, quando arrivò un responsabile.

« Guardami, Bonneau. »

Mi sollevò il mento con il nervo di bue.

« Cosa ti ha fatto Soudars? »

Io gli piantai addosso due occhi cattivi, con le sopracciglia aggrottate, le mascelle strette.

« È l'ultima possibilità di alleggerirti la punizione, ti conviene rispondere! »

Silenzio.

Il capo delle guardie, Ambroise Chautemps, stava giudicando Jules Bonneau, il suo nuovo colono.

Mise via il manganello.
«E così sei una vera tigna, eh?»
Nessuna risposta.
«Occhi bassi» ordinò Chautemps.

Mi condannarono a trenta giorni di isolamento, di cui tre a pane e acqua. Niente lezioni, messa, ricreazione o refettorio. Pranzo in cella e presenza obbligatoria alla corderia. Mi punivano ma mi obbligavano a lavorare.

Percorsi il lungo corridoio con un asciugamano e due coperte piegate tra le braccia, scortato da Le Goff e quello che gli altri chiamavano Napoleone.

Muri sporchi ricoperti di calce grigia, soffitto scrostato, umidità, odore di uomini e di rancido. Una cantina. Su ciascun lato una ventina di celle.

Dietro una porta con uno spioncino un detenuto rideva come un demente. Mi sembrò di riconoscere la voce di Blin, un apprendista sarto che faceva di tutto per finire in manicomio. Le Goff diede un pugno sullo spioncino di ferro, senza neanche fermarsi.

Blin si zittì un attimo. Poi rise.

«Avresti dovuto denunciarlo, Soudars» mi disse Napoleone, la mano destra sotto il gilet.

Mi strizzò l'occhio.

«Credi che quel bastardo regali niente, per caso?»

Le Goff infilò una grossa chiave nella serratura di una porta.

«Spogliati.»

Io mi tolsi le scarpe, i pantaloni. Esitai.

«Anche il resto?»

«Tutto. Tieni soltanto la camicia.»

Volevo tenermi il nastro, lui me lo ficcò nella tasca della blusa.

Fece un mucchietto delle mie cose.

Anche se un detenuto fosse riuscito ad aprire il catenaccio esterno, attraversare il corridoio, scappare attraverso i vari blocchi e scavalcare il muro, non sarebbe andato lontano con il culo nudo.

« L'asciugamano resta fuori, appeso al chiodo. Sveglia alle cinque e mezza e consegna delle coperte nel cassone davanti alla porta prima dell'arrivo del rancio. Capito? »

Annuii.

« E se hai delle domande, te le tieni per te » aggiunse la guardia.

Mi spinse nella cella d'isolamento. Un armadio. Tre metri per due. Pavimento in cemento, sul fondo una finestrella con le sbarre. E un materasso che si prendeva tutto lo spazio.

« La prossima volta, Tigna, ascolta il consiglio di chi la sa più di te: non cercare di fregarci. »

Quando tornai nel dormitorio, il mio materasso non era stato toccato. Nessuno mi smontò più il letto. Avevo menato, avevo incassato, e non avevo parlato. Rispetto. Accanto al mio comodino avevo addirittura potuto attaccare una vecchia foto della Citroën 5 CV, che chiamavamo Petite Citron, per il suo colore giallo limone. Quell'auto la sognavo da quando ero bambino. Ne vedevo una, sempre la stessa, l'unica, passare per le strade di Laval, con padre, madre e figlio dietro, seduto ben dritto nel mezzo. Giravano spesso con la capote abbassata. Dandosi delle arie. Soprattutto il ragazzino, quando mi vedeva sul marciapiede. Io camminavo, lui andava in giro in auto. Un giorno sputò nella mia direzione. La madre era bella, ogni volta con un foulard diverso. Il padre aveva gli occhiali da corsa. E il moccioso masticava di continuo, con la bocca sporca di cioccolato. Quando arrivava a un incrocio, l'uomo azionava il clacson elettrico. Un grido d'ottone. Faceva sobbalzare le ragazze. E il figlio rideva forte, con la bocca piena di dolci.

Arrivando a Belle-Île, tra le mie cose avevo la foto dell'auto, ritagliata da un vecchio giornale trovato in giro. Era un'immagine in bianco e nero, perciò avevo colorato di giallo limone la carrozzeria grigia. Da grande avrei avuto quell'auto. Quel giallo-verde era una prova della libertà. Afferrare la manovella a due mani, sedermi sul sedile, posare i guanti da pilota sul volante di cuoio. E poi andare lontano, col volto sferzato dalla velocità. Lasciarsi alle spalle l'alto muro, le guardie, gli stronzi che calpestavano il letto dei nuovi arrivati. Viaggiare per la campagna, nei boschi, sulle sponde di un lago. Fermarmi dove e quando avessi voluto. E trovare una ragazza elegante per il sedile accanto, che avrebbe avuto un foulard diverso per ogni giorno di vento. E poi qualcuno dietro, un giorno, sul sedile fatto apposta. Una bambina, un bambino, non era importante. Ma un figlio nato per amore, che non avrebbe mai avuto un nastro di seta grigia al polso. Che non si sarebbe mai creduto superiore agli altri. Che non si sarebbe fatto invidiare col suo dolcetto al cioccolato. E che non avrebbe sputato per umiliare i poveri.

4

Il giorno prima

26 agosto 1934

Da qualche settimana la colonia teneva il broncio. Le galosce strascicavano ancor più nei corridoi, le esercitazioni erano disordinate, il silenzio più difficile da ottenere. C'era, in alcuni coloni, un modo di ridere che somigliava alla rivolta, una maniera di squadrare le guardie che pesava come una minaccia. Alcuni muratori erano stati sorpresi a sonnecchiare sulla malta, qualche fabbro a sognare sull'incudine, degli operai a pensare a tutto fuorché alle scatole di sardine. Anche i carpentieri, gli stessi che costruivano le bare dei compagni, tardavano a inchiodare le assi di abete. Niente funzionava più. Tre tentativi di evasione in pochi giorni, Napoleone aggredito da un capobanda davanti al refettorio. C'era stata una rivolta tra i coloni della fattoria di Bruté, un'agitazione all'inscatolamento delle sardine, un tentativo d'incendio nelle cucine. Per ben due volte alcuni pupilli si erano rifiutati di uscire dal dormitorio. Tra i sarti, i lattonieri, in lavanderia, in falegnameria, alcuni detenuti non avevano ripreso il lavoro. Anche il laboratorio del panificio si era ribellato. Il pane era stato sabotato. Un garzone aveva versato un sacco di sale nella farina di segale. E quel che era peggio, due guardie erano venute alle mani davanti ai pupilli mentre sorvegliavano la balconata delle celle.

Si diceva che François-Donatien de Colmont sarebbe stato sostituito da un altro direttore. La voce era girata in tutta la colonia. Destabilizzandola. I pupilli che lavoravano in città, nei negozi, nelle fabbriche o dai privati avevano sentito dire che Colmont era diventato la bestia nera dei giornali. Troppo diplomatico. La sua testa doveva saltare. *L'Ouest Républicain*, che si vantava di essere «Il giornale delle popolazioni agricole e marittime del Morbihan», aveva scritto che, per Colmont, Haute-Boulogne era soltanto un bel giocattolo. Un gingillo in più sulla strada per la camera dei deputati. Secondo la rivista, il candidato era in campagna elettorale permanente ed era più interessato alla repressione che all'educazione morale. Non credeva nella redenzione attraverso il lavoro e aveva trasformato la colonia in una prigione per bambini. Altri, tipo l'editorialista del *Flambeau Morbihannais*, criticavano la sua gestione «dispendiosa» e la stessa ragion d'essere della Colonia penale. Da qui il titolo, un mattino, sul giornale delle Croci di fuoco e dei Veterani: I NOSTRI SOLDI IN TASCA AI DELINQUENTI CHE CE LE SVUOTANO.

La presunta e prossima partenza del direttore ci aveva reso di giorno in giorno sempre più febbrili. Alcuni detenuti erano convinti di dover strappare qualche concessione prima dell'arrivo del nuovo responsabile, l'eliminazione di alcuni soprusi, l'abolizione del Ballo, il ripristino del sidro a tavola per i maggiori di sedici anni, l'allungamento delle pause dal lavoro, lo spegnimento delle luci trenta minuti più tardi. Quelle rivendicazioni erano ripetute ad alta voce. Si aggiungevano a decine di altre, elaborate di nascosto, di blocco in blocco.

Anche le guardie erano tese. Si arrischiavano a parlare di salari, vacanze e pensione addirittura in nostra presenza. D'un tratto si lamentavano di tutto. E cercavano già il loro nuovo posto nella futura organizzazione.

Secondo Marc Auzenet, il nuovo direttore sarebbe stato

un ex capo delle guardie della prigione della Petite Roquette. La chiamava « la casa crudele ». Il capobanda mi aveva detto che, prima di ritrovarsi su una nave per Belle-Île, era passato per i banchi singoli di quella specie di cappella parigina, scatole di legno che separavano i bambini gli uni dagli altri durante la messa.

Avevo chiesto:

« E le celle, com'erano? »

« Come qui, delle gabbie per polli. Ci dormi dentro, ci mangi dentro, ci caghi dentro. »

La Petite Roquette, Haute-Boulogne, Eysses, quei riformatori predicavano « la salvezza dei nostri piccoli somari ». Una formula del nostro curato, di cui andava fiero. Tutti però erano convinti che un parigino sarebbe stato più severo della gente di qui e che insieme alle sue valigie sarebbero arrivati anche altri Le Goff e altri Napoleone. Perciò le guardie si preparavano ai nuovi arrivi. Anche se l'annuncio ufficiale di sostituzione non c'era ancora stato.

*

Quella domenica colsi di sorpresa tutta la colonia. Dopo la parata, l'alzabandiera e la messa, approfittai della passeggiata per dire agli altri che non era vero niente. Era fuori questione che il Becco se ne andasse. C'era qualcuno che da due mesi si faceva beffe di noi. Magari lo stesso Colmont, impegnato a dividerci per regnare meglio. Annunciai a tutti che non ci sarebbe stato nessun cambio di direttore. Anzi, la settimana successiva Colmont avrebbe parlato a un incontro della Federazione repubblicana a Vannes, e avrebbe usato la colonia come prova della sua riuscita in termine di reinserimento. Se ne infischiava delle critiche e contava di dirigere Haute-Boulogne ancora a lungo. L'avevo letto sull'*Ouest Républicain*. E avevo ritagliato l'articolo di giornale per mostrarlo a tutti. Stupore.

«Ma dove l'hai preso?» chiese Moysan.

Io ripiegai l'articolo e me lo infilai nella tasca dei pantaloni.

Verso mezzogiorno la voce era arrivata al direttore. Ci riunirono nel cortile, di corsa e a suon di tromba. Niente gesti di stizza. Niente scherzi. La questione era seria. Chautemps ci fece allineare, mano destra sulla spalla del vicino. Intanto si batteva la gamba con il nervo di bue.

«Capo scoperto!»

I pupilli si tolsero i baschi, i berretti, i cappellini. E poi aspettammo. Duecento ragazzini. Un'ora fermi, con Le Goff e Napoleone che passavano tra noi per rettificare le posizioni.

Quando Colmont arrivò, fu me che cercò con lo sguardo. Salì sul pulpito.

«Bonneau, fuori dai ranghi!»

Passai tra i miei compagni. Neanche uno osò guardarmi.

«Qui, Bonneau!»

Con la sua verga di bambù indicava la croce bianca degli accusati disegnata per terra.

Io feci qualche passo, a testa bassa.

«Svuota le tasche!»

Qualcuno aveva parlato.

Presi tempo. Le tasche della giubba, quelle in alto, in basso. E poi le tasche dei pantaloni. L'articolo cadde ai miei piedi.

«Le Goff?»

Il monco arrivò di corsa. Raccolse il foglio e lo portò al direttore. Quest'ultimo non si mosse, obbligando la guardia a salire i tre gradini.

Colmont spiegò il documento. Riconobbe la sua foto,

l'articolo, il titolo dell'*Ouest*: FRANÇOIS-DONATIEN DE COLMONT, L'INTRANSIGENTE DI HAUTE-BOULOGNE.

Alzò gli occhi.

«Dove l'hai rubato questo, Bonneau?»

«Dal suo cestino, signore.»

Il direttore rimase di stucco. Scese dal trespolo. Mi si avvicinò.

«Ripeti?»

Non dovevo battere ciglio.

«Dal suo cestino, signore.»

Il direttore si girò verso Chautemps.

«Dal mio cestino?»

La guardia abbassò la testa. Ancora una volta, avrebbe voluto tagliarmi la gola.

«Hai accesso al mio cestino, Bonneau?»

«No, signore.»

«Hai un complice, quindi?»

«Sì, signore.»

Colmont sembrò sorpreso.

«Il suo nome?»

Lo guardai.

«È imbarazzante, signore.»

Lui incrociò le braccia.

«Hai paura di denunciare un compagno, Bonneau?»

Scossi la testa.

«Non è un pupillo.»

Lui fece una smorfia.

«E chi allora?»

«Una guardia» dissi.

Gelo.

«Ho scambiato l'articolo per qualcos'altro.»

Alcuni detenuti risero, altri erano a bocca aperta. Un principio di agitazione.

«Silenzio!»

Le Goff urlò. Napoleone scosse un ragazzino. Chautemps colpì una nuca.

« Vuole il suo nome, signor direttore? »

Colmont era livido. Batté due volte le mani. Refettorio annullato. Nessuna passeggiata né ricreazione quel pomeriggio. Dispersione e ritorno immediato ai laboratori. Piedi trascinati per terra, colpi di tosse, chiasso, risatine, rumore di pernacchie con la bocca, fischi, grida stridule in risposta ai gabbiani.

Colmont mi afferrò per il braccio.

« Chautemps, perquisizione della cella! »

Le guardie mi spinsero attraverso il cortile, mi sbilanciarono sulla scala esterna, mi condussero fino alla porta della mia gabbia. Il direttore chiudeva il corteo. Avevo l'ordine di restare in ginocchio in corridoio, faccia al muro e mani sulla testa. Chiusi gli occhi. Il piccolo tavolo, lo sgabello, l'armadio, stavano ribaltando tutto. Quando sollevarono il materasso, incassai la testa tra le spalle. Avevo ricavato una tasca al suo interno, fra il tessuto, l'imbottitura e la molla.

« E questi? »

Fu Le Goff a parlare. Tirava fuori i giornali uno a uno dal loro nascondiglio.

La voce del Becco.

« Alzati, Bonneau! »

Stava appoggiato con la schiena al muro della mia cella, raggelato. Ai suoi piedi le guardie lanciavano ciò che trovavano. *La Croix*, *Le Figaro*, l'*Union catholique du Morbihan*. Un numero di ciascuno. O dei ritagli ripiegati con attenzione.

Le Goff era in ginocchio, con il braccio buono infilato ben dentro. *La Semaine religieuse du diocèse de Vannes*, *L'Avenir du Morbihan*. Trovando *L'Action française* in una piega, la guardia lanciò un'occhiata imbarazzata al suo capo. Mi ero procurato l'edizione del 7 febbraio 1934. A tutta pagina: DOPO I LADRI, GLI ASSASSINI.

« Vado avanti? »

Silenzio da parte di Colmont. Osservava la mia reazione.

All'improvviso il monco brandì un fascicolo con la copertina macchiata.

« Un libro, signore! »

Il momento che temevo. *Les enfants de Caïn* era stato pubblicato nel 1925 da un giornalista. Parlava di noi e della colonia, « una vera scuola del male ». Louis Roubaud raccontava tutto. La violenza, le corvée, le punizioni, lo sporco, la fame, il Ballo, i pupilli che si ammalavano o impazzivano. Avevo letto di nascosto qualche passo a Auzenet e a Trousselot. Lo scrittore aveva inventato la storia della « gamella di zuppa fumante con il cucchiaio che ci restava dritto dentro, come in un vaso di colla per attaccare i manifesti » . Ci aveva fatto ridere. Esagerava, ma sapevamo che lo faceva per il nostro bene.

Nessuna guardia mi aveva mai fatto da complice. Era stato Loiseau a passarmi il libro e i giornali. La cosa andava avanti da due anni. Dopo la punizione, il mio calcio in culo alla spia, gli avevo offerto la mia protezione. Non in cambio di quelle porcherie che gli chiedevano i capobanda, ma di notizie dall'altra parte del muro. Oltre a lavorare come sarto e lavandaio da semplici cittadini di Sauzon, aiutava a raccogliere la spazzatura del Becco. Gli avevo detto di fare attenzione. Di sottrarre un giornale ogni tanto, ma mai in modo sistematico. E non sempre lo stesso. Un mattino, mentre buttava la spazzatura di Colmont nel cassone, anche Chautemps si era servito. Gli aveva preso *L'Ouest Républicain*, l'aveva sbattuto contro la gamba dei pantaloni, l'aveva piegato e se l'era infilato nella tasca interna della giacca. Loiseau aveva sbuffato forte. Quindi non era l'unico a fare acquisti.

Era stato leggendo *L'Action française* che avevo saputo dei moti del 6 febbraio, raccontati da Léon Daudet. Dall'*Ouest* avevo scoperto che Philippe Pétain aveva tenuto un discorso per i funerali del maresciallo Lyautey. E anche che era appena morto il maresciallo Hindenburg, ed era stato sostituito dal cancelliere Hitler.

« I tuoi sorveglianti dicono che ti interessi di storia e di geografia. E anche un po' di politica, vero? »

Le parole del direttore, l'anno prima.

Con le mani dietro la schiena, stava cercando di capire come facessi a informarmi.

Volto grave, voce forte.

« Frugare nel mio cestino è vietato. »

Brandì il libro.

« Ma questo! »

Loiseau l'aveva preso da un tavolo del corpo di guardia.

« Questo è un furto, Bonneau! »

Le Goff raccolse i giornali sparsi a terra.

« E per il furto, c'è l'isolamento! »

Mi ero appoggiato al muro.

« Mettiti dritto! »

Sull'attenti. Schiocco di talloni. Mi prendevo gioco della sua autorità.

« Fuori il nome del tuo complice! »

Non giocai di nuovo la carta della guardia. Era riuscita a destabilizzarlo solo per qualche secondo. Certo, c'erano dei secondini che barattavano tabacco, pane e sidro. Certo, alcuni facevano visita ai piccoli nei loro letti. E certo, potevano anche essere comprati. Soprattutto quando avevano bevuto e il colono era grande due volte loro. Tutti lo sapevano, e tutti facevano finta di non vedere. Sbirri e capibanda si spartivano l'autorità. E così regnava l'ordine. Ma non con il mio aiuto.

« Tu non sei come gli altri, Tigna » dicevano alcuni detenuti.

Era vero. Disprezzavo tanto i forti quanto i deboli. Soprattutto i deboli. Nel suo libro sulla colonia, il giornalista aveva voluto commuovere il popolino con storie di orfani, figli di divorziati, bambini abbandonati da matrigne cattive, abusivi del treno, vagabondi o ladri di pane. La colonia ne era piena, ma io non ero tra questi. Non sapevo che farmene della pietà o della bontà. Soltanto la mia vita, soltanto la mia faccia. Soltanto la mia ombra sul muro di cinta, che cercava di arrampicarsi fino ai cocci di bottiglia per raggiungere i gabbiani.

« Grande pretorio martedì » annunciò il Becco.

Mi sarei beccato trenta giorni di isolamento. O addirittura un trasferimento.

Avevo i pugni chiusi.

Nel frattempo, l'avrei pagata cara.

Quando entrarono nella mia gabbia per polli, capii. Tre guardie del blocco numero 3, tre duri. Da quando li chiamavano sorveglianti, il direttore non voleva che le guardie picchiassero troppo forte. Una sberla, uno schiaffo sul coppino, una prepotenza, un braccio torto ma niente di più. Per le correzioni severe bisognava ricorrere a qualcun altro. A qualcuno che non avresti per forza incontrato nei corridoi con la possibilità di vendicarti.

Colmont uscì dalla mia cella, seguito da Le Goff, da Napoleone e dal capo delle guardie.

Prima di chiudere la porta su di me e sugli altri tre, disse: « Cari signori, la Tigna è tutta vostra ».

*

Avevo giocato, avevo perso. Era il prezzo da pagare. Le tre guardie s'intendevano alla perfezione. Erano abituate a picchiare insieme. Calci, pugni, il primo mi diede una testata per mandarmi al tappeto. Non rompevano niente, danneggiavano soltanto. Mi lasciavano ricordini per il dopo. Tracce che gli altri dovevano vedere. Punendo un pupillo, ammonivano tutta la colonia. Sdraiato sul fianco, con le ginocchia sotto il mento, aspettai. Le guardie mi ricordavano dei bravi boscaioli. Non un urlo, non un insulto, non una parola. Picchiavano dedicandosi con zelo al loro lavoro. Cosce, schiena, braccia, ci mettevano impegno e ogni colpo risuonava dalla nuca al ventre. Al primo sangue si sarebbero fermati, me l'aveva spiegato Auzenet. Non appena caddi, mi morsi con violenza la guancia. Poi la lingua, apposta. Il dolore quasi mi fece dimenticare la loro brutalità. Non appena il gusto metallico del sangue mi riempì la bocca, lo mischiai alla saliva e lo sputai tossendo. Sporcai per terra. Finsi di stare male. Fischiavo la fine della partita.

Un ultimo calcio nelle reni e si fermarono. Io avevo gli occhi chiusi. Fingere di essere morto li agitava e ti permetteva di guadagnare tempo. Mi versarono una brocca d'acqua sulla testa, sul viso, sul corpo martoriato. Uno dei picchiatori notò il nastro grigio che stringevo nel pugno. Me lo strappò. Se lo infilò in tasca. E poi se ne andarono.

«Riesci ad alzarti, Tigna?»

La voce di Le Goff. Toupet lo aspettava in corridoio aggiustandosi il parrucchino biondo.

Alzarmi? Sì, ce la facevo. Mi sedetti. Lui mi offrì una mano. Non la presi. Ero orfano di una fettuccia di seta. Nessuna ferita al mondo era paragonabile a quella perdita. Mi misi in ginocchio, poi in piedi, una gamba dopo l'altra. Non mi avevano colpito il viso, ma mi sanguinava l'orecchio sinistro. Era stata la botta a terra, dopo la testata. Mi sedetti sul letto.

« Dai, muoviti, Bonneau » mormorò Le Goff.

Sembrava a disagio. Alcuni coloni dicevano che il monco non sopportasse le botte. Non aveva niente in contrario alle punizioni, all'isolamento, al pane secco, e neanche al Ballo. Ma picchiare un ragazzino non rientrava nelle sue abitudini. Sapeva che martedì sarei finito nel pretorio e che mi avrebbero pesantemente condannato. Gli bastava quello. Ma il direttore era stato pubblicamente umiliato, e quella punizione era la sua vendetta.

Come era una vendetta anche il lungo percorso che mi aveva portato fino alla *Ville de Palais*, la fregata arenata nel cortile. Chautemps mi aveva messo una catena alle caviglie e legato i polsi. Avanzavo con difficoltà, la postura grottesca. Camminavo. Una scimmia claudicante, piegata in due, a testa bassa, che rischiava di cadere a ogni passo. Il Becco sapeva che sarei passato davanti ai pupilli che uscivano dal refettorio. E che nessuno mi avrebbe compatito. Fai meno il furbo, Bonneau, chi ti credi di essere. La Tigna non era un gran bello spettacolo, con la sua testa rotta, la bocca sanguinante e le palpebre gonfie. Le guardie badarono bene di prendere la strada maestra. Mi esibirono: attraversare il giardino dell'amministrazione, passare accanto alla cappella, all'infermeria, risalire il cortile del blocco numero 1, incrociare il maggior numero di coloni possibile.

Ma qualcosa era cambiato. Quando un punito veniva mostrato come un animale da circo, i pupilli distoglievano lo sguardo o chinavano la testa. Questa volta, vedendo il mio orecchio tumefatto, in molti mi fecero un cenno di saluto. Altri batterono esageratamente i piedi per terra. Un branco di scontenti.

« Resisti, Bonneau! »

La voce acuta di Loiseau, seguita da altre urla di incitamento.

« Fagli vedere chi sei, Tigna! »

Una voce grave che non riconobbi.

Io respiravo appena. Ero paralizzato. Al contempo sconvolto e preoccupato per ciò che mi aspettava.

« Abbasso la galera! »

Le Goff era impenetrabile. Chautemps guardava in tutte le direzioni. Toupet si passava nervosamente le dita nel parrucchino impomatato. Le file per tre si erano sciolte. Decine di pupilli si scontravano nel più grande disordine. Non era più la ricreazione domenicale del dopopranzo, ma il caos. Volarono dei berretti. Una pietra finì a qualche metro da me. Fischietti che provenivano dal cortile dei laboratori. Poi la tromba. Senza aspettare l'arrivo dei rinforzi, i pupilli si calmarono. Alcuni tornarono nei ranghi. Altri si sedettero lungo i muri, con le mani bene in vista.

Arrivammo nel cortile in silenzio. Un capoequipaggio era a bordo della nave, a urlare ordini ai pupilli attaccati alle sartie. Il giorno prima era piovuto. Così tanto che le manovre erano state annullate e rinviate alla domenica. Il prete aveva concesso il suo benestare, e benedetto la nave dopo la messa. Il capoequipaggio saltò a terra vedendomi arrivare. Le Goff e Chautemps mi lasciarono ai paletti che delimitavano il territorio marittimo. Solo i marinai e il direttore avevano l'autorizzazione di salire a bordo. I cordai e i timonieri erano alla manovra. Quando arrivai sul ponte, una ventina di coloni erano in equilibrio fino al più alto degli alberi, tutti chini in avanti, con la pancia incollata ai pennoni, le galosce sui marciapiedi, a imbrogliare le vele il più velocemente possibile.

Quel giorno avrei dovuto essere uno di loro, invece andai a raggiungere un punito. Era legato all'albero maestro dalla mattina. Una lite tra detenuti nel laboratorio di sartoria. Aveva picchiato il sorvegliante che aveva cercato di intervenire. L'anno prima, suo fratello più piccolo non ce l'aveva più fatta a imparare il nodo a otto, il nodo bulino, il nodo alla galloccia. Aveva fatto un semplice cappio e si era impiccato a una trave del refettorio.

Io dovevo finire attaccato a poppa, all'albero di mezzana, contro la randa ripiegata, perché tutti potessero godere dello spettacolo, dal fondo del cortile fino alle finestre dei laboratori.

Fu Soudars a legarmi, dopo averne ricevuto l'ordine. Era raggiante. I suoi occhi brillavano nei miei. Il suo sorriso vittorioso.

«Ben stretti quei polsi!»

«Sì, ben stretti, certo!» rispose il capobanda.

Non mi avevano tolto le catene alle caviglie, Soudars mi tirò all'indietro disarticolandomi come una marionetta.

«Il pennone fino alle nove di sera e notte in cella» urlò Chautemps al capoequipaggio.

Poi lui e Le Goff lasciarono il cortile, quell'oceano di cemento che aveva catturato una nave e due bambini travestiti da marinai. Se ne andarono in punta di piedi, senza voltarsi, senza vedere la loro Tigna legata a un albero. Un ammutinato da strapazzo che non poteva nemmeno essere gettato alle onde assassine. Un ragazzino di vent'anni, che aveva conosciuto solo sbarre e cancelli e isolamento. Avevo male alle braccia, alle gambe. L'occhio sinistro era quasi chiuso. La fronte, la nuca, le tempie, tutto pulsava. I denti mi urtavano la lingua morsa. Le guance avevano il gusto della sconfitta. Stringevo tra le mani l'estremità della canapa che le imprigionava. Quella corda ruvida, intrecciata un filo alla volta, quella drizza l'ho immaginata dolce. Una seta stanca. Un nastro grigio tra i capelli di mia madre.

5

La grande evasione

Lunedì 27 agosto 1934

La serata fu movimentata. Sentii il clamore venire dalle celle. Alcuni coloni colpivano i muri a ritmo con i buglioli. Altri imitavano urli animali dalle finestre. Un pupillo fu trascinato a forza verso la cella di punizione.

Le sue grida:

« Non per i capelli, bastardi! Non mi tirate per i capelli! »

Alcune grida anche tra i puniti. Calci contro le porte pesanti.

« Ma cos'hanno stasera? » urlò la Carogna risalendo il corridoio.

E poi, poco alla volta, tutto si placò. Qualche fischio, due colpi di tromba, la quiete dopo la battaglia. Un silenzio rassegnato, fatto di teste basse e pugni stretti.

In attesa di comparire in pretorio, ero obbligato a lavorare e autorizzato a consumare i miei pasti nel refettorio. Ma ero agli arresti, seduto da solo all'ultimo tavolo. I miei ex compagni di panca ne erano contenti. Quattro persone invece di cinque. Stavano più comodi.

« State su dritti. E ginocchia strette! » urlava Le Goff prima di ogni pasto.

Senza di me potevano allargare le gambe, come al tavolino di un bar.

Alla corderia non lavoravo granché. Arrotolavo qualche cima, come fossi il capo del laboratorio. Mi chinavo su un arcolaio, controllavo una drizza caduta a terra. La canapa vomitava inutilmente dai miei fianchi. La mia linea non progrediva. Non intrecciavo più, ne mimavo solo il gesto. E nessuno mi diceva niente. Nessun rimprovero. I miei responsabili avevano ricevuto ordini.

«Verrà trasferito, non fate caso a lui.»

Doveva di sicuro essere così. Mi avevano cancellato dall'elenco. Stavano vivendo gli ultimi istanti della Tigna. Il prigioniero di Haute-Boulogne sarebbe stato affidato ad altri. Nell'attesa, evitavano ogni fastidio. Bonneau non vuole lavorare? Allora ignoratelo.

Provai a testare la mia ipotesi. Lasciai la mia navetta e andai a sedermi su un cumulo di cime. Il responsabile mi diede le spalle e andò da qualcun altro. Bonneau era trasparente.

Alle 18.45 mi misi al mio posto di ultimo, nella fila dei detenuti che trascinavano le galosce per terra. Berretto in mano, testa bassa verso il refettorio per cenare. Non un fiato, non una parola, solo animali in cammino verso la mangiatoia.

Camille Loiseau si voltò. Mi cercò con gli occhi e mi sorrise.

*

Qualche mese prima, avevo sorpreso un detenuto maggiorenne che gli faceva del male. Quel bastardo cercava di approfittare del ragazzino un'ultima volta, prima di fare fagotto per l'esercito. L'aveva bloccato in cima alla scala che portava al dormitorio, protetto da un'anta dell'armadio. Due dei suoi complici stavano fuori a fare il palo aspettando il loro turno. Appostati in alto, ai lati dei gradini, a controllare il cortile del blocco numero 2. Quei due perseguitavano Loiseau, insieme al loro capo, il Crucco. Lo chiamavamo il Crucco perché veniva dalla Lorena. O dall'Alsazia. Nessuno lo sapeva. Aveva un accento terribile, diceva di odiare i francesi e bestemmiava in tedesco.

Io stavo tornando dal laboratorio insieme a Moysan, all'Ape e a Trousselot. Il grosso Guihaire ci era venuto incontro. Con la faccia disgustata.

« Il Crucco se la sta prendendo con un piccolo! »

Nel nostro blocco stavano facendo dei lavori al tetto. Avevo raccolto un tubo di piombo lungo quanto il mio braccio e salito di corsa i gradini. I compagni avevano capito che andavo allo scontro. Si erano schierati in fondo alla scala, senza fiatare. Era questo, Haute-Boulogne. Nessun bisogno di dare spiegazioni. Eravamo un branco di lupi. Con i suoi codici. Quando mi avevano visto con il tubo in mano, le sentinelle se l'erano data a gambe. Conoscevano il mio furore. Uno tornò di fretta dentro l'edificio, l'altro mi urtò scendendo i gradini. Addirittura alzò le braccia. Scusa. Non l'ho fatto apposta. E scappò in cortile.

Il Crucco stava appoggiato al muro, con i pantaloni alle caviglie, gli occhi chiusi e le mani sui fianchi. Loiseau era in ginocchio.

« Dai, invertito, suonami un po' il flauto! »

Io avevo colpito la rampa della scala, con violenza, tanto da storcere il tubo. Il Crucco spalancò gli occhi. La sua vittima si liberò, strisciò fino al muro di fronte tremando.

« Non gli ho fatto niente, Bonneau, te lo giuro! »

Cercava di tirarsi su i pantaloni. Era nel panico. Chino in avanti, col culo per aria, la camicia penzoloni, tentava di coprirsi le grosse cosce, prigioniere del tessuto ruvido. Lo colpii. Con una botta violenta contro il petto.

«Cazzo, Tigna!»

Si schiantò contro il muro. La schiena, la nuca, la testa colpirono il cemento. Ricadde giù. Poi si piegò a quattro zampe. Stava soffocando. Avevo mirato alle reni. E gli colpii la spalla sinistra, in modo che gli cedesse il braccio. Che cadesse sulla pancia. La fronte gli urtò il pavimento, e così la mascella. Tossì sangue.

La voce acuta di Loiseau.

«Non farlo, Tigna!»

Il ragazzino mi fece uscire dalla mia rabbia. Non era un sogno. Stavo sopra al bastardo, con le gambe divaricate da una parte e dall'altra del suo corpo. Tenevo il tubo alzato a due mani. Stavo per colpirgli la nuca con tutte le mie forze. Loiseau si era precipitato. Lo guardai. Mi vidi. Stavo per uccidere il Crucco. Non mi mossi. Rimasi così, con le braccia alzate. Delicatamente, il piccolo mi tolse il tubo dalle mani.

«Dammi qui.»

Lo lasciai fare. Tremavo. Respiravo male. Moysan mi raggiunse in cima alla scala, insieme a Guihaire. Senza fiatare, il primo nascose il tubo sotto la blusa. Poi tornarono giù di corsa.

Ordinai a Loiseau:

«Picchialo!»

Lui mi guardò, spaventato. Io mi grattavo nervosamente il petto a due mani.

No. Scosse la testa. Alzai il pugno. Lo minacciai.

«Picchialo o lo finisco io!»

Allora lo fece. Un calcio in pancia, con la rincorsa di un calciatore. E poi un altro, più sotto tra le gambe, che fece urlare il Crucco. Sul volto di Loiseau, nessuna espressione. Né collera, né gioia, né sollievo. Intorno era deserto. Lo stronzo non avrebbe parlato. I suoi complici nemmeno.

Era la legge della colonia. Si sarebbe lasciato blandamente cadere dalla scala per giustificare le ferite. Nessuno ci avrebbe creduto. Né le guardie né i pupilli, ma lui avrebbe conservato una parvenza d'orgoglio.

Loiseau corse al suo dormitorio, senza staccare gli occhi dal colosso che si rialzava a fatica. Io misi un ginocchio a terra, con la mano nei capelli biondi, e lo tirai all'indietro. Non era un bello spettacolo. Aveva il naso rotto.

«Mi senti, Crucco?»

Lui annuì. Gli mormorai all'orecchio:

«Il piccolo si chiama Loiseau, non signorina».

Lui non rispose. Un filo di bava rossa gli colava per il collo.

«Hai capito?»

Sì, ancora una volta. Teneva il sesso tra le mani.

«E dillo in giro. Ma fallo, Crucco.»

Il suo sguardo perso.

«Se qualcuno lo chiama signorina, ne sei responsabile tu.»

Lui tossì, sbavando qualcosa che non capii. E lo lasciai così, disteso all'entrata dei dormitori, nella posizione del bambino che nasce, con le mani schiacciate tra le cosce nude, il naso distrutto e la bocca sanguinante. Non ero né felice né fiero. Non sentivo niente. Qualche anno prima avrei guardato da un'altra parte. Non era un problema mio, Loiseau. Di Loiseau ce n'erano tanti, a Haute-Boulogne. Scarti d'orfanotrofio, rifiuti della pubblica assistenza. A lungo ho desiderato che crepassero o che la smettessero di lagnarsi. I loro dolori mi infastidivano. I loro sguardi braccati. Le loro schiene offerte ai manganelli. Le loro storie di orfanelli mi disgustavano. Storie di ripudiati, di bocche di troppo da sfamare, di bambini difficili che le famiglie abbandonavano come cani.

Come tutti gli altri sfortunati, anche Loiseau era lì per caso. Non c'entrava niente con noi, che eravamo nell'anticamera del carcere per adulti, di Cayenne o delle prigioni d'Africa. Le vittime come Loiseau erano la mostruosità del sistema. Era un innocente e io detestavo gli innocenti. Mi attirava di più il carnefice che la sua vittima. Detestavo i perseguitati. Detestavo gli occhi bassi. Detestavo i lamenti. Detestavo le schiene curve. Detestavo coloro che andavano incontro alla morte con le mani in mano.

E poi Loiseau mi aveva aiutato. Qui, là, un giorno, un altro, resistendo a modo suo. Aveva preso i giornali del Becco, nascosto il mio coltello su di sé prima di una perquisizione, aveva rubato per me, mentito per me, rischiato la punizione per me. Eravamo due opposti. Io i pugni, lui la schivata. Io urlavo, lui sussurrava. Lui l'ombra, io la luce. Non ci dovevamo niente. Ma a modo suo, ognuno proteggeva l'altro. Un'alleanza di sopravvivenza. Quasi un'amicizia.

Mai in vita mia avevo pensato alla parola *amico*. Mai l'avevo usata per chicchessia. Sono nato senza parenti, né genitori né amici. Senza baci di una madre, né ordini di un padre. E anche senza bambini al mio fianco, amici a scuola, compagni di giochi. Tutt'al più un ladro di vanghe, un compagno di fuga, un incendiario, qualche ragazzo incattivito. Alla colonia mi ero isolato. Non avevo voluto nessuno se non me stesso sui miei passi. Da solo, Bonneau. Da solo, la Tigna. Incassare i colpi, restituirli, resistere fino a domani. E soprattutto non entrare nella sofferenza degli altri. Né provocarla, né tantomeno lenirla.

Guardare da un'altra parte.

Fino alla sera in cui avevo alzato il piede sul clarinettista. Quando l'avevo visto a terra, livido, famelico e mezzo nudo. Quando mi ero sorpreso pieno di vergogna. Avevo pensato a me, a me bambino. Al mio sogno di una mano offerta. Di qualcuno che mi aiutasse ad alzarmi dopo la rissa. Che fermasse il pugno ubriaco di mio nonno. Che allungasse la gamba per far inciampare il gendarme che mi inseguiva. Senza dire quella parola, avevo sognato un amico. Senza che Loiseau lo immaginasse, lo era diventato.

*

Alle diciannove la tromba suonò il rancio. I coloni si disposero in fila davanti a ciascun laboratorio per la perquisizione. Controllare che nessuno avesse rubato una lima, un tubo d'acciaio, un utensile che potesse diventare un'arma o moneta di scambio. In file di quattro, ci dirigemmo verso il refettorio battendo galosce e zoccoli.

Eravamo in piedi davanti ai tavoli. Cinquanta bocche da mal nutrire. Io, il punito, isolato nella panca in fondo. Chautemps batté una volta le mani e ci sedemmo. Davanti a noi una zuppa chiara, uno stufato di fagioli, un pezzo di groviera e una mela. Eravamo tutti diritti, gli occhi fissi sulla nuca davanti e sulla sporcizia del muro di fronte, le mani appoggiate ai lati del piatto.

La guardia batté le mani una seconda volta. Ognuno prese il cucchiaio. Potevamo cominciare la cena in silenzio.

Qualche tintinnio di posate, risucchi esagerati e un fischio. Quasi tutto insieme. Un solo fischio, brutale. Il Ratto richiamava qualcuno all'ordine.

«Loiseau, le regole!» gridò.

Il suo urlo ci paralizzò.

Chautemps era alla mia altezza. Si precipitò sul piccolo, seduto due file più avanti.

«È Loiseau, signore» urlò di nuovo la guardia, con il dito puntato sul colpevole.

Chautemps guardò il pupillo, a bocca spalancata. Era sbalordito.

«La signorina ci vuole prendere in giro?»

Camille Loiseau si era girato verso il capo delle guardie. Teneva il pezzo di groviera tra le dita tremanti.

Mangiare il formaggio prima della zuppa. Perché lo aveva fatto? Per fame? Per disattenzione? Un gesto di ribellione? I nostri pasti dovevano svolgersi secondo l'ordine imposto dal regolamento, dalla zuppa al dolce. Ed era severamente vietato piluccare a nostro gusto. La tromba che chiamava al rancio, l'arrivo al refettorio in ranghi militari, il battito di mani, i cucchiai tutti insieme, le forchette tutte insieme, i frutti tutti insieme, il battito di mani, poi lasciare la mensa in fila e in silenzio. Violare quel cerimoniale era un atto di insubordinazione. La prova che eravamo ancora pericolosi, malvagi e sicuramente non pronti a varcare quel muro in senso inverso.

Il Ratto arrivò davanti a Loiseau per primo, correndo. Con un violento manrovescio, gli fece cadere il formaggio per terra. E poi lo colpì. Una sberla. Andata, ritorno. Il piccoletto era in fondo alla panca. Scivolò a terra, tra due tavoli. Una bambola di pezza. Toupet e la Carogna si precipitarono a loro volta. Il primo rialzò Loiseau per i capelli e lo tenne ben dritto offrendolo al suo collega. L'altro gli sfregiò la bocca con il mazzo di chiavi. Gli colpì con violenza le orecchie con entrambe le mani. E il Ratto lo picchiò da dietro, con due calci sulle reni. Neutralizzavano una bestia furiosa.

«Con criterio, signori!» ordinò Chautemps.

Io mi alzai. Contro ogni regola. La metà dei detenuti era già in piedi.

«Seduti! Tutti seduti!» urlò il capo.

Avevo ancora il cucchiaio in mano, impugnato come un'arma. A loro volta, l'Ape, il grosso Guihaire, Trousselot, Méheut si stavano lentamente schierando. Il Crucco, Soudars, Auzenet, i capibanda lasciavano le loro panche.

Il Ratto rialzò Loiseau per il collo. La Carogna gli torse il braccio per trascinarlo fuori.

Chautemps era salito su una sedia. Sbraitava.

« Seduti e fate silenzio! »

Con il dito indicò il punito.

« Loiseau! »

I secondini lo tenevano ognuno per un braccio. Era di spalle. Lo girarono con brutalità.

« Due giorni di cella sorvegliata a pane secco e dieci giorni di isolamento! »

Il mio cucchiaio partì di scatto. Un lancio di coltelli da circo. Colpì il capo alla tempia. Lui vacillò. E cadde di schiena dalla sedia. Trousselot si precipitò sul Ratto, a pugni alzati. Coisnard si scagliò contro la Carogna. I due coloni urlavano. Il Ratto si accasciò subito, colpito alla gola. Passando dall'odio al terrore. I suoi occhi divennero bianchi, gli mancava l'aria. Agitò le braccia e crollò a terra. Coisnard colpì la Carogna perché mollasse la preda. Un terribile calcio in mezzo alle reni. E un altro in piena fronte, quando questo si abbassò. Levebvre, Jesson, Brillat l'Anguilla, Malo Piccolo, gli invisibili, i sottomessi, i più esemplari tra i detenuti si lanciarono nella battaglia. Le tre guardie erano a terra, sotto le nostre gomitate e i nostri pugni. Toupet si rialzò, portò il fischietto alle labbra. Io gli sferrai un calcio alla mascella per indurlo al silenzio. Le Goff arrivò di corsa. Guardò. Capì. Non era un semplice disordine. Corse a cercare rinforzi. Loiseau, da parte sua, strisciò in un angolo del refettorio, con la bocca insanguinata, come un animale ferito.

Non avevo mai picchiato così tanto in vita mia. Uomini, tavoli, carrelli della cucina, mobili. Un'ebbrezza. Affondai il pugno nell'anta della credenza per i piatti. Toupet era riuscito a liberarsi. Zoppicava verso l'uscita. Lo raggiunsi che barcollava in corridoio, e gli diedi una brocca in testa. La parrucca bionda cadde. Lui cercò di nuovo di scappare. Tallonata negli stinchi. Strisciava. Una lumaca. Toupet non era la peggiore delle guardie. Lo lasciai dimenarsi. E mi infilai il suo parrucchino nella giubba. Mi ero impossessato di un trofeo. Non pensavo, non urlavo più. Il refettorio ondeggiava. Vedevo a malapena. Una furia rossa. Avevo tutto il cuore nei pugni. Le tempie mi facevano male. Battevo i denti. Facevo tre gesti inutili per ogni movimento necessario. Non correvo, ma danzavo. Facevo smorfie nel tumulto. Tiravo fuori la lingua come un gargoyle. Tutto stava sparendo. Gli insulti, i soprusi, le umiliazioni, le botte. Il freddo dell'inverno, il bruciore dell'estate, l'odore dei nostri corpi sporchi, la fame, le cimici, le pulci, la scabbia. Stavo lavando via sette anni di prigione a secchiate. A colpi d'odio. Ero furioso. Respiravo. Vivevo.

Tornai al refettorio di corsa. Loiseau si stava riprendendo lentamente, disteso su un fianco. Aveva freddo. Tremava. Lo coprii con la mantella nera di Toupet.

«Non bisognava farlo... Non bisognava farlo...»

La stessa frase concitata, ripetuta. Gli erano saltati i denti davanti. Fischiava. Non era la prima volta che veniva picchiato. Dopo tutto avrebbe potuto benissimo vivere con qualche bozzo in più e qualche dente in meno. Con la guancia appoggiata sul pavimento, guardava il refettorio ad altezza del disastro. I tavoli e le panche erano stati rovesciati, i bicchieri, i piatti di ferro, le zuppiere di stagno, le posate, le briciole di pane, il lardo, i fagioli, era tutto sparpagliato a terra.

«Non bisognava farlo...»

Ero accovacciato al suo fianco. Gli passai una mano tra i capelli. Non era mia abitudine. Io non ero mai stato accarezzato, rassicurato, consolato. Sin dall'infanzia, la mia sofferenza era stata solitaria e brutale.

« Non bisognava farlo... »
Mi avvicinai ancora di più.
« Mi senti, piccoletto? »
Cenno del capo.
« È per tutti noi. »
Mi guardò.
« È successo questa sera ma sarebbe potuto esplodere ieri, domani. Non lo sapremo mai. »
Chiuse gli occhi.
« Ma è stato per colpa mia » mormorò Loiseau.
Sorrisi.
« È stato per merito tuo, Camille. »
I suoi occhi spalancati. Mai, da quando era lì, qualcuno aveva pronunciato il suo nome.

Facemmo due prigionieri. La Carogna e il Ratto, seduti con la testa tra le mani. Gli avevamo rubato il mazzo di chiavi. Il capo delle guardie si era messo in salvo da una finestra. Tutti gli altri se l'erano data a gambe. Avevano abbandonato il campo e si erano riuniti al portone aspettando i rinforzi. Della sala da pranzo non restava niente. Urlai.
« È vero, perdio! È tutto vero! »
I detenuti si muovevano a piccoli gruppi. Alcuni si lanciavano sui tronchi scaricati nel cortile per ricavarne dei bastoni. Allertati dal rumore, dai fischi e dalle urla, si erano sollevati anche gli altri refettori. Io corsi alla corderia con Trousselot. Ci serviva la drizza, qualcosa per legare i prigionieri. E anche venti metri di cima di ormeggio, una corda solida per rifugiarsi sul tetto. Abbiamo portato il pesante cordame in cinque, gli uni dietro gli altri. Come rimorchiatori di chiatta lungo la strada. Qualche pupillo correva in ordine sparso. Alcuni avevano svaligiato le cucine, altri la farmacia. Ci facevamo largo tra i predoni di biancheria, i

ladri di leggii, i distruttori di lampadine elettriche, i trasportatori di mobili da bruciare.

Abbandonammo il nostro fardello di canapa ai piedi del muro.

Legai io stesso la Carogna e il Ratto, in un angolo del refettorio.

« Stringi bene! » disse ridendo Soudars che passava di lì.

Aveva una brocca di vino per mano e una pagnotta sotto il braccio.

Non so da dove sia arrivata la sirena d'allarme. Non l'avevo mai sentita alla colonia. Forse dal porto, forse dal faro, da un semaforo o da una nave. Il suo grido rendeva tragica la nostra rivolta. Urlai in mezzo al cortile per coprire il suo lamento metallico. Per aggiungere rumore al tumulto. Un detenuto distruggeva tutte le porte a colpi d'ascia. Senza parlare, una dopo l'altra, come un boscaiolo impazzito. Io cominciai a rompere le finestre. Tutte quelle che incrociavo. Quando uscii in cortile, alcuni coloni stavano lanciando i letti dalla scala. Altri giocavano ai fantasmi, coperti di polvere bianca e con le braccia aperte. Avevano appena saccheggiato il magazzino della farina. Gollesin pisciava nel giardino dell'amministrazione fischiettando *La Marsigliese*. Moysan e Trousselot lanciavano pietre contro le finestre della cancelleria. Jesson si era messo gli abiti del prete. Ci aspergeva di acqua santa ridendo. Nel cortile principale un ragazzo scalò l'albero di mezzana della nostra nave-scuola per strappare la bandiera francese e usarla come mantello. Attraversava i vari blocchi urlando: « Tutti alla Bastiglia, disgraziati! »

Con una decina d'altri, entrai nel blocco numero 3. Quello delle guardie più dure. Ne restava solo una, distesa sulla pancia, con tre coloni sulla schiena. Aveva del sangue tra i capelli. Era l'uomo che era entrato nella mia cella per menarmi, il più cattivo. Chiesi agli altri di spostarsi. Gli frugai la blusa. Il nastro di mia madre era ancora lì, in fondo alla sua tasca, con un biglietto della lotteria nazionale strappato e del tabacco. Presi il nastro di seta tra le dita e lo immersi a fondo nella sua ferita. Lui lanciò un urlo. Ero vendicato. E quello era un bottino di guerra.

La sirena continuava a urlare. Un incendio era scoppiato alla veleria. Un altro nel laboratorio di falegnameria. Ombre allegre danzavano attorno alle fiamme. Una guardia tentò di raggiungere i suoi all'entrata del campo. Nascosta dal fumo, avanzava a zigzag nel cortile, con il viso calato nel bavero della giubba. Ma aveva dimenticato di togliersi il berretto.

«Uno sbirro cerca di scappare! Venite!» abbaiò un colono.

Una decina di ombre scure si lanciò su di lui. Accorsi anch'io. La guardia era distesa sulla pancia. Gli schiacciai la nuca a colpi di tallone e ripartii di corsa.

Dal rumore per terra, indovinavamo che decine di oggetti volavano dalle finestre. Metallo percosso, vetro rotto, scintille, tutto ciò che aveva perseguitato i nostri giorni veniva offerto all'oscurità. Il cortile era ingombro di detriti. Sei puniti in isolamento erano stati liberati. Uno di loro, apprendista lattoniere, si era rifiutato di uscire dalla cella e se ne stava raggomitolato in un angolo della sua gabbia. Aveva visto la rivolta del 1928 e non voleva rivivere la repressione che ne era seguita. Quando un colono tentò di tirarlo fuori per le gambe, lui estrasse una lama dalla tasca. Si era costruito di nascosto un coltello nel laboratorio, limando una scatola di sardine.

Girato l'angolo di un corridoio, due coloni stavano distesi l'uno accanto all'altro, con il volto ricoperto di sangue.

Respiravano male. Spie, capibanda isolati, era venuto il momento di regolare i conti.

Ritrovai Soudars nell'infermeria. Aveva distrutto la vetrina dei medicinali. Era da solo. Non appena mi vide, cercò di scappare. I miei polsi erano blu per colpa della sua corda. Sentivo ancora il pennone sulla schiena.

Lo inchiodai violentemente contro il letto delle visite. Pugno sulla tempia.

« Non fare il coglione, Bonneau. »

Una testata. Rumore di ossa rotte, il suo naso. Un'altra testata sui denti. Aveva la bocca aperta, sentii il suo morso sulla fronte. La mascella che cedeva. Crollò sulla schiena, in mezzo alle fialette di fenobarbital. Gli sferrai un calcio alla testa, e poi un altro. Avevo sognato a lungo quella scena. Scandivo ogni violenza con un commento.

« Per la forchettata, per aver rubato lo zucchero bianco, per la delazione. »

Una sberla, un ricordo. Ma in quella notte di sommossa, nessuna parola contava più. Beccati questo, carogna! Volevo fargli male. Che tutti i colpi dati gli fossero resi.

Urlò. Una belva selvaggia. Si girò sul fianco, contro il muro. E chiuse gli occhi.

Il pavimento della farmacia era ricoperto di rapporti e di note redatte dal dottor Verhaeghe. Le conservava sotto chiave in uno schedario. Un ribelle lo aveva sventrato. Frugai tra i fascicoli, tra le buste. La mia vita stava in una cartellina grigia.

« *Jules Bonneau. Numero di matricola: 3462 / blocco numero 2. Stato di agitazione, ansia, aggressività, scarso controllo degli impulsi* » aveva scritto il medico. Aveva allertato la direzione su delle « *fasi di accessi deliranti* » legate a un « *eloquio disorganizzato* ». Inquietante « *ma non sufficiente per essere internato* ».

Mi infilai i fogli in tasca.

« Andiamo a recuperare i nostri fascicoli giudiziari! »

L'urlo di un colono, che in corridoio guidava un branco alle sue calcagna.

Li seguii fino all'edificio dell'amministrazione. La cancelleria era stata saccheggiata. Una decina di detenuti vuotava gli schedari metallici per terra. Lo scomparto delle B era intatto. Nella mia cartella, una scheda antropometrica redatta a Laval e una segnalazione della polizia. Il mio bel faccino sulle foto. Di fronte, di profilo. Mi ricordo ancora che il poliziotto mi aveva sbattuto troppo bruscamente sull'asta di metallo che bloccava la testa. C'era l'impronta delle mie dieci dita sul foglio allegato. E poi, a margine, con la matita blu: « *Concorso in furto e incendio, resistenza a pubblico ufficiale* ». Al momento di completare il documento, il grosso poliziotto baffuto era andato un po' in crisi. Avevo tredici anni. Piangevo. « *Orbite: scavate. Sopracciglia: basse. Palpebre: cadenti.* » Ma aveva lasciato perdere la forma dei lobi delle orecchie, lo spessore delle labbra, la lunghezza delle dita dei piedi. Aveva anche dimenticato di riempire le caselle « *comportamento, aspetto, linguaggio* ». E anche quella della « *razza* ».

In cortile gli insorti alimentavano un falò con alcuni libri contabili e delle carte nautiche. Io offrii alle fiamme le annotazioni del medico e quei brandelli d'identità.

Incrociando il Crucco nella balconata delle celle, pensai di dover di nuovo venire alle mani. Ero pronto, con i pantaloni già sporchi di sangue. Ma l'alsaziano mi guardò appena. Portava un materasso sulla testa, il corpo piegato a metà, e si affrettava verso l'uscita.

Nessun piano, né scopo, né calcolo. La nostra era una rabbia disordinata. I più eccitati minacciavano di uccidere le guardie. Altri volevano bruciare la Peugeot del Becco, nascosta in garage.

« Lasciate stare il custode, è un buon diavolo! »

Alcuni erano già tornati prudentemente alle loro celle per non essere coinvolti nei disordini. Erano troppo giovani o « pronti per il congedo », dei maggiorenni presto scagionabili, e non volevano rischiare, a così pochi mesi dal rilascio. Dopo le urla e l'eccitazione, qualcosa si era placato. C'era paura su alcuni volti, una cupa inquietudine. I più preoccupati si sedettero in cerchio nel cortile, gli uni accanto agli altri, vicino al pozzo che era stato chiuso a causa dei suicidi. Non erano più dei ribelli ma dei vinti, pronti ad alzare le braccia quando i maiali avessero dato l'assalto.

Capii che la rivolta era finita.

« Alle scale! »

La voce di Moysan.

Da qualche settimana c'erano dei lavori sul tetto del nostro blocco e anche nel cortile d'isolamento. Per negligenza, erano state dimenticate dai conciatetti tre scale di legno, distese vicino al muro di un laboratorio. Alcuni di noi cominciavano ad ammassarsi ai piedi del muro.

« Sta arrivando il Becco con i gendarmi! » urlò un pupillo.

Il direttore stava organizzando i rinforzi all'entrata principale.

Moysan e Méheut alzarono una delle scale contro il muro. Lo superava abbondantemente.

Io urlai:

« Moysan? »

Lui si voltò. Mi interrogò sollevando il mento.

« E dopo? »

Non capiva.

« Cosa facciamo dopo? »

«Evadiamo!» rispose Carrier.

La seconda, la terza scala furono appoggiate contro la parete.

«Ma evadiamo per andare dove, razza di cretini!»

Le mie parole, perse nel tumulto. L'eccitazione copriva tutto. I primi coloni si lanciavano già all'assalto del cielo. Due di loro avevano pensato alle assi e alle coperte, per proteggersi dai cocci di bottiglia sparsi sulla sommità del muro.

«È un'isola, imbecilli!»

Ero arrabbiato.

«Lo sapete cos'è, un'isola?»

Giravo in tondo ai piedi della scala.

«Pensate di andare a nuoto fino a Quiberon?»

Ero solo. Nessuno mi ascoltava. Stavano tutti salendo i pioli, uno dopo l'altro. Dieci, venti, trenta detenuti erano già evasi.

«Siete proprio dei deficienti!»

Urlai:

«Prendete almeno una cima d'ormeggio!»

Nessuna reazione. Mi precipitai verso le corde. Non serviva tanto a raggiungere i tetti, quanto a superare il muro.

«Chi mi aiuta?»

Alcune mani si offrirono.

L'Ape, Méheut, Moysan, molti altri coloni erano bloccati in cima al muro. Avevano sentito le urla di dolore di chi era saltato nella notte. Non si fidavano a seguirli. Fissai la cima alla base del lampione del cortile. Nodo barcaiolo con sopra un nodo mezzo collo. Non mi avevano insegnato tutte quelle cose per niente. La prima scala era stata spostata dall'altro lato, per permettere ai ragazzi di scendere senza rischi. Salii. Lasciai scivolare la corda lungo la parete, fino all'erba del cammino di ronda. E rimasi lì così, a cavalcioni su una tavoletta di legno schiacciata sui cocci, a guardare le ombre scure sparire nella notte. Una mano mi tirò l'orlo dei pantaloni.

«Bonneau?»

Loiseau, subito sotto, aggrappato all'ultimo piolo. Il suo sorriso sdentato.

«Ti eri dimenticato di me?»

Al contrario. Non volevo che partecipasse a quell'avventura. In quella storia era la vittima. Rimanendo nascosto nel suo angolino di refettorio l'avrebbe passata liscia. Non aveva detto niente, fatto niente, né rotto né provato a farlo. Era l'unico di tutti noi a essere innocente.

Fece una risata amara.

«Credi davvero che la penseranno così?»

Si tirò su, aggrappandosi a una coperta protettrice.

«Torna al refettorio, piccoletto!»

Lui scosse la testa, brandendo una sacca da marinaio di tela cerata.

«Ho fatto fagotto!»

Il suo materiale d'evasione, racimolato discretamente da quando era arrivato a Haute-Boulogne. Me ne aveva già parlato ma non pensavo fosse vero.

La sacca, chiusa da lacci cerati, era appartenuta al figlio di un capobarca di Guilvinec, finito alla colonia dopo una rissa in un bar del porto. C'era stato un morto. La gola sfondata dalla gamba di un tavolo. Paul Guillou non c'entrava niente. Il giovane aveva difeso il padre, ma il padre aveva ucciso. «Concorso di reato», avevano concluso i giudici, lui aveva quattordici anni. Era morto tre anni dopo a Haute-Boulogne, di una pleurite mal curata.

Prima che le guardie svuotassero la cella, Loiseau e i compagni si erano divisi le sue cose. La corsa ai vestiti che non gli erano stati confiscati. Pantaloni, maglioni, camicie. Loiseau, invece, aveva preso la sacca da marinaio che li conteneva. Tutti pensavano al freddo dell'inverno. Mentre lui, già allora, all'evasione.

Nel suo fagotto, una bussola, gli orari delle maree, una

carta nautica sottratta alla timoneria, dei binocoli, un accendino, qualche biscotto, una tazza di metallo argentato, un piatto a fiori di latta smaltata, delle posate e una borraccia d'acqua, che riempiva ogni settimana.

Sorrise.

« Ieri mattina, ci ho messo dentro un po' di vino. »

Anche se ferito, era tornato al dormitorio per recuperare i suoi averi.

Scossi la testa.

« Tutte queste cose non serviranno a niente. »

« In che senso? »

Loiseau non mi staccava gli occhi di dosso. Infilò la mano nella sacca. E ne estrasse una torcia.

« A niente, dici? »

Una torcia Wonder. Sottratta al corpo di guardia con anche due pile di scorta. Abbassò l'interruttore. Contatto. Una bella luce gialla. Era quella che temevamo la notte, quando le guardie facevano la ronda. Cercò ancora, per prendere il coltello che gli avevo affidato l'anno precedente, prima di una severa perquisizione del mio blocco.

« E questo? Anche questo non servirà a niente, ne sei proprio sicuro? »

Brandiva il coltello sorridendo.

*

Era un coltello Douk-Douk, con un leone inciso sul manico di metallo, in mezzo agli arabeschi. Era stato Yuba, una guardia, a lasciarmelo in cambio del mio silenzio. Una sera era entrato ubriaco nella mia cella, con il coltello in mano. Cercava qualcosa o qualcuno, non avevo capito bene. Era arrabbiato, urlava, stava a stento in piedi. Le Goff beveva, Napoleone, la Carogna, Toupet anche. Lo sentivi dall'alito, o dalla voce, lo vedevi dai gesti. Bevevano sin dal mattino.

Soldati da trincea che vanno all'assalto. Ma Yuba era proprio alcolizzato. E non reggeva l'alcol. Nemmeno il sidro o la birra. Quel giorno, con il coltello in mano, aveva biascicato qualche parola, girato su se stesso, si era chinato sul mio letto come se pensasse di trovarci qualcuno e poi era crollato. Era caduto, a testa in giù sulla rete metallica, con le braccia lungo il corpo.

Io corsi a rialzarlo. Non per salvarlo, ma perché non doveva morire lì, ai piedi del mio letto. Facendomi accusare del delitto. Rigirai Yuba sul fianco. Lui fece un singhiozzo e poi vomitò. Un getto terribile. Un pasto annegato. Quando gli aprii la giacca e il collo della camicia, una bottiglia mezza vuota cadde sulla terra battuta. Riconobbi l'etichetta rossa dello stemma vaticano, la pisside e l'iscrizione « Vino da messa ». Era quella che non mollavo un secondo con gli occhi quando il prete si riempiva il calice. Vino liturgico. Bianco da messa. Yuba andava a fare spese in sagrestia. Assaggiai il vino. Un bianco tiepido e liquoroso. Chiusi il coltello. E nascosi la bottiglia e il Douk-Douk sotto il materasso.

Chiamai in soccorso Jesson e Moysan. Bisognava avvertire il capo delle guardie. Quelli andarono di corsa. Io mi misi in un angolo, faccia al muro, mani sulla testa e spalle alla porta, per non mostrare alcuna ostilità.

Chautemps arrivò. I suoi pesanti passi in corridoio. Con lui, il Ratto e Toupet. Il capo entrò da solo nella mia gabbia. Le due guardie erano rimaste fuori.

« Girati, Bonneau! »

Staccai la fronte dal muro umido. In piedi davanti al secondino.

« L'avete picchiato? »

Ero pallido.

« È caduto da solo, signore. »

« Cosa faceva in camera tua? »

« Ha fatto tutte le gabbie, signore » rispose Moysan dal corridoio.

Chautemps si girò verso di lui.

« Si chiama camera, Moysan. Chiamala così o ti faccio provare una vera cella! »

Il capo si chinò sulla guardia. Yuba russava.

« Ubriaco fradicio » commentò Chautemps.

Mi sfidò con lo sguardo.

« Questo incidente rimane tra noi, Bonneau. »

Annuii. Lui si mise la mano dietro l'orecchio.

« Non ho sentito. »

« Questo incidente rimane tra noi, signore. »

« Benissimo. »

Si portò un fazzoletto al naso. Il vomito impestava la cella. E la guardia si era pisciata addosso. Lui uscì in corridoio. Fischietto.

« Moysan e tutti voi, tornate nella vostra stanza! »

Toupet e il Ratto risalirono il corridoio per chiudere i lucchetti delle gabbie.

« È l'arabo, s'è preso una bella sbronza » disse il capo ai suoi uomini.

Ordine di lavarmi da solo la cella e tornare a letto.

Rividi Yuba la settimana dopo. Mi bloccò in un angolo del refettorio.

« Ridammi il coltello. »

« In cambio del vino del don? »

Si irrigidì. Se avesse potuto, mi avrebbe staccato la testa a morsi.

« Bastardo! »

E lasciò la mensa, con le mani in tasca.

Se lo avessi denunciato, sarebbe andato in prigione. Per ubriachezza manifesta e infrazione del regolamento. Era stato trasferito alla colonia agricola di Aniane, vicino a

Montpellier. Insieme a Moysan e Jesson, ci bevemmo il resto del vin santo.

E tenni il coltello.

*

Guardavo le luci della città.

Loiseau era nervoso, agitato. Lontano, delle urla. Dei fischi. Il clacson di un'automobile. La sirena si era fermata. Volevano sentire chi fuggiva nella notte.

« Non è che ti fai prendere, vero? »

Lo guardai ancora una volta. Quella faccia da passerotto. Quello sguardo da uccellino caduto dal nido. Ai piedi delle due scale, erano ormai solo in tre. Loiseau mi diede una pacca sulla spalla.

« Dai, muoviamoci, Bonneau! »

Senza altro indugio, afferrò la corda che pendeva. E cominciò a scendere, continuando a fissarmi. Fece una smorfia di dolore.

« Dai, vieni, cazzo! »

Io sputai nel buio.

« Ma guardati! Non sei nemmeno in grado di camminare! »

« Non ho altra scelta. »

La sirena ripartì. Lui era nell'erba, con una guancia appoggiata alla corda.

« È troppo tardi, Bonneau. Hai visto che disastro? La pagheremo cara! »

Aveva ragione, lo sapevo. L'avremmo pagata cara. Ma perché evadere? Evadere dove? Nessuno aveva mai avuto l'intenzione di evadere. Solo di guadagnare un po' di tempo. Rubare qualche ora tutta per noi. E poi fare loro del male. Perché la paura cambiasse di campo.

Cosa ci aspettava ai piedi di quel muro? Gli scogli, e poi,

cosa? L'oceano? Si era alzato il vento nel corso della sera. Dall'altra parte del cammino di ronda, quasi ai nostri piedi, c'era mare grosso. La schiuma luccicava nella penombra. Spruzzi ghiacciati ci salavano le labbra. La tempesta urlava la forza delle onde. Ebbi paura. Volevo essere un marinaio ma non ero che un figlio dei campi. Stare in equilibrio tra i pennoni di una nave prigioniera non era sfidare l'oceano. Solo prenderlo in giro.

Dall'alto del muro vidi le lampade delle guardie setacciare le facciate delle nostre sezioni. Una prima fila di prigionieri camminava in lontananza, con le mani sulla testa, sotto gli insulti e le botte. Erano stati presi mentre cercavano di fuggire dal portone principale. Un faro bianco seguiva la loro processione nel cortile.

« Bonneau, per piacere! »

Sussultai. Il ragazzino stava lì sotto, seduto per terra. Sì, aveva ragione. Il male era fatto. O il bene. Nulla più importava. Bisognava sfuggire alle nostre azioni.

Ci accucciammo sotto una siepe di ginestrone, dietro il muro che prima ci circondava. Posai una mano sulla terra umida. La impastai con le dita. Il fango, l'erba, i sassi della libertà. Eravamo dall'altra parte. Eravamo appena evasi. Era successo davvero. Mai nei miei sogni avevo sentito la terra selvaggia sulla pelle. La gamba mi tremava. La testa urlava. E adesso? Cosa avrei fatto, adesso? Sin dal refettorio io e gli altri ci eravamo comportati come bambini che sognano. C'era gioia in ognuno dei nostri gesti. Non solo rabbia o odio, ma anche esaltazione, entusiasmo, un'ebbrezza ingenua. Tutto diventava possibile, quando niente lo era mai stato. Colpire chi ci aveva picchiato, distruggere le panche che ci ferivano le carni, rompere i vetri che ci spiavano, rovesciare le nostre ciotole per cani, bruciare i nostri pagliericci, sfondare le porte, abbattere i muri delle docce che i capibanda obbligavano i loro amichetti a leccare. Non pensavamo al domani. Distruggevamo l'istante presente con felicità e rabbia. Prima che una manciata di imbecilli si precipitasse sulle scale, nessuno di noi aveva mai neanche considerato l'evasione. Da nessuna parte, quella parola d'ordine. Scavalcare il muro, e poi? Non ci stavamo salvando, stavamo solo danzando. Dei coloni che ballano ridendo in mezzo al fumo e ai rottami.

« È il ballo del diavolo! » aveva urlato un ragazzo, con il volto nero di fumo.

L'idea di fuggire era venuta solo dopo. Quando i ragazzi si erano ritrovati ai piedi del muro. E allora? Perché no? Sei metri di altezza? Avevano conosciuto di peggio. Dopo anni passati in gabbie per polli, l'aria del mare aperto li aveva inebriati. Ora bisognava andare fino in fondo. Avevano troppo intaccato il silenzio per girare le spalle alla libertà.

E io li avevo seguiti. Che imbecille. Urlando loro che scappare non serviva a niente e correndo a gambe levate dietro a loro. Me ne pentivo. La febbre era scesa. Mi ritrovavo adesso dalla parte sbagliata del muro, terrorizzato, con una zolla di terra tra le dita. E Loiseau che tremava accanto a me.

« Andiamo a destra o a sinistra? »

Lo guardai.

« Chi, andiamo? »

Il suo pallore, nell'oscurità.

« Be', noi. Io e te. »

Scossi la testa.

« Ognuno per sé, piccoletto. »

Lui mi prese il braccio.

« Almeno fino al mare. »

Con un cenno del mento, gli mostrai la notte.

« È lì, proprio lì. »

« Fino al porto, volevo dire. »

Il suo sguardo estenuante di vittima.

« Per favore. »

Gli spiegai che tutta Palais doveva essere al porto. La sirena aveva avvertito gli abitanti dell'isola. Le stazioni di segnalazione erano state allertate, le squadre sulle coste mobilitate. Lo strillone doveva di sicuro ripetere il suo annuncio di strada in strada. Un'evasione alla colonia! Attenti ai vostri averi, ai vostri figli e alle vostre figlie! Tutti gli uomini a raccolta!

Dovevano essersi riuniti al porto, pattugliavano le strade. I pescatori in pigiama accorrevano a proteggere le loro navi con pesanti catene. I canotti, le barche, ogni più piccola imbarcazione. Tutto ciò che ci avrebbe permesso di prendere il mare doveva essere difeso.

No, non bisognava andare al porto. Non lì, di sicuro. Bisognava attraversare l'isola prima che spuntasse il giorno. Evitare le fattorie, i villaggi, le drogherie. Ci avrebbero seguito. Altri evasi ci avevano raccontato la gioia con cui gli abitanti partecipavano alla caccia. Inseguivano i bambini. Li braccavano. Giovani, vecchi, coppie di amici che si trasformavano in battitori. Un capobanda ci aveva addirittura giurato che la colonia offriva una ricompensa per ogni pupillo catturato. E consegnato personalmente. Un ragazzino? Una moneta d'argento. Come cacciatori che portano un animale pericoloso alla cittadella. Non gli avevo creduto. Chi è che avrebbe pagato per la nostra pelle?

A sinistra. Io decisi e il ragazzino mi seguì.

Raggiungemmo innanzitutto la riva dell'oceano, costeggiando l'acqua da lontano, seguendo gli scogli. Strisciavamo sui ciottoli, tra l'erba. Sulla strada passò un'auto, ne scesero tre uomini, con un cane. Due avevano un fucile da caccia.

Avevano visto la mia corda e le scale. Loiseau li osservava, ritto sui gomiti.

« Abbassati! »

Lo schiacciai a terra, premendogli la mano sulle scapole. Se si muoveva, eravamo finiti.

Quelli parlavano a voce bassa. Fecero cadere una scala, osservarono il muro, tirarono inutilmente sulla corda. Uno di loro girò la testa verso di noi.

« Bisogna setacciare la riva. »

Venivano verso di noi. Il cane partì tra i giunchi abbaiando.

Uno urlò:

« C'è qualcosa là! »

Il cane lottava contro un'ombra nascosta in un cespuglio.

« Ce n'è uno! »

L'evaso si era ferito cadendo. Era rimasto ai piedi del muro. I cacciatori lo catturarono, lo rialzarono in tre e lo portarono alla luce di una torcia elettrica.

« Non è mica un coniglietto questo, che dite? »

Il colono era imponente. Lo tenevano piegato, in tre, torcendogli il braccio dietro la schiena.

« È un cinghiale, piuttosto » disse ridendo un cacciatore.

L'altro cercò di divincolarsi. Eruttò in tedesco.

« E non è neanche francese, la bestiaccia! »

Lo gettarono sul sedile posteriore dell'automobile.

« Il Crucco? » sussurrò Loiseau.

Sì, il Crucco. Avevo visto. Preso davanti ai nostri occhi, alle prime ore della notte.

L'auto ripartì. Incrociando un furgone, con a traino un rimorchio pieno di uomini che agitavano le lampade. Si salutarono con un colpo di clacson. Come a un matrimonio.

*

Loiseau lavorava dalle Derrien, due anziane signorine, agricoltrici sul lato di Kerzo. Ci andava una volta a settimana, per fare il bucato, per stirare.

« Ma sono cose da femmine » aveva protestato la più anziana.

« Allora casca a pennello » le aveva risposto la direzione della colonia.

Le due sorelle erano molto credenti. E praticanti. La mattina invocavano suor Teresa di Lisieux, e la sera recitavano preghiere di protezione. Avere sotto il proprio tetto un ragazzo simile poneva loro un problema morale. E poi lo avevano incontrato. Non che fosse loro piaciuto ma ne avevano avuto pietà. Dopo un po' avevano addirittura smesso di farsi il segno della croce al suo cospetto. Alla fine era un povero diavolo. E poi, insomma, faceva il bucato con cura, stirava a modo e aiutava nei lavori dei campi. In più, non era orgoglioso. E neanche costoso. La somma che versavano alla colonia era irrisoria. Loiseau veniva prestato alle signorine Derrien per un niente.

Era là che avremmo dovuto passare la notte. Accanto alla casa delle sorelle c'erano un mulino e una rimessa che nessuno utilizzava. Senza chiave né serratura. Soltanto una catena di ferro e un lucchetto chiuso alla bell'e meglio. Era in piena campagna, non c'era niente da rubare.

Loiseau conosceva bene la strada. Era nella direzione di Bruté, la colonia agricola. L'aveva fatta in inverno, in estate, di giorno, di notte. Un'ora, camminando veloci. Ma dovevamo procedere curvi ed evitare le strade. Quella di Loctudy doveva essere infestata di volonterosi, così come la strada costiera. Bisognava passare di nascosto attraverso la campagna, per i campi coltivati, la landa e le spiagge.

Sfuggimmo a due imboscate.

La prima era stata tesa da due abitanti di Palais vicino a

Kerbellec, a uno sputo dalla colonia agricola. Il camion Berliet della latteria sbarrava la strada di Port-Jean, con i fari accesi. Dalla sommità di un dosso illuminava il cielo come un proiettore con il palcoscenico. Una decina di ombre si stagliavano nella luce. Donne, uomini. Li avevamo visti da lontano. E anche sentiti. Parlavano a voce alta, ridevano forte. Un gruppo di amici alla festa campestre.

Noi stavamo distesi sul pendio, protetti dall'erba alta.

« Hanno dei fucili. »

Loiseau li aveva visti. Due di loro, carabina in spalla. Altri camminavano per la landa con le lanterne. Una donna urlò:

« Dai, venite fuori tesorucci, non vi faremo niente di male! »

Risate degli uomini.

Padre Bricout era tra loro, con un megafono in mano.

« Miei cari bambini, miei poveri bambini, tornate a casa! »

Scrutava l'oscurità, con una mano a schermare gli occhi.

« È il vostro sacerdote che vi parla! »

Alzò il dito verso il cielo nero.

« Solo il pentimento può salvarvi dall'errore! »

Un ciclista arrivò alla sua altezza. Berretto, budriere, riconobbi la guardia campestre.

Una voce forte.

« Andiamo via, signor curato! »

Gioco d'ombre, portiere sbattute, motore avviato. Movimento di fari nella notte. Pneumatici che stridono sul ghiaino. Un lungo colpo di clacson. Silenzio.

Loiseau fece per rialzarsi. Gli posai una mano sul braccio.

« Non muoverti. »

Stava per piovere. Un lampo bianco balenò nell'oscurità, tradendo una Panhard nascosta a fari spenti vicino al pendio. Sagomata, elegante. Un grosso animale sorpreso dal fulmine. Avevano lasciato le retrovie. Un'auto ammiraglia. Delle vedette nella notte. E la trappola funzionò.

A un centinaio di metri da noi, nella landa, tre ombre si misero lentamente in marcia verso la strada. Loiseau voleva accendere la torcia per avvisarli ma lo bloccai con una gomitata nelle costole. Nessuna solidarietà dall'altra parte del muro. Funzionava così.

Un tizio sparò in aria con il fucile, protetto dalla portiera dell'auto aperta. Una forte detonazione. Piombo tra le nuvole, gratuitamente, come se volesse soltanto sentire il rumore della sua arma. Non me l'aspettavo. Sussultai. Con la pistola in mano, un altro mirò alla notte sopra di noi. Due colpi di avvertimento. E poi accesero i fari dell'auto.

« Ehilà, arrivano gli indiani! Arrendetevi! » urlò un cacciatore.

Due evasi caddero in ginocchio, a mani levate. Il terzo si buttò a terra per fuggire ma il pistolero armò il fucile e lo imbracciò.

« Vivo o morto, il prezzo non cambia! »

La voce di Moysan:

« Non sparare! »

E si inginocchiò accanto agli altri.

Il suono di un fischietto.

Altri abitanti uscirono dal boschetto. Avevano capito che la strada di Port-Jean era una trappola perfetta per gli evasi. Conoscevamo bene infatti quella spiaggia di sabbia grigia. Io ci avevo fatto delle manovre, a bordo del *misainier* che apparteneva alla colonia. Il *Devoir* non era rientrato a Palais, lo sapevamo bene. Alla fine della settimana, dopo aver girato al largo della Grotta des Chouans, s'era ormeggiato a un corpo morto di Port-Jean. L'equipaggio era rientrato a piedi. E un canotto di Haute-Boulogne aspettava nella baia per poter raggiungere la barca con la vela rossa.

« Aspetta solo noi! » aveva giurato Moysan.

Mentre la colonia veniva messa a ferro e fuoco, Port-Jean era sulla bocca di tutti. E così la spiaggia di Port-Guen, a est. Erano gli unici due modi per evitare Palais e le punte impraticabili. Dalla spiaggia, Quiberon era a sole dieci miglia nautiche. Appena tre ore con un buon vento da ovest. Moysan credeva di essere un marinaio. Nonostante la tempesta, tutti pensavano che la traversata fosse possibile. Ma io non l'avevo mai creduto.

Moysan e gli altri due evasi furono caricati su un rimorchio trainato da un trattore sputacchiante. Con loro, sul pianale, c'era una donna col foulard in testa.

« Visto, tesorucci, è andato tutto bene! »

Teneva un forcone tra le mani, come la picca di un lanciere.

All'entrata di Kerbellec, ci aspettava una seconda trappola. Alcuni abitanti del villaggio avevano eretto una barricata, raggiunti da alcuni turisti non abbastanza fortunati da sognare la Costa Azzurra. I loro accenti non erano di qui. E i loro vestiti nemmeno.

« Quei disgraziati della colonia li nutriamo troppo bene! » spiegava loro un contadino.

Aveva il figlio nascosto tra le gambe.

« Hanno pasti migliori di quelli che io posso offrire ai miei figli. »

Un uomo sfoggiava orgogliosamente un binocolo e un casco coloniale. Avevano rovesciato tre tavolini in mezzo alla strada, qualche sedia, una carriola, un carretto per il fieno, e impilato tre biciclette. I retini per i granchi e per le farfalle dei villeggianti erano rimasti sui portabagagli, ritti come stendardi. Un cavallo era stato legato a un albero, un maiale si aggirava libero. Una vecchia recitava il rosario, in ginocchio sul ciglio della strada.

« Quei bastardi hanno ucciso tre guardie » urlò un uomo arrivando in bicicletta.

Grida di donne.

« A morte! » urlò un uomo.

Un altro sparò in aria, con la pistola. Così, per la rabbia.

Dovevamo attraversare allo scoperto. Partii io per primo, procedendo chino da un albero all'altro, e Loiseau mi seguì. I villeggianti erano ancora in costume da bagno, in cerata rossa. Una donna addirittura aveva ancora addosso di notte il cappello di paglia. Un postino in uniforme faceva la guardia, appollaiato sul tetto di una rimessa. Era una piccola banda. Ognuno a parlare più forte dell'altro con toni da guerrieri. Un tipo della zona aveva preso in mano la situazione. Lo osservavamo, nascosti dietro un albero. Era un ex soldato. Portava un casco adriano salvato dalle trincee e delle medaglie sulla giacca del pigiama. Aveva gli zoccoli tutti infangati, una tromba in mano.

« Questi sono matti. »

Guardai Loiseau. Sì, erano matti. Ma eravamo alla loro mercé. Alcuni bambini lanciavano sassi da un lato e l'altro della strada, per stanare un possibile fuggitivo nell'oscurità. Un cane abbaiava. Una donna bretone andava di bicchiere in bicchiere con una brocca di vino. Rideva, con in testa la cuffia bianca di cotone ricamato. Quella gente era in guerra. Un'orda barbarica stava per abbattersi sul loro borgo. Perciò si preparavano a difendere le case, l'onore e la vita.

« Non possiamo restare qui! »

Partii per primo, serpeggiando tra gli alberi e i boschi cedui.

« Qui! Venite! Eccoli! » urlò una voce di donna.

Caddi in ginocchio. Mi girai. Col dito indicava l'altro lato della strada. L'ex soldato suonò la carica con la sua tromba senza che nessuno si muovesse. Qualche sasso volò nella notte. Un uomo caricò una cartuccia nel fucile da caccia. Due cani tornarono a stendersi sotto la carriola guaendo.

«Si spara solo quando lo dico io!» urlò il soldato.

Ci davano tutti le spalle.

«Forza, approfittiamone!»

Questa volta il piccoletto mi precedette. Conosceva la strada per il mulino di Mathias. Aveva anche rivolto qualche occhiata, una parola gentile, un gesto amichevole alla figlia del mugnaio. Le due vecchie per cui lavorava vivevano un po' più su, sulla strada di Kerzo. Loiseau era convinto che si sarebbero prese cura del loro colono. O che il mugnaio e sua moglie avrebbero potuto aiutarci. Anche solo con una brocca d'acqua, una pagnotta. Era per loro che avevamo preso la strada di Sauzon. Brava gente che non ci avrebbe abbandonati alla notte. Un giorno, a pranzo, Loiseau aveva addirittura condiviso il pasto con la famiglia del mugnaio.

«Bisogna rimpolparti, ragazzo» aveva detto la donna.

Colono o meno, per loro non cambiava. Non credevano che esistesse un'infanzia colpevole. Loiseau era orfano e questo non era un crimine.

«Abbiamo un problema» bisbigliò il piccoletto.

Eravamo accovacciati lungo il sentiero. Di fronte a noi, il mulino silenzioso. Le sue ali di stoffa e di legno sbattevano al vento marino ma non giravano. Nessuna luce all'interno, gli abbaini erano scuri.

«E qual è, questo problema?»

Loiseau mi guardò.

«Il mugnaio non c'è.»

Mi spiegò che nelle notti di temporale, l'uomo era al lavoro. Era agli ordini del vento, non poteva aspettare che passasse il brutto tempo. Dormiva nel suo mulino per essere più vicino alle mole. Ma quella notte, malgrado la burrasca, l'asse urlante restava muto.

Camminammo chini fino alla pesante porta di quercia. Era chiusa. Il mugnaio viveva più a sud, a Bernantec. A poco più di un chilometro, ma era un borgo e il villaggio doveva esserci ostile.

« Sfondo la finestra e passiamo qui la notte? »

No, il piccoletto non era d'accordo. L'avevano accolto e coccolato il tempo di una zuppa sostanziosa, la moglie del mugnaio gli aveva infilato nella borsa un po' di pane e formaggio. Non la si tradisce gente così. Per la prima volta pensai di mollarlo lì e tentare la fortuna da solo. Che importanza poteva avere scassinare un chiavistello? Avremmo dormito all'asciutto, sui sacchi di frumento, e saremmo ripartiti all'alba. Che male avremmo fatto? Quale danno? L'intera isola ci dava la caccia e lui non voleva rovinare una serratura. Avevo già estratto il coltello. Bastava piantarlo nel legno fragile e far saltare una scheggia del telaio. Tutto qui. Ma lui non mollò. Borbottava, a occhi bassi. Loro no, loro no. Non voleva che torcessimo nemmeno un capello alla loro casa alata.

Due biciclette passarono più giù sul sentiero, facendo suonare il campanello. Cacciatori. Ci stendemmo nell'erba umida.

« Hai un'altra idea? »

« Le sorelle Derrien » sussurrò Camille.

Le anziane signorine per cui faceva il bucato. Mi guardò.

« Vanno a letto tardi. »

Aveva pronunciato il loro nome senza slancio. Non era un'idea brillante, solo un ripiego. Un perché no, mormorato a stento. Le Derrien, venendo meno il mulino.

« Ti fidi di loro? »

Si sedette, con lo sguardo cristallino. Ancora la sua voce di bambino.

« Con me sono gentili. »

Feci una smorfia.

« Ti lasciano finire i loro avanzi, è questo che intendi? »

Non rispose.

« Cazzo. »

Iniziò a piovere.

« Provo le sorelle? »

Mi sedetti anche io. Osservai lui, il mulino, la landa scura, la pioggia sottile che s'invitava al tavolo della nostra disfatta. Misi tutto in questione. Tutto. La ribellione, la nostra evasione. Per sette anni mi ero detto che eravamo prigionieri di un'isola e che qualsiasi tentativo di fuga era vano. Avevo vent'anni. Mancava solo un altro anno prima di ottenere la maggiore età legale. E dopo? Ci avrei pensato dopo! L'esercito, se mi andava, la marina mercantile, magari, un posto diverso da lì. Dodici mesi ancora, e sarei uscito dalla porta principale. Che cazzata. Mi ricordo della mia rabbia, dopo aver letto un articolo in un giornale rubato al direttore. In America un detenuto condannato a vent'anni di prigione era evaso diciannove giorni prima della sua liberazione, dopo aver ucciso una guardia. Che cretino! Che gran cretino! Lo avevano ricatturato e condannato alla pena di morte per omicidio. E quel cretino adesso ero io. Quanto mi sarebbero costati quei calci di troppo? L'isolamento? Il Ballo fino a cascare per terra? La corderia, il refettorio, le manovre navali sulla nostra nave immobile, che importanza avevano? Un anno a stringere i denti e ciao a tutti. Crepa Chautemps! Fottiti Becco, François-Donatien dei miei coglioni! Mi fai pena, Le Goff. E anche tu, don, che ci perdoni. Persino tu, quel pazzo di Jean Soudars, che finirai a Biribi o al Bat'd'Af' con la catena ai piedi, mi fai pena pure tu. Vi saluto a passi di danza, con la testa, il corpo, il cuore non piegati.

E invece eccomi lì, bloccato nel nord di un'isola di diciassette chilometri di lunghezza e nove di larghezza. Le uniche cifre che ricordavo delle lezioni di geografia. Prigioniero dell'oceano con un orfano di tredici anni che mi considerava un amico, un padre, una madre, tutte le spalle che non aveva mai avuto. E che mi proponeva di andare a bussare di notte alla porta di due vecchie delle quali conosceva solo il profumo del bucato pulito. E poi? E se ci aprono? E ci accolgono per la notte, in un angolo della cucina? Cosa diventiamo, dopo? I prigionieri della casa Derrien? I loro tuttofare, nascosti sotto le gonne quando qualcuno viene in visita? Ero arrabbiato: era tutto così ridicolo. Eravamo due fuggitivi di sei anni che rubano un po' di zucchero e una mela ai genitori per partire all'avventura. Grottesco. Ma non avevo niente di meglio da proporgli.

« Solo per questa notte » ripeté Loiseau.

Solo per quella notte. Non avevamo scelta.

Stavo per andare con Camille ma lui rifiutò.

« Se è una trappola, almeno prendono soltanto me. »

Insistetti. Ma aveva preso la sua decisione. Sarebbe andato senza di me.

La pesante casa di pietra era poco più in là, dietro un boschetto. Le finestre del secondo piano erano accese, e così anche la luce esterna sopra la porta. Lui posò la sacca sull'erba. Il binocolo, la torcia, la mappa, l'accendino, i biscot ti, la borraccia di vino tagliato.

« Ti lascio anche questo, è un portafortuna che non funziona. »

Una zampa di coniglio. Gli era stata infilata tra le coperte quando lo avevano abbandonato.

« E io che faccio? »

« Resti vicino al mulino. E aspetti. »

Era la prima volta che il piccoletto mi dava un ordine. O un consiglio.

« Va bene, capo » risposi.

Lui fece finta di niente.

« E se si mette male? »

« In tal caso lo vedrai. »

Era vero. Lo avrei visto. Un'unica strada. Se ci fossero stati dei problemi, sarebbero passati di lì.

E poi andò. Chino nell'erba, spingendosi da un albero all'altro. Aveva tenuto il berretto, e la giubba da colono. Anche nell'oscurità si vedeva lontano un miglio che era un evaso.

Col binocolo in mano, aspettai che arrivasse alla porta delle vecchie. Poi salii su una rimessa adiacente al mulino. Vidi tutto, senza sentire niente. Una delle sorelle si mise le mani davanti alla bocca vedendolo. Guardò in giro nella notte e lo fece entrare. Poi tirò le tende delle finestre al piano terra. L'altra uscì precipitosamente dalla porta sul retro. Corse verso il fienile, con uno scialle sulle spalle. Prese la bicicletta e lasciò la fattoria prendendo la strada per Palais.

Per un attimo pensai di correre ad avvertire Loiseau. E poi no. Perché doveva per forza andare a cercare rinforzi? Perché sempre il peggio? Il peggio era il mio pane quotidiano. Aspettavo la tempesta alla prima nuvola bianca, e la morte certa alla prima sbucciatura. Vivevo del peggio. A tal punto che quando arrivava, ero già preparato. Ma questa volta, sotto la pioggia, diedi fiducia agli altri. A un ragazzino e a due vecchie. Misi il mio destino e la vita di Loiseau nelle loro mani. Dalla rimessa, salii al primo piano del mulino. C'era appena lo spazio per sedersi sul davanzale dell'abbaino, con le gambe nel vuoto. L'oscurità densa mi proteggeva. Aprii la sacca del ragazzino. Aveva portato un sapone, ancora confezionato. Avevo visto lo stesso sapone all'infermeria, un prodotto all'olio di palma importato dall'Africa. Il medico ci si lavava le mani a lungo, poi le annusava sorridendo. Per pulire le nostre, di mani, le nostre mani di galeotti, c'era un liquido bianco che faceva a malapena la schiuma.

Aspettai. Non so per quanto. Avevamo una bussola ma non un orologio. Un vento forte cacciava via le nuvole. La pioggia era cessata. La luna aveva fatto capolino. Il suo freddo chiarore ritagliava il mulino nell'oscurità. La sorella in bicicletta tornò alla fattoria. Io mi schiacciai contro le imposte chiuse. Pensai che Loiseau si fosse dimenticato di me. Che gli stessero dando un pasto caldo. O che addirittura si fosse messo a letto, distrutto. Ma la sua sacca sulle ginocchia mi urlava il contrario. Poteva anche dimenticarsi di me, ma non avrebbe abbandonato il suo tesoro.

E poi li vidi, sulla curva. Un'auto e un furgone cellulare. A fari spenti, ma traditi dal rumore dei motori. Saltai dalla finestra al tetto della rimessa. Un brutto atterraggio. Dolore violento al tallone, su per la colonna vertebrale, alla base del collo. Scivolai giù dalla rimessa. Colpo a terra. Le gambe, le braccia, tutto il mio corpo già soffriva per le botte prese. La sacca mi aveva seguito. Mi urtò la testa. Non ero più in condizione di battermi. Di fare qualcosa per salvare Loiseau. Il rumore delle portiere mi fece rialzare. Dovevo andarmene. O almeno provarci. La Tigna doveva colpire. Anche a casaccio. Zoppicai fino a un albero, a un bosco ceduo di ginestrone senza fiori per turisti, con solo le spine per graffiarmi. Strisciai nell'erba e mi buttai in un canalone, davanti alla casa delle sorelle. Nel momento in cui rialzavo la testa, come un soldato nella sua trincea, il piccoletto uscì dalla casa. Trascinato dallo Spietato e da due della guardia nazionale mobile. Il secondino era servito da pesce pilota.

Camille Loiseau aveva la testa china, la schiena spezzata, le mani legate. Aveva ripreso la posa dell'orfano, del bambino picchiato, del pupillo abusato, la postura dello sconfitto. Camminava a passi lenti verso l'auto parcheggiata più lontano sulla strada. Un gendarme lo teneva per il braccio. Poi, d'un tratto, si ribellò.

«Non voglio tornare alla colonia!»

Tentò di liberarsi.

«Non ci tornerò mai!»

Si lasciò cadere a terra.

«Sono un orfano! Non ho fatto niente di male!»

«Hai bruciato l'Istituto di rieducazione!»

Era la voce dello Spietato, la guardia col labbro leporino.

I gendarmi lo fecero rialzare senza complimenti.

«Mi ammazzo se mi riportate là dentro, capito?»

Si dibatteva, mentre le due uniformi lo stringevano.

«Preferisco andare in prigione! Gendarmi, portatemi in prigione!»

Lo Spietato gli diede una violenta sberla. Gli colpì le tibie a manganellate. Il ragazzino cadde urlando. Lo trascinarono fino al furgone cellulare.

Le due sorelle erano rimaste sulla soglia, in piedi vicino al muro di pietra.

La più giovane si mise le mani davanti alla bocca, come a megafono. Urlò:

«E per la ricompensa?»

«Passate domani alla cittadella» rispose un gendarme.

Quel che si diceva era vero. I cacciatori rivendevano le loro prede.

L'altra donna, avvolta nel suo scialle nero.

«E in più, signori, quel disgraziato è un pederasta!»

Risata di un militare.

«Gli mancava solo questo!»

Portiere che sbattevano, motori. Le vecchie richiusero la

porta. Spensero le luci del piano terra, poi quelle del primo piano. Silenzio.

Io ricaddi nel mio buco, la rabbia nel ventre.

Cosa avrei potuto fare? Partire all'assalto con il coltello in mano? Prendere un gendarme in ostaggio? L'impotenza mi faceva venire l'impulso di vomitare. Piansi. Per la prima volta da molto tempo. Disteso sulla terra grassa e nell'erba bagnata, piansi come si uccide. A denti stretti, pugni serrati tra le gambe, gli occhi chiusi e la follia in testa.

Sgozzo le sorelle, una dopo l'altra. Divoro il loro terrore. Mangio la paura nei loro sguardi. Scalpo la più giovane urlando. Furore indiano. Il sangue scorre ovunque. Me ne imbratto il viso. Calpesto i loro corpi senza vita. Distruggo la loro casa, mobile per mobile, gingillo per gingillo. Immagino un orologio nella sala da pranzo, lo faccio a pezzi a colpi d'ascia. Sporco il letto. Uno solo, grande. Dovevano dormire insieme. Macchio le lenzuola col loro sangue, con il loro latte per il corpo, con i loro vasi da letto ancora pieni della notte.

Piansi come uno scemo.

Mi stesi sulla schiena. Una mano a protezione sulla lampada, aprii la mappa. Il porto di Sauzon era a meno di tre chilometri. Un porto. Dopotutto, perché no? Da quando ero arrivato a Haute-Boulogne ci avevano ripetuto che qualsiasi evasione era impossibile. Che l'idea di superare il muro si sarebbe scontrata con quella di attraversare l'oceano. Avevamo vissuto con le sue onde in testa. Avevamo sognato di annegare, risvegliandoci al mattino felici di essere ancora rinchiusi, ma vivi. Alcuni avevano rubato dei canotti, delle barche. Tre evasi erano riusciti a salire sul vaporetto Belle-Île-Quiberon. Si erano tranquillamente mischiati alle centinaia di passeggeri ammassati sul ponte, prima di commettere l'errore di scendere nel salone. E di chiedere da bere. Denunciati da un notaio di Vannes, avevano fatto la stessa strada al contrario. Altri erano stati arrestati dai marinai, non appena avevano toccato terra credendosi salvi. Ma la maggior parte degli evasi erano morti annegati. O erano stati ritrovati congelati sui ciottoli, nascosti dalla falesia, in una grotta, su una spiaggia. Il secolo scorso, un colono disperso aveva addirittura tentato la traversata in salvagente.

Qualche mese prima che arrivassi sull'isola, due ragazzi si erano rifugiati sul Picco delle Grotte e si erano lanciati nella Bocca del Diavolo, dove la marea si scatena. Due fratelli. Il più giovane aveva dodici anni, e l'altro era appena diventato maggiorenne. Si diceva che il patrigno picchiasse il grande e obbligasse il piccolo a dormire con lui e la madre. Una sera che il piccolo urlava di dolore, il maggiore era entrato nella stanza. Erano tutti nudi nel letto. L'uomo, la donna, il bambino. Senza fiatare, aveva colpito il compagno della madre con il manico di un piccone. Sulla schiena, sulle reni, sulle gambe. La donna gli urlava assassino, ma il bastardo in realtà non era morto. Paralizzato a vita. In seguito la madre si era suicidata. E i figli erano finiti a Haute-Boulogne. Erano rimasti un anno dietro il muro. E poi erano riusciti a fuggire. Cioè a morire.

Sapevo tutto ciò, ma non avevo più scelta. Loiseau l'aveva detto quando eravamo ancora appollaiati sul muro:

« È troppo tardi, Bonneau. Hai visto che disastro? La pagheremo cara! »

Troppo tardi. Per tornare indietro, per riflettere. La terra da una parte, l'oceano dall'altra. La colonia o il mare. Prendere il largo, la mia ultima possibilità.

Mi rialzai, con l'immagine di Loiseau nel cuore. La sua voce supplicante. Il suo urlo d'uccellino sotto la sberla del gendarme. Le sue gambe spezzate dallo Spietato. Avevo abbandonato il mio amico. Ero triste. Ero dolorante per i colpi presi il giorno prima. Esausto per la mattina legato all'albero. Per quegli anni di umiliazioni e sofferenze. Ero logorato dalle privazioni e dal lavoro forzato. Ero ferito e furibondo. Sarebbe stata lei, la mia rabbia, a guidare i miei passi e a condurmi attraverso la landa. Lei, a illuminare la traversata nella notte. Lei, la mia rabbia, a liberarmi di quella maledetta isola. Volevo che le mie galosce lasciassero nella sua terra l'impronta della mia furia.

6

La Sainte-Sophie

Aggirai l'estuario di Sauzon da sud. Camminando, correndo, con il cuore in gola. Il posto era deserto, a parte qualche coniglio che fuggiva via al rumore dei miei passi. Loiseau mi aveva parlato di Port-Vihan, un luogo di ormeggio tranquillo all'entrata dell'*aber*. Ci era stato diverse volte con le due sorelle, per aiutare a trasportare dei mobili giunti via nave da Quiberon.

Il posto non compariva sulla mappa, l'aveva aggiunto lui con la matita. Una croce nera circondata da un cerchio rosso, a nord della città, dopo il grande faro e il molo, appena prima del mare aperto. Il porto di Sauzon era pericoloso quanto quello di Palais. I pescatori dovevano essersi preparati a difendere le loro barche. Da sempre sapevano che dietro le mura di Haute-Boulogne degli apprendisti marinai sognavano di prendere il largo con il primo legno lasciato incustodito. Ed ecco che quei criminali erano evasi. Decine di delinquenti di mare, alla ricerca di una qualsiasi imbarcazione per lasciare Belle-Île.

« Port-Vihan è più tranquillo » mi aveva spiegato il piccoletto.

Una manciata di barche da pesca, niente a che vedere con Palais. Nessun evaso si sarebbe avventurato fin lì. Troppi chilometri da percorrere nella landa, troppi rischi, troppi pericoli. Sarebbero andati al porto più vicino, i delinquenti. Avrebbero potuto attaccare un dundee tutti insieme, ai piedi della cittadella di Vauban, ma non avrebbero mai attraversato metà isola. Bestie, fannulloni, troppo codardi per affrontare la notte. Era questo quello che la gente per bene diceva di noi.

Più volte il mio amico aveva notato un peschereccio isolato, ormeggiato all'ingresso del porto, a meno di trenta metri dalla riva, diceva. Sempre ammarrato alla stessa boa. *Sainte-Sophie*, aveva anche scritto il nome a margine della mappa. Avevamo la stessa nave-scuola alla colonia. Poteva imbarcare cinque uomini per la pesca, ma questa volta ero solo io.

C'era un po' di agitazione davanti all'Hôtel du Phare di Sauzon. Una decina di uomini che parlavano a voce alta. E qualche altro ancora, riuniti sul molo. Di nuovo la sirena suonò a lungo. Costeggiai una casa, poi un'altra. Del bucato pendeva da un filo in un giardinetto, accanto alle nasse per gli astici e a una rete da pesca, tirata su un pennone come una randa. I vestiti erano tutti bagnati, nessuno aveva pensato di metterli al riparo dalla tempesta. C'erano due grembiuli da donna, un vestito, una gonna, dei calzoncini da bambino, dei calzini, ma anche un paio di pantaloni da uomo, tre camicie e una giacca a traliccio blu. Il cuore mi si fermò. Smisi di respirare. Il sangue mi pulsava sulle tempie, gola secca, lingua di cartone. Guardai in tutte le direzioni. Nessuno. Dalla parte del faro le voci si erano zittite. Staccai il mio travestimento da uomo libero. Mi nascosi dietro il muro. Le mani mi tremavano. Faticai a togliermi i pantaloni e a infilare gli altri, appesantiti dalla pioggia. L'orlo mi arrivava fino ai talloni. Infilai le bretelle. Avrebbe funzionato. La camicia umida era della mia taglia. La giacca da lavoro anche. Feci un fagotto dei miei vestiti da forzato. C'era un rigonfiamento nella tasca interna. Il nastro di mia madre, insieme alla parrucca di Toupet. Mi ero dimenticato del parrucchino. Risi. Una risata che veniva da lontano, dal fondo di una barca. Una risata da prima delle botte, da prima dei soprusi, da prima che arrestassero il mio amico. Mi era appena venuta un'idea pazza. Mi tolsi il berretto e infilai il parrucchino della guardia sulla testa rasata. I crini di cavallo mi cadevano sulla nuca, disegnando dei tirabaci sulle tempie e scendendo in onde ordinate sulla fronte. Mi calcai il berretto in testa e ficcai i miei stracci da prigioniero in un cespuglio di gineprone.

E poi feci una prova. Testai il mio aspetto. Vicino a Port-Vihan incontrai un grosso signore che tornava a casa. Portava un forcone in spalla. Doveva aver partecipato alla battuta di caccia. Quando mi vide uscire dall'ombra, sembrò sorpreso. Io lo salutai, con un dito al berretto. Gli si rischiarò lo sguardo. Giacca da pesca, camicia bianca, pantaloni grigi, capelli un po' lunghi, non ero una minaccia. Gli sorrisi.

« Ha incrociato dei banditi? »

Lo chiesi così. Un colpo di testa. Lui si fermò.

« Non da queste parti, no. »

Colpì il terreno con il manico del suo attrezzo.

« Ma ne hanno presi due alla croce, vicino a Logonnet. »

« Bravi! » risposi.

Lui rise.

« Avrei voluto mettergli le mani al collo io stesso. »

Si rimise il forcone in spalla.

« Venti franchi a evaso valgono ben una notte in bianco. »

Si rimise in marcia. Qualche passo, e poi si voltò. Sguardo diffidente.

« A proposito, ragazzo, di chi sei figlio? »

Mi aspettavo quella domanda.

« Augustin Bonneau. »

Quell'omone, fronte bassa, sopracciglia aggrottate.

« Non mi dice niente. »

Risi.

« Veniamo da Laval, nella Mayenne. »

Lui si grattò la testa sotto il berretto. Volto duro.

« Ah be' certo, turisti... »

Annuii con un po' troppa foga.

« Sono venuto con mia madre all'Hôtel du Phare. »

Cenno del mento in direzione opposta.

« Gli stai dando le spalle, piccoletto. »

La sua voce era cambiata. Un timbro di granito. Stringeva forte il manico del forcone.

Avvertii il pericolo, un brivido gelido dalla nuca fino in fondo alla schiena.

« Lo so, ma ho sentito la sirena, e allora... »

Si rilassò. Un sorriso vago.

« Volevi la tua fetta di torta, eh? »

Ancora quel ridicolo annuire, la mia risata falsa, la mia fronte umida.

« Per venti franchi d'argento, tanto vale provarci, no? »

Ripetei la somma per essere sicuro di aver sentito bene.

L'altro alzò gli occhi al cielo.

« Qui nel Morbihan? »

Allargò le braccia, come ingombre di un peso.

« Abbastanza per comprare quattro pagnotte da tre chili! »

*

Fino a Port-Vihan non incontrai più nessuno. Solo due uomini silenziosi, che risalivano lentamente verso Sauzon. Il rumore dei loro zoccoli che grattavano il terreno. Una brutta tosse. Uno sputo sonoro. Questa volta mi nascosi.

Anche il porto era deserto. Alta marea. Le onde si infrangevano contro il molo. La schiuma del mare spumeggiava fino all'erba della riva. Era buio. Pensai di tirare fuori la torcia. Non lo feci. Alcune luci giallo pallido sulla collina, dietro le finestre delle case, altre verdi e rosse all'imbocco del canale. Il vento era arrabbiato. Il suo soffio lugubre, lo schiocco delle drizze, le campane e il sibilo delle boe sbatacchiate.

La *Sainte-Sophie* era ammarata di fronte al molo. Riconobbi subito il peschereccio di sarde, con il suo scafo nero profilato di bianco e i suoi due alberi inclinati all'indietro. Anche altre imbarcazioni avevano gettato l'ancora in mezzo a quel braccio di mare, ma quella era l'unica alla sua boa. Una preda isolata dal resto del gregge. Corsi piegato in due sulla riva, fino ad arrivare alla sua altezza.

« È ormeggiata a trenta metri dalla riva » aveva spiegato Loiseau.

Era più o meno così. Ma dalla riva e nell'oscurità, lo scafo sembrava ondeggiare in un orizzonte più lontano. Nessuna lancia ammarata vicina, nessun canotto, nessuna barca per raggiungerla. Non stetti a pensarci. Mi tolsi la giacca, la camicia, i pantaloni e le scarpe. Non avevo altra scelta. Da quando eravamo saltati giù dal muro, per tutto il tempo del nostro errare attraverso la landa, mi ero chiesto come avremmo fatto a salire a bordo.

« A nuoto » mi aveva risposto il ragazzino.

E aveva riso. Io no. Ora mi ritrovavo davanti al mare.

Infilai i vestiti nella sacca da marinaio, passandomi la cinghia attorno al collo. Il fagotto era pesante. Faceva freddo. Malgrado il frangiflutti, le onde erano alte. Il peschereccio sembrava allontanarsi, tirando sulla cima come un cavallo imbizzarrito alla cavezza. Da bambino avevo imparato a nuotare nella Mayenne e anche nello stagno della Forge. Di tutti i coloni ero uno dei pochi che poteva buttarsi in acqua. Anche Soudars preferiva le manovre a terra piuttosto di correre il rischio di imbarcarsi. Non sapeva nuotare.

L'aria era pesante di pioggia, l'oceano oleoso e nero. Mi lasciai scivolare in acqua, lungo una cima ammarata inutilmente a un anello della riva. Il mare era ghiacciato. Lasciai la corda e nuotai verso la barca. La sacca era troppo pesante. Mi portò giù, risalii in preda al panico. Per un attimo pensai di sbarazzarmene. Mi girai sulla schiena, con la sacca tra le braccia, e sbattei i piedi. Nuotavo male. Bevevo acqua a ogni movimento. C'era una boa nell'oscurità. Sprofondò sotto il mio peso. Credetti che sarei morto così, annegato ancora prima di rendermene conto, come tanti altri. Gridai la mia disperazione. Lasciai scivolare la sacca verso il fondo, tenendola con una sola mano, e colpii l'acqua con l'altra, sbattendo le gambe fino ad avere male. Avevo la testa sotto, sopra, sotto, un galleggiante da pesca, un carosello infernale, bocca chiusa, aperta, risputavo fuori l'acqua maledicendo mia madre che se n'era andata, mio padre che mi aveva abbandonato, i miei nonni che mi avevano consegnato alla colonia, maledicendo la mia vita che si sarebbe conclusa lì. Bevvi un'intera onda che la barriera non aveva infranto. Mi ero arrotolato la cinghia della sacca attorno al polso. Ma questa a poco a poco scivolava giù, trascinata via dai mostri marini. Stavo per morire. Non c'ero mai stato così vicino. Non nuotavo più, mi dibattevo soltanto. Ero prigioniero di una rissa furibonda, colpito da ogni parte. Non sapevo più come proteggermi.

Poco dopo essere arrivato alla colonia, ero stato vittima del nonnismo di tre capibanda, come sempre succede alle matricole. Bloccato sul letto, con le mani legate dietro la schiena, un paio di mutande sporche sul viso e litri d'acqua versati in bocca. Io soffocavo, e loro ridevano. Ecco la stessa sensazione di paura e di rabbia. Andai a fondo di nuovo e risalii un'ultima volta, non avevo più forze. Gli ululati del vento, le secchiate d'acqua salata, la notte scura. Attraverso gli occhi quasi chiusi, vidi una luce fradicia che danzava in lontananza. L'avevo già notata prima di entrare in acqua. La finestra di una casa, un po' di calore, una famiglia. Urlai ancora una volta, prima che l'oceano m'inghiottisse. Volevo che arrivassero i gendarmi. Che i pescatori mi circondassero con i loro canotti. Che mi catturassero. Che mi prendessero all'amo. Che mi issassero a bordo. Che la colonia mi riacciuffasse. Che mi picchiassero. Che mi mandassero a Eysses, ovunque volessero. Che mi trovassero un posto su questa Terra. Che mi condannassero a un luogo asciutto, a una cella lontana dalle onde, dal vento, dalla notte. Che non mi lasciassero morire. Il mio corpo venne travolto. La dolce luce si spense.

« Qui siamo noi che comandiamo, non dimenticartelo mai, stronzo! »

Stavo annegando. Mi ero rassegnato. Abbassai le braccia perché tutto avvenisse più velocemente. Ero triste di morire. Stavo per lasciare andare la sacca, quando il gomito urtò qualcosa. Un oggetto duro. Allungai la mano come per aggrapparmi a un sogno. Degli anelli di metallo. Mi attaccai alla catena dell'ancora e risalii in superficie. A forza di movimenti disordinati, mi ero avvicinato alla barca. Appoggiai la fronte sullo scafo lucente, come sulla fronte di un amico. Afferrai gli anelli con entrambe le mani, strinsi le gambe attorno alla catena, e rimasi così. Con l'acqua ai fianchi. Dovevo respirare, riprendere vita. Mi veniva da piangere. Era ridicolo. Ero appena sfuggito a un oceano di lacrime. Arrotolai la tracolla della sacca attorno alla catena. Con la guancia schiacciata contro un anello di ferro, permisi ai singhiozzi di venire. I gemiti di un piccolo Jules che aveva accettato di morire. E poi no. La Tigna buttò fuori tutta l'aria del mondo. E poi inspirò forte. Abbandonai la catena, mi lasciai scivolare verso il fondo per sfidare l'oceano. Sputai in acqua, come alle spalle di una guardia. E mi issai piano, anello dopo anello, con la forza delle braccia.

Una volta salito sul capodibanda, mi lasciai cadere sulle cime e sulle reti. La barca non era pontata. Niente cambusa né cuccetta, un'imbarcazione vuota. A parte il gavone e un telone, non c'era nessun posto dove nascondermi.

Mi sedetti. Annodai il nastro di mia madre al polso e riflettei sul da farsi. La barca nel vento. Mollare gli ormeggi, levare l'ancora, issare il tagliavento e il trinchetto quadrato. Ce l'avevano insegnato alla colonia. Su un mare di cemento. I termini, i nomi, ci eravamo nutriti di quel lessico. Sapevo rimpiazzare un moschettone con un nodo bolina per attaccare una drizza in cima al pennone, ma non sapevo nulla delle reazioni di una barca in mare. Nulla della tensione di una vela sulle braccia. Ricordavo parole come « cioccare » o « bordare », che è il suo contrario, ma non avevo mai levato l'ancora. Avevo ammainato la vela maestra solo una volta, ma a bordo eravamo in quattro e ad arrotolarla ridendo eravamo in due.

Avevo le vertigini. Le onde disordinate, la fame, la battaglia con l'acqua, non mi ricordavo più l'oceano. Non ero mai stato nemmeno un mozzo. Tutto ciò che ci avevano insegnato e tante volte ripetuto era appena calato a picco. La barca era di nove metri ma a me sembrava gigante. Anche gli alberi mi sembravano infiniti. Non sarei mai riuscito a governare quella sconosciuta.

Mi rivestii. Corpo giacchiato, vestiti umidi. Tutto puzzava di pesce. Non sapevo più che fare. Stendermi tra le cime, aspettare i gendarmi o affidarmi a santa Sofia? Dovevo decidere prima della bassa marea e dell'arrivo del giorno. Quindi posai la bussola sulla sacca. Rotta a nord-est. Per fortuna la barca non era stata disalberata. Le vele erano piegate, schiacciate da una vecchia ancora di pietra. Mi inginocchiai, con la torcia fra i denti, e cominciai a preparare la drizza. Avrei issato le vele.

Grazie al cielo il marinaio cantava. Nell'oscurità non l'avevo visto. Con una lanterna sopra al mascone, il suo canotto filava verso la barca. Spensi la torcia. Mi distesi. Il pescatore mi dava le spalle. Era imponente, ritto a poppa, con le gambe divaricate. Muoveva un remo a due mani, agitando il mare a destra e a sinistra. Arrivato all'altezza delle prime barche si girò, manovrando più lentamente, con una sola mano. Io mi alzai leggermente sui gomiti. Veniva dritto verso di me. Di lì a qualche minuto saremmo stati bordo a bordo. Rotolai sulla schiena. Dovevo respirare. Stavo per essere sorpreso a rubare un peschereccio. Non era più Eysses ad aspettarmi, ma Cayenne.

Il tizio continuava a canticchiare. La sua voce trasportata dal vento.

Frugai nella sacca, estraendone il coltello d'acciaio. Lo aprii. Tenevo il manico con entrambe le mani, schiacciato contro il torace. Ero pronto.

Poco prima sognavo la terra, adesso speravo nel mare. Non volevo più essere arrestato. Dovevo restare libero e per questo ero pronto a uccidere. Uccidere davvero, issare le vele davvero, navigare davvero, fuggire veramente. Tremavo. Di freddo, di paura, di fatica. I due scafi si urtarono. Chiusi gli occhi. Non volevo vedere il suo volto. Dovevo pugnalarlo alle spalle. Perché i suoi occhi non tornassero a perseguitare i miei. Era soltanto una figura nel buio, una voce, una debole lanterna sulla prua di un canotto. Non avrei ucciso un uomo, avrei solo spinto uno sconosciuto in mare. Un uomo senza identità, senza famiglia, senza storia. Lui non avrebbe urlato, né pianto. Nessun rantolo, nemmeno un fiato. Solo un'ombra colpita alle spalle e lanciata tra le onde.

Aprii gli occhi. Urlai. Quell'immenso marinaio era chino sopra di me, a gambe divaricate. Un'ombra senza volto. Teneva il remo a due mani. Mi colpì senza fiatare. Un colpo del manico sul torace, un altro sulla spalla, e lasciai andare il coltello. Lui lo vide. Brusco movimento a mulinello. Girò il remo e piazzò la pala sulla mia gola.

« Muoviti e sei morto. »

Non mi mossi. Alzai solo le mani. Con un colpo di zoccolo, lui spostò il coltello contro il gavone. Si chinò su di me.

« Mi ascolti? »

Il collo era bloccato dal remo. Strizzai gli occhi.

« Con attenzione? »

Sbattei di nuovo le palpebre.

Lui mi liberò la gola, il remo ancora minaccioso, sollevato a pochi centimetri dalla mia pelle.

« Adesso ti faccio tre domande e tu mi rispondi. Va bene? »

Un cenno della testa.

« Sei evaso dalla colonia? »

No, con la testa. Gli occhi sgranati per la sorpresa.

Mi piantò la pala tra la bocca e il naso. Stavo per vomitare.

« Devo ripetere la domanda? »

Alzai una mano. Non era necessario.

Sì, ero un evaso.

Lui di nuovo sollevò il remo.

« Sei solo? »

Sì, di nuovo.

« Mi darai problemi? »

No, con gli occhi.

Allora mi scavalcò, e si sedette sul capodibanda della barca.

Io mi sollevai sui gomiti. Il braccio, le costole, mi faceva male tutto.

« Siediti. »

Il marinaio si sporse fuori bordo per prendere la lanterna dal canotto. Mi dava le spalle. Io rotolai sulla pancia per afferrare il coltello. Mi rialzai con un balzo, l'arma in mano.

Lui urlò:

« Brutto scemo! »

Mi si lanciò addosso. Io colpii alla cieca. Due fendenti sul braccio. Lui lanciò un urlo e poi mi colpì. La gola, con il taglio della mano. Crollai sulla schiena, gli occhi chiusi, la testa stritolata da due mascelle d'acciaio. Non respiravo più. Tossii. Vomitai bile, mare, briciole di biscotto. Il sapore del sangue nella bocca. Alzai le mani. Mi arrendevo davvero.

« Pietà! »

La mia voce senza fiato. Ero sconfitto. Non avevo mai implorato pietà. Lui si lasciò cadere su di me, bloccandomi le braccia alzate. Un dolore immenso. Aveva il mio coltello. Mi schiacciò la lama sul collo, come per sgozzare un maiale.

« Muoviti e ti ammazzo. »

La lanterna scivolò a terra. Gli illuminò il volto. Era un pezzo d'uomo, come dicevamo alla colonia. Sotto il berretto, largo come il piatto del refettorio, una zazzera di capelli grigi, sopracciglia spesse, barba di una notte, un naso storto. Gli occhi erano troppo chiari. Nessuna brace, nessun bagliore, il grigio vitreo del pesce morto. Capii che l'oceano avrebbe potuto annegarmi. Mi resi conto che quell'uomo poteva uccidermi. Ne aveva gli occhi, i modi, il respiro tranquillo. Non gli facevo paura.

« Basta una mossa, capito? »

Capito. Muovevo un dito e mi sgozzava.

Sempre inginocchiato sopra di me, si sollevò la manica della giubba con i denti.

« Mi hai ferito, brutto scemo! »

Niente di che. Due graffi, una perla di sangue, l'escoriazione di una spina di rovo. Il cotone pesante gli aveva protetto la pelle. Mi liberò la gola dalla lama e si lasciò cadere pesantemente, appoggiandosi al bordo. Mi tirai su. Prima sul fianco, appoggiandomi al braccio, poi sedetti anch'io. Lui fece scorrere la lanterna davanti al mio volto. Mi osservava. Abbassai gli occhi, strinsi i pugni. Non ero un animale al mercato della carne.

E poi fece un gesto assurdo. Si sporse verso di me e mi offrì il coltello dalla parte del manico. Mi restituì il Douk-Douk senza parlare. Mi armò, armò me, la Tigna. C'eravamo solo noi due sulla barca, nel porto, nella notte intera. Non c'era nessuno che potesse venire in suo aiuto, e mi offriva lo strumento per potermi sbarazzare di lui. O per dimostrargli che rinunciavo a farlo. Allora afferrai il pugnale, piano, per non ferirlo. Ripiegai la lama e lo misi in tasca.

Il peschereccio beccheggiava sotto il vento, il mare sferzava gli alberi.

Il marinaio si distese sulla schiena, con la testa contro il gavone. Accese una sigaretta e me la offrì, senza guardarmi. Io non fumavo. Se non di nascosto, per fare come i capibanda. O impressionare i nuovi arrivati. Alla colonia il tabacco era rollato in cartine quadrate. E l'accendino, che i lattonieri chiamavano « il fuoco », veniva fabbricato in segreto nel loro laboratorio, come facevano i soldati nelle trincee. Con un pezzo di acciaio temprato, una selce raccolta da terra e uno straccio bruciato come miccia. Non c'era mai fiamma, ma una brace vittoriosa. Accettai la sigaretta offerta dal marinaio. Lui frugò nel pacchetto per prenderne un'altra. Il bagliore dell'accendino sul suo viso. Lui guardava il cielo. Io fumavo seduto.

«La situazione è questa.»

Una voce grave. Di quelle che fanno rialzare lo sguardo.

«Il canotto dei miei uomini sarà qui tra un quarto d'ora.»

Lunga espirazione, fumo bianco. Sembrava il fumaiolo di una barca.

«Quindi è troppo tardi per farti scendere.»

Voltò la testa verso di me.

«Sei bloccato qui, e io con te.»

Non reagivo, gli venne un dubbio.

«Ma parli francese, vero?»

Annuii.

«Allora ascolta bene quello che sto per dirti.»

Si girò verso di me.

«Di solito siamo in cinque sul peschereccio.»

Pesava ogni parola.

«Ma il mio mozzo è ancora malato. Caschi a fagiolo.»

Faceva anelli di fumo con le labbra.

«Mozzo ti va bene come lavoro?»

Non sapevo.

«Meglio che galeotto, no?»

Annuii.

Si sedette di fronte a me, con gli occhi sulle luci del porto.

«Allora la *Sainte-Sophie* è al completo per la pesca.»

Si tolse il berretto e passò una mano tra i capelli. Si alzò.

Un lucore giallo danzava tra le barche.

«Arrivano i miei uomini.»

Fui preso dal panico. La mia mano cercò il coltello.

«Mi vuole denunciare?»

Il padrone della barca mi guardò, con le sopracciglia aggrottate.

«Ti sembro un delatore?»

No. Solo uno che mette paura.

La lanterna gialla del canotto si avvicinava.

« Sai, ho occhi e orecchie alla colonia. So tutto ciò che succede lì dentro. »

Una spia? Pensai a Le Goff, forse. Un bretone come lui.

« Tutto? »

Lui sorrise per la prima volta. Una luce nei suoi occhi chiari.

« Be', molto. »

Mi tirai su. Eravamo uno di fronte all'altro.

« Il mio nome è Ronan. »

Non mi tese la mano.

« Ronan Kadarn. »

Io non risposi. La sua voce impaziente.

« E tu come ti chiami, colono? »

Abbassai la testa.

« Jules Bonneau. »

Il pescatore mi guardò, accigliato.

« Mi prendi in giro? »

« È scritto diverso. »

Questa volta rise. Una sonora risata d'uomo.

« Con un nome così, non potevi che finire male. »

Scossi le spalle. Lui ripeté il mio nome a voce bassa, ridendo. Poi si alzò e si appoggiò all'albero maestro. La sua fronte era spianata. Osservai la barca che ondeggiava.

« A partire da questo momento, sei mio nipote, Jules Bonneau. »

Non capivo.

« Sei il figlio di mio fratello Yann. »

Ancora non capivo.

Si spazientì.

« Preferisci spiegare ai miei uomini cosa ci facevi sul mio peschereccio nel bel mezzo della notte? »

Aprii la bocca. Non avevo nessuna risposta.

«Che storia preferisci raccontare?»

Allargai le braccia. In che senso, che storia?

«Che cosa vuoi essere per i miei uomini? Un evaso della colonia o il nipote del capobarca?»

Adesso capivo.

«Il nipote del capobarca.»

Sospirò.

«Non sei molto sveglio, colono.»

Ero sul chi vive. Mi irrigidii tutto. Il corpo, la nuca, la pancia. Percepii il pericolo. Era tutto così assurdo. Cosa si aspettava quello da me? Chi è che avrebbe mai voluto salvare un colono evaso? E per quale motivo? Carità cristiana? Quel tizio aveva una croce al collo, ma io non ci credevo. Il buon Dio e tutti i suoi santi non avevano mai messo piede alla Colonia penale. Durante le bastonate, i giri di Ballo, le umiliazioni, la fame, quando i piccoli finivano nella patta dei grandi senza che le guardie muovessero un dito, dov'era Gesù? Se fosse riuscito ad acciuffarmi nella landa, sono sicuro che padre Bricout me le avrebbe date a colpi di aspersorio. Da quando ero nato avevo incontrato solo una persona gentile: Barnabé, la guardia campestre che aveva disegnato una gallina nel taccuino, invece di scrivere che avevo appena rubato tre uova a Maurelle, il contadino. Dopo tutti quegli anni ancora mi ricordavo la voce di Barnabé.

«Jules Bonneau, devi rigare dritto. Oppure il tuo nome entrerà nella storia del crimine.»

Non esistevano le persone gentili. Nella vita c'erano gli ipocriti, i bugiardi, i falsi, ma non i gentili. Quell'uomo non lo era di certo. Aveva senz'altro qualcosa in mente.

Per riflesso, sfiorai il manico del coltello dentro la tasca.

Il canotto si stava avvicinando. In un sussurro il capitano mi chiese se ero detenuto alla fattoria agricola o alla colonia marittima. Marittima? Perfetto. Ero cordaio? Ce lo saremmo fatto bastare. Se avevo eseguito delle manovre a terra sul trealberi? Sì, certo. E in mare? Quasi per niente. Sì, sapevo ammainare una vela, lanciare una rete, issarla, avevo imparato a rammendare e con i remi me la sarei cavata. Mentre gli rispondevo, tirai fuori il parrucchino dalla sacca. Lo sistemai in testa e lo infilai sotto il berretto calato sugli occhi.

Lui mi osservò. Sorrise.

« Furbo, il colono. »

Si chinò verso di me.

« Ma non abbastanza. »

Mi tolse il berretto, e strappò via il parrucchino. Lo lanciò in acqua.

Mossi il braccio. Lui me lo bloccò.

« Si vedeva lontano un miglio che era un parrucchino. »

Mi liberai.

« Pensa se ti fosse caduto. »

Silenzio.

« O se un'onda lo avesse lanciato sulle nasse. »

Non rispondevo.

« Basta che anche solo uno lo noti e sei finito. »

Carezzai la mia testa rasata, a bozzi, coperta di cicatrici bianche.

« E così non è peggio? »

Lui scosse la testa. Smorfia disgustata.

« Che mio nipote abbia avuto i pidocchi? Sai che notizia! »

E poi lanciò una corda di rimorchio al canotto.

A bordo erano in quattro. Tre marinai, che si sarebbero imbarcati, e un vecchio mozzo che avrebbe riportato la lancia a Port-Vihan.

Eravamo scafo contro scafo.

«Allunga la mano» comandò il capitano.
Io afferrai il primo braccio alzato. Lui tirò a bordo gli altri due marinai.
«Siete sicuri di voler uscire con questo tempo?» chiese il vecchio.
Il suo capo grugnì.
«Le sarde se ne fregano del tempo.»
Spiegò che altri pescherecci erano già al lavoro. Che il vento si sarebbe placato sul finire della notte. E che per portare il cibo in tavola, bisogna uscire.
Il vecchio mozzo mi passò un barilotto, poi un altro. Gli uomini presero delle nasse.
«Carica anche questa, ragazzo» mi ordinò ancora il vecchio.
Mi passò una damigiana d'acqua.
Fu allora che Ronan mi posò una mano sulla spalla.
Sussultai.
«Lui è Jules, mio nipote.»
Gli altri mi guardarono in silenzio. Senza curiosità. Giusto il tempo di alzare gli occhi dalle ceste da impilare e dai barilotti di esche da aprire.
«Il piccolo Jules sarà al banco di poppa, al posto di Matthieu.»
Piccolo? Mi raddrizzai. Nessuno mi aveva mai chiamato «piccolo».
«Matthieu Bihan non s'imbarca più?» chiese un marinaio.
Il capitano fece un gesto stizzito con la mano.
«È malato. E io ho bisogno di un mozzo.»
Poi ognuno prese il suo posto, senza neanche degnarmi di uno sguardo. Il vento era calato. Un marinaio alzò l'ancora che mi aveva salvato. Un altro tolse la cima dalla boa.
«Issa» ordinò il capobarca.
Tagliavento, trinchetto, le vele schioccarono. Conoscevo

i gesti. Ma guardai fare. Il mio posto era vicino al timone, all'ombra del capitano. Attorno a noi, altri pescherecci si preparavano a uscire. Ronan li guardava. La sua voce sussurrò:

« A partire da questo momento, voglio silenzio ».

I pescatori lo guardarono. Sembravano sorpresi.

« Non diciamo niente, non mostriamo niente. Lavoriamo per noi, non per gli altri. »

Erano indicazioni rivolte a me. L'avevo capito.

Gli altri nemmeno ascoltavano. Erano già impegnati nelle manovre del banco di voga. Il primo vogatore tolse gli zoccoli e rimase scalzo. Si levò il berretto di lana. Era calvo. Afferrò il grande remo. Il secondo sollevò il suo.

« Si fila via bene! »

Il peschereccio scivolava senza rumore. In piedi al timone, il capobarca sorvegliava i pescatori che venivano da Sauzon. Avevamo superato il molo, le ultime boe.

« Rientrare i remi! »

I due vogatori alzarono insieme i remi, sistemandoli lungo il bordo. E poi si sedettero. Uno sul fondo della barca, l'altro sui cesti di vimini.

« Rotta verso il mare » disse piano il capobarca.

Tutti mi guardavano, sopra i riflessi rossastri del tabacco. Anche Ronan sembrava scoprirmi in quel momento, in mezzo ai suoi uomini. Il peschereccio si tuffava dolcemente tra le onde. Ronan aveva ragione, il vento stava calando. Pur restando più che sufficiente per gonfiare le vele. Io avevo la nausea per lo sciabordio, avvinghiato a una drizza che correva lungo il capodibanda. Nessun altro marinaio era aggrappato così alla barca.

« L'hai mai pescata la sarda? »

Il vogatore a piedi nudi mi stava valutando, chino su delle cime, con la pipa di pannocchia in bocca.

« Con suo padre, al largo di Douarnenez » rispose per me il capobarca.

« A Jules Bihan hanno mangiato la lingua? »

Lo stesso vogatore. Voce grave, occhio sinistro chiuso per il fumo.

Mi raddrizzai.

« Mi chiamo Bonneau, non Bihan! »

Silenzio. Momento di sorpresa.

« *Ne vefe ket bleup hennezh?* » disse il marinaio.

Il capobarca e i due marinai scoppiarono a ridere. Il quarto, un tizio scuro con un naso lungo e sottile nascosto sotto il largo berretto, non aveva nemmeno sorriso.

Strinsi i pugni. Il tipo a piedi nudi notò il mio gesto.

« Calmati, mozzo. Bihan vuol dire 'piccolo', in bretone. »

Indicai il vogatore.

« E dopo, cos'hai detto? »

Il fumatore di pipa riaccese il suo fornello.

« Ho chiesto a tuo zio se sei un po' scemo. »

Risate, ancora. Questa volta di tutti e quattro i marinai.

Dovevo calmarmi. Non ero alla colonia. Ero un evaso. Dovevo calmarmi. Dopo la pesca, gli avrei chiesto un modo per raggiungere Quiberon. Avrebbe anche potuto portarmici lui. Dovevo calmarmi. Per un attimo pensai di far virare il peschereccio verso la costa. Di prendere il novizio in ostaggio, il più giovane di tutti. Coltello alla gola e rotta a terra. Ma non avevo nessuna possibilità. Dovevo calmarmi.

« Matthieu, il mozzo che sostituisci, lo chiamiamo Matthieu Bihan. »

Il capobarca era al timone, con una mano in tasca.

« Piccolo Matthieu: chiaro adesso, nipote? »

Nipote. La parola lo faceva sorridere.

Sì, era chiaro. Però odiavo che si ridesse di me. Lo sapevano tutti, alla colonia. E non mi piaceva nemmeno essere chiamato « piccolo ». Anche la parola « mozzo » la sopportavo appena. Io ero la Tigna. E la Tigna o la temi o la rispetti. Su quel peschereccio come nel refettorio di Haute-Boulogne. Come ovunque e sempre nella mia vita.

L'altro vogatore stava in silenzio. Era quello tozzo e dal naso lungo e sottile, i capelli ricci e pettinati all'indietro, nascosto da un berretto più grande di quelli che portavamo noi. Anche il novizio era taciturno. Più giovane di me. Era l'unico a indossare una giubba di tela cerata e un berretto da marinaio. Stava tra il timone e l'albero maestro.

Mi sedetti contro il banco di poppa. Io ero esausto. I marinai persi nei loro pensieri. Mi chiesi dove avrei dormito quella sera. La linea dell'orizzonte biancheggiava timidamente. L'alba ancora non osava mostrarsi.

« Dormi un po', mozzo » mi consigliò il capitano.

Frugò nella sua sacca e mi lanciò un caban nero. Era pesante. Con la testa sulle cime, mi avvolsi nel panno. Odorava di olio e catrame.

E dormii. Senza rigirarmi, senza respirare, senza speranza di risveglio. Prima di scivolare nel sonno, rividi il muro, lo sguardo di Le Goff che correva a cercare rinforzi, il sangue di Soudars. Sentii le urla di Loiseau, rividi le vecchie sorelle. Incrociai il cacciatore di bambini nel porto, mi immersi di nuovo nell'acqua, andai a fondo, mi aggrappai alla catena scivolosa. Dormii. Sul fianco, con le ginocchia piegate contro il petto e due dita infilate tra il nastro di mia madre e la pelle del polso.

*

Un calcio leggero nel fianco. Il capitano mi scavalcò.

« Al lavoro, mozzo! »

Albeggiava. Neanche un rumore. Nessuna conversazione. L'equipaggio scrutava la superficie dell'acqua. A poppa, il novizio lasciava scorrere una lenza. Altri pescatori giravano più a nord, in flottiglia. Ma la *Sainte-Sophie* pescava sola.

Il capitano guardava il cielo, osservava il colore del mare. C'erano delle sule bassane a babordo. E anche dei gabbiani. Qualcuno si tuffò in acqua di testa.

« Gli uccelli sono eccitati » sussurrò un vogatore.

Di colpo la lenza del giovane si inabissò. Lui diede uno strattone alla canna. Un bello sgombro.

Il capitano ordinò a voce bassa:

« Ammainare! »

Il primo vogatore ammainò il tagliavento. Il secondo abbassò il trinchetto.

« Nessun gesto di troppo. Non attiriamo l'attenzione. »

Io mi sentivo inutile. Andavo da un lato all'altro della barca.

« Dove c'è lo sgombro, c'è la sarda » mi sussurrò il novizio.

Prese una boccetta di vetro dal giaccone. E un rosario di pietre azzurre.

« La benedizione » disse il capitano.

Lui e i marinai si inginocchiarono in cerchio. Io esitai.

« Hai paura di rovinarti i pantaloni? » diceva il nostro cappellano.

Dopo tutto, cosa mi costava? Di fronte a padre Bricout e ai capibanda quella pantomima era ridicola. Ma lì, in mezzo a quello stesso oceano che mi aveva risputato fuori, perché no? Dovevo prendere al volo tutto ciò che poteva aiutarmi a dimenticare. A bordo della *Sainte-Sophie* ero il nipote di un capobarca, il figlio di un pescatore di sarde di Douarnenez e di un'operaia del mare. Tolsi il berretto come tutti gli altri e misi un ginocchio a terra. Erano tutti a capo chino. Il capitano guardò la mia testa rasata. Strizzò l'occhio. Nessuno reagì.

No, caro cappellano, non ho paura di rovinarmi i pantaloni! Il giovane novizio si fece il segno della croce.

«Nel nome del Padre, del Figlio e dello Spirito Santo...»

Tutti lo imitarono. Io pure. La sua voce era dolce. Pregava senza libretto.

«Ascolta le nostre preghiere, o Signore. Invochiamo la tua misericordia per la *Sainte-Sophie*. Allontana da lei i venti contrari, o Dio onnipotente, placa le tempeste e le onde. Moltiplica per noi i pesci, come hai fatto per saziare chi aveva fame. Proteggi, e guida in porto sicuro chi lavora su questa barca per guadagnarsi da vivere.»

Una pausa. Abbassò la testa. Poi si alzò e bagnò le reti con l'acqua benedetta.

«Per Gesù Cristo Nostro Signore.»

«Amen» rispose l'equipaggio. Anche io. Il nipote di Ronan.

Quest'ultimo si alzò di scatto.

«Mozzo, vieni a disalberare con me!»

Conoscevo la manovra. L'avevo eseguita sul *misainier* della colonia. Lo aiutai a sistemare gli alberi lungo il bordo.

«Armare i remi!»

I due vogatori raggiunsero il banco di voga.

«Nel letto del vento» disse ancora il capitano.

I remi affondarono silenziosamente nell'acqua.

«Mozzo e novizio, voi lanciate in mare!»

Questo lo sapevo fare. Eseguii gli ordini. Avevamo imparato a lanciare le reti direttamente sull'asciutto. Calarle in mare non doveva essere tanto più difficile. Il giovane da un lato e io dall'altro, aprimmo la maglia, zavorrata di una pietra di due chili che l'avrebbe tenuta a picco. La rete era tesa, incappellata sul culo della barca. I galleggianti si allontanarono.

«Lanciamo le uova?» chiesi.

Il capitano sorrise. Si stava rilassando.

« Vedo che qualcosa ti è rimasto in testa. »

Aprì un barilotto puzzolente. Mi interrogò:

« Da cosa si comincia? »

« Dalle uova di merluzzo. »

Scosse la testa, saltando sul gavone a poppa.

« Sbagliato. Dalle uova di aringa. Sono quelle che richiamano la sarda. »

Lentamente, come un seminatore nel solco della terra, lanciò le palline di esca da un lato e l'altro della rete. Una decina a babordo, altrettante a tribordo, in un silenzio totale. Da lontano alcuni pescherecci decidevano il da farsi. Noi avevamo disalberato, l'avevano notato. Dovevamo essere su un banco. Gli altri non avrebbero tardato a venire a disturbare le nostre acque.

I vogatori della *Sainte-Sophie* remavano in silenzio. Le uova lasciavano una scia grassa sopra la rete. Una striscia bianca fatta di uova di pesce, farina d'arachidi e olio rancido. Una leggera nuvola di latte.

« Funziona » sussurrò il novizio.

I riflessi dell'acqua erano cambiati. Avevano spessore sotto la superficie.

« Adesso, palle di merluzzo. Per far salire il banco. »

Il capitano lanciò altre esche. Il valzer delle uova scatenava il fondo.

« Vogare piano, signori! »

Il vento, le correnti e l'onda lunga infastidivano i vogatori.

Il giovane si era sporto fuori dalla barca. Notò le migliaia di bolle d'aria che foravano le onde. Il banco era salito dal fondo. La sarda si era alzata. Quasi urlò:

« *Bourbouilh!* Bolle! »

Il capitano lo prese per il collo.

« Vuoi un megafono? »

L'altro si scusò.

« Non si dà a vedere la propria gioia! » ripeté il suo capo.

I sugheri della rete erano affondati.

All'orizzonte altri pescherecci già si precipitavano verso di noi.

Il capitano lanciò le ultime esche. Di sgombro, per fermare il pesce.

« Issate! »

Ordine veloce.

Aiutato dal novizio, il capitano afferrò la drizza che prolungava la rete. Aveva fatto ruotare la barca. Ora era di lato, per permettere di issare a bordo il pesce. Tirarono quella trappola a quattro mani, a ritmo, piegati all'indietro e sbuffando forte. La rete sferzava l'acqua con forza, i pesci brulicavano. Una massa compatta, violenta, che brillava di lampi argentati.

« Mozzo, usa il retino! »

Un immenso guadino. Recuperai decine di pesci che cercavano di scappare. Per un attimo pensai alla mia evasione. Migliaia di coloni che si dibattevano tra le maglie. Vidi Le Goff corrermi dietro, con la rete alzata, come per catturare una farfalla. Cercai di afferrare una manciata di sarde con le dita.

« Non si prendono le sarde con le mani! »

La rete si riversava sul ponte.

« Mai, capito? »

La pesca era buona. Il pesce guizzava dappertutto ai nostri piedi.

« Se rovini il pesce, poi lo comprano a prezzo di scarto, e non ti vale un soldo! »

Il novizio era accorso. Delicatamente allineava le sarde nelle casse.

« Lui è l'unico che ha il diritto di toccarle! »

Il capobarca osservò i pescherecci che si avvicinavano. In testa un dundee di Palais.

«La pesca è stata fruttuosa. Smanigliamo in porto!»

Parlava normalmente. Non c'era più bisogno di segretezza.

«Rotta a terra, si rientra!»

Il peschereccio avrebbe potuto continuare la sua pesca. Le condizioni erano buone, avevamo del vantaggio sugli altri. A tribordo, una nuvola di gabbiani denunciava un nuovo banco. La seconda rete era pronta a essere lanciata ma il capitano diede l'ordine di rientrare. Annunciò anche che avremmo dormito a bordo e che non saremmo usciti di nuovo a pesca prima di venerdì. Quei tre giorni a terra sarebbero stati pagati. Nessuno si lamentò. Il novizio abbozzò anche un passo di danza. Un po' di rum e dell'idromele furono versati nei caffè. Lo stava facendo per me? Voleva approfittare dell'assenza dell'equipaggio per portarmi a Quiberon? O fare il punto a terra, io e lui lontani dagli altri? Non lo sapevo.

Alberammo, mettemmo via i remi, spiegammo le vele.

Quando incrociammo la prima imbarcazione di lavoro, il suo capobarca allargò le braccia, come per interrogare Ronan sulle sue intenzioni. Perché tornare in porto? Ronan salì sul gavone ridendo, con una mano a coppa, l'altra che esibiva un'orata di quattro chili.

«La *cotriade* non aspetta!»

Poi scoppiò a ridere. E si inchinò in una finta riverenza.

*

Il vecchio mozzo ci aspettava con la sua barca alla boa di Port-Vihan. Dormiva sul banco. Io e il novizio avevamo appena finito di smanigliare le reti. Scuotendole a ritmo per far cadere le centinaia di sarde agganciate per la coda o per le branchie.

«Siete i primi per l'asta!» urlò il vecchio.

Gli acquirenti già si ammassavano sul molo.

«Dacci una mano, mozzo!»

Insieme al giovane e ai vogatori, passai i cesti e le nasse oltre il bordo. Il vecchio li ammucchiava. La sua barca era pesante.

«Si preannuncia una bella zuppa!»

Poi riempimmo il canotto del capobarca.

«Vado a terra per vendere. Vieni con me, nipote?»

No con la testa. Troppa gente sul molo. Operaie delle fabbriche di inscatolamento delle sardine, turisti che sognavano del pesce vero, gente del posto in cerca di un bel branzino o di un giovane tonno. E, perché no, una guardia della colonia con i figli? Un gendarme troppo curioso? Ci sarebbe stata una discreta folla attorno al carretto della *Sainte-Sophie*. E io avevo paura della folla.

Ronan sorrise.

«Hai ragione, mozzo.»

Montò a bordo del canotto.

«Torniamo tra un'ora.»

Il novizio mi passò uno spazzolone. Bisognava pulire il ponte. Lui mise la rete ad asciugare sull'albero di trinchetto. Un vogatore raccolse e piegò il tagliavento. L'altro tirò fuori un tegame per la *cotriade* e preparò il fornello.

*

Non avevo mai mangiato quella zuppa di pesce, ma una volta l'avevo servita. Ero appena arrivato alla colonia. Non ancora la Tigna, solo il piccolo Bonneau. Eravamo cinque detenuti, travestiti da marinai. In maglia a righe e giacca bianca, aiutavamo due maître d'hotel venuti da Palais. La cena era offerta dal direttore a qualche personalità della buona società di Belle-Île. C'erano il sindaco di

Palais e sua moglie, il capo della gendarmeria, un sottufficiale, l'arciprete di Auray e qualcun altro. Tutti avevano il proprio nome su un cartoncino, accanto al coltello. Quando entrammo nella sala ristorante della direzione, le conversazioni si interruppero.

Cinque coloni in guanti bianchi portavano gli aperitivi.

«Fanno parte di quelli?»

Avevo sentito distintamente la domanda. Rivolta da una giovane donna. Il marito aveva annuito con un gesto ricercato del capo, aggiustandosi i polsini.

Facevamo parte di quelli.

Cinque cattivi ragazzi a qualche passo da quegli elegantoni. Cinque teste rasate. Dieci mani callose che porgevano dei bicchieri col calice. Una donna mi aveva guardato di sottecchi, con un fazzoletto ricamato in mano. Doveva aver resistito all'impulso di coprirsi il naso. Le offrii il suo Suze, facendole l'occhiolino. Corsi un rischio. Lei nascose le labbra dietro l'angolo del fazzoletto per sorridere.

E quella sera avevamo servito la *cotriade*.

«Un piatto elegantemente popolare» aveva perorato il Becco.

Poi si era tolto gli occhiali, come in cerca di ispirazione.

«Invece del guazzetto delle nostre madri, ecco la zuppa dei nostri marinai.»

Risate. Applausi.

Riportando il piatto da portata in cucina, avevo immerso le mani nel brodo bello grasso per prendere un grosso pezzo di merlano da divorare in piedi, dietro a una porta.

*

Il tegame era tutto a bozzi, nero e umido. Il vogatore l'aveva sciacquato nell'acqua di mare. Sistemò il fornello al riparo della vela maestra. All'invenduto e alle sarde rovinate, aveva aggiunto del merluzzo, del sugherello e due pesci da lui stesso affumicati. Versò una decina di patate già cotte in una gamella, del sale grosso su un pezzo di giornale e un po' di aceto in un bicchiere di metallo.

«Tagli il pane, mozzo?»

Delle fette spesse, tenere e dorate.

Avevo fame. Verso le undici avevamo mangiato un po' di lardo e delle cipolle crude. Il mio ultimo pasto risaliva alla gamella lanciata il giorno prima attraverso il refettorio.

*

Ronan e il vecchio mozzo avevano portato del vino. Una bottiglia per marinaio, dato che la pesca era stata buona. E un quartino tutto per me.

«Non vorrei che per pisciare tu finisca in acqua.»

Il novizio aveva preparato le gamelle e i cucchiai. Ognuno aveva il suo bicchiere. Io tirai fuori quello argentato di Loiseau. Il vogatore pelato annuì.

«Hai il tuo quartino? Bravo. Il proprio bicchiere è sacro.»

Posai il piatto di Camille sulle ginocchia.

Lui notò i fiori azzurri dipinti sul bordo arrugginito. Sorrise.

«Sei un pescatore provetto, eh?»

Il novizio stava versando la *cotriade*, il capitano batté le mani.

«Ehi, equipaggio! Lui è Jules Bonneau, figlio di mio fratello Yann.»

Avevo tutti gli occhi su di me.

Lui mi diede un colpetto sulla nuca. Sussultai.

«Ci si toglie il berretto, quando ti presento ai miei uomini.»

Arrossii.

« Questo mozzo ha avuto i pidocchi. E a bordo non c'è posto anche per loro. »

Istintivamente, il pelato si carezzò la testa rasata.

« Nella mia barca bisogna fare una scelta: o il pidocchio o il pescatore. »

Tutti risero.

« C'è solo un problema: da ieri sera ci sono un sacco di stronzetti della sua età che scorrazzano per la landa. »

Il capitano mi guardò.

« Hai sentito parlare della Colonia penale, nipote? »

« Non è una colonia, è una prigione per bambini » disse il vogatore.

Ronan rise.

« Ripeti le frasi a effetto della stampa, adesso? »

L'altro fece un gesto stizzito.

« Le prigioni sono solo a Cayenne o Biribi, non qui » continuò il capitano.

Esitazione.

« Cosa stavo dicendo? »

« Stavi parlando della prigione » insistette il vogatore.

Il capitano tornò a noi.

« Ah, sì, giusto. Sono scappati un sacco di coloni questa notte. »

Dovevo per forza dire qualcosa. Voce agitata.

« E io cosa c'entro? »

Il capitano si batté le cosce a due mani.

« Cosa c'entri? È che hanno tutti la tua stessa testa pelata, tonto! »

Fingevo di non capire. Il novizio mi venne in aiuto. Mi servì due bei mestoli di zuppa senza togliermi gli occhi di dosso.

« In città potrebbero scambiarti per uno di quei delinquenti. »

Il capitano alzò le braccia ridendo.

« Hai capito adesso? Ti devi dare una svegliata, mozzo! »

Annuii. Il brodo era bollente. Il profumo del pesce mi solleticava. Il mio primo vero pasto da uomo libero.

« Forza, mangia. »

Poi indicò il vogatore calvo.

« Ti presento Alain, un attaccabrighe. »

L'altro sollevò un angolo del berretto sorridendo.

« Metti Alain dentro un bar, ed è rissa assicurata. Ma se gli resti vicino, non ti succederà niente. »

« Sono comunista » mormorò Alain.

Mi stava facendo una confidenza.

Ronan si alzò con una smorfia. Mise il cucchiaio tra i denti, aggrottò le sopracciglia e incollò il pugno sinistro sulla tempia urlando:

« Sarde di tutto il mondo, unitevi! Ma questo non gli impedisce di benedire la pesca insieme a noi ».

Il vogatore aveva cominciato a mangiare. Scosse le spalle, gli altri sorrisero.

« Ha anche scritto un articolo per il *Pionnier rouge* di Dinard. »

Quel giornale non era nel cestino del Becco.

« Non è vero, caro rosso? »

« È vero. A proposito degli stabilimenti di inscatolamento delle sarde che ci sfruttano » rispose il marinaio.

Guardò il suo capo.

« Si arricchiscono alle nostre spalle, no? »

Sorriso del capitano.

« Non è vero? »

« Sì, è vero » concesse l'altro.

Si girò verso il secondo vogatore, il tizio scuro con il naso lungo e sottile.

« Mentre lui è Pantxo. »

Il marinaio si tolse l'enorme berretto, e se lo rimise. Un gesto meccanico.

« Apri bene le orecchie, mozzo. Con lui si parte per un viaggio incredibile. »

L'altro non reagì, con gli occhi persi nel piatto.

Il capitano si chinò verso l'uomo scuro.

« Da dove vieni, Pantxo? »

« Da Gipuzcoa. »

Il capitano mi fece l'occhiolino.

« Pantxo non è un gran chiacchierone. »

« Ma dove si trova la tua Gipuzcoa, Pantxo? »

Sorriso del vogatore. Nessuna risposta.

« Vedi, nipote? Se un giorno tu e Brontolo diventerete amici, magari ti dirà che è basco. Magari, perché niente è sicuro. »

Basco, ne avevo già sentito parlare.

« E anche che è nato a Hondarribia, in una famiglia di pescatori di sarde. »

Ero esausto. Stavo facendo fatica a seguirlo. Già due volte mi si erano chiusi gli occhi. Sentivo ancora dolore per la punizione subita alla colonia. Volevo dormire. Il capitano inghiottì tre cucchiai di fila. Si complimentò con il novizio.

« La tua zuppa ha il buon sapore del lavoro. Bravo, ragazzo. »

Lo indicò col mento.

« Lui si chiama Perig. Ha quindici anni ed è nato a Sauzon. »

Il giovane si tolse il berretto. Lo posò sul ginocchio.

« Di tutti noi, è l'unico di qui. »

« Insieme a Matthieu Bihan » aggiunse Perig.

Il piccolo Matthieu, il mozzo malato. Cominciavo a orientarmi.

Il capitano guardò il piatto quasi vuoto.

« Matthieu Bihan? »

Piantò il coltello nella pagnotta.

« Che c'è e non c'è? Malato? Quello che sotterra nove nonne ogni anno? »

Si tagliò una fetta di pane.

« *Gast!* Non mi parlate di Matthieu Bihan! »

Questa volta nessuno sorrise.

Perig mi chiese di lavare i piatti nell'acqua dolce. Lui e il basco stesero il trinchetto a mo' di tenda, sul grande remo. Gli altri prepararono le cuccette di tela cerata. Avremmo dormito vicini, stretti gli uni agli altri.

« Vedrai, come sardine! » aveva detto sorridendo il novizio.

La mia prima notte senza muri.

Stavo asciugando le posate, sul retro del peschereccio. Il capitano si avvicinò. I suoi tre uomini pisciavano spalle al vento, sopra al capodibanda. Beccheggiavano per le onde e il vino.

« Ascoltami, piccoletto. »

Annuii.

« Posa i cucchiai. »

Controllava gli uomini alle mie spalle. Era buio. Bisbigliò: « Sono scappati cinquantasei coloni ».

Lo guardai.

« Poco fa, al porto, mi hanno detto che ne hanno già ritrovati trentotto. »

« Così tanti? »

« Sì, così tanti. »

Alain si stava avvicinando. Il capitano lo mandò via con la mano.

« Va' a fumarti una pipa, forza, sto parlando di cose nostre con mio nipote. »

L'altro alzò le braccia. Aveva notato che non avevo toccato il vino. Lo prese.

« Questo lo bevi, mozzo? »

No. Avevo lo stomaco chiuso.
Alain se lo versò.
« *Yec'hed mat!* »
Ronan mi diede una pacca.
« Mi stai ascoltando? »
Sì, stavo ascoltando. Avevo ricominciato a tremare.
« Avete tutta l'isola alle calcagna. »
« L'ho visto. »
« Anche i turisti, ti rendi conto? »
Sì, mi rendevo conto.
Il capitano era arrabbiato. Non pensavo che al di là del muro qualcuno potesse capirci.
« Sapevi che c'è una ricompensa per ogni colono? »
« Sì » mormorai.
« Venti franchi d'argento, ci credi? »
Era furioso.
« E quei bastardi si sono precipitati per avere la propria parte! »
Sputai nella notte, in mare.

Ci coricammo sulle tele, con addosso delle coperte umide. Anche se protetti dalla sacca, i miei vestiti erano bagnati. Cominciavo ad avere freddo. Era la prima volta che dormivo tra due corpi. Alain respirava male. Aveva il naso tappato, la gola raschiava vecchi sbuffi di fumo. Pantxo si era addormentato, con il berretto sugli occhi. Il novizio borbottava un'ultima preghiera. Io chiusi gli occhi.
E poi Ronan si mise di colpo a sedere. Urlò:
« Sveglia! »
Fecero tutti un balzo.
« Forza, sveglia! »
Alain si voltò.
« Cosa c'è, capo? »
« Pantxo! Perig! »

I due si scossero. Ronan accese una lanterna.

« La luce no, Kadarn, cazzo! » brontolò Alain.

« Tutti seduti! »

Mi tirai su insieme agli altri, con il cuore in gola. Mi veniva da vomitare.

« Vi faccio una domanda, e poi torniamo a dormire. »

L'equipaggio guardava il capitano.

« Voglio sapere cosa pensa il mio equipaggio della caccia ai bambini. »

Smisi di respirare.

Il novizio alzò vagamente la mano, come a scuola.

« La cosa? »

« La battuta di caccia per ritrovare gli evasi della colonia. »

Il giovane annuì.

« Ah, quella? Ci ha partecipato tutta la mia famiglia. »

« La tua famiglia? »

Rise.

« Tutta, sì, compreso il cane. »

« E? »

Il novizio non capiva.

« E, cosa? »

« Sei orgoglioso di loro? »

Il viso del ragazzino, i suoi occhi, la fronte aggrottata. Aveva fiutato la trappola.

« Tu non li avresti seguiti, vero? »

Alain si intromise:

« Non rispondere, piccoletto! »

Gesto brusco del capitano.

« Lascia parlare il novizio! »

Il giovane tentennò.

« Be', sì che sarei andato. Sono dei criminali! »

« Stai zitto! » lo fermò Alain.

Lo proteggeva.

«Sai cosa, novizio? Adesso ti dico chi c'è dietro quel muro. Dei ladri di scarpe, degli orfani, dei vagabondi, dei mendicanti. Eccoli, i tuoi criminali!»

Non avevo mai sentito nulla di simile.

«Quindi renditi conto che saresti anche tu nella colonia se io non avessi aiutato la tua famiglia!»

Ronan stringeva i pugni.

«E vieni a parlarci della tua famiglia? E cosa sarebbe la tua famiglia? Un ubriacone che ha tagliato la corda, una madre malata, un fratello zoppo, e tu, che io ho preso a lavorare con me?»

Il novizio aveva chinato la testa.

«Ecco cos'è la tua famiglia, ragazzo!»

Schioccò le dita.

«E il tuo cane! Cazzo, me l'ero dimenticato!»

Si chinò sul giovane marinaio.

«La tisi di tua madre, la gamba matta di tuo fratello e le pulci del tuo cane, eccola la tua famiglia! Senza il lavoro che ti ho dato, i vostri piatti sarebbero vuoti. Senza la mia barca, avresti rubato un po' di pane e ti saresti ritrovato là dentro, come un criminale!»

Il piccoletto, sempre a testa bassa.

«Guardami, novizio.»

Alzò gli occhi.

«Ci sono decine di Perig che cercano di salvarsi la pelle stanotte. Capito?»

Sì, con la testa.

«Per favore, ricordati sempre da dove vieni.»

«E tu, Alain, cosa ne pensi?»

Gesto d'ovvietà.

«Se leggessi l'*Humanité*, sapresti che il partito si oppone alle prigioni per bambini.»

«Chi se ne frega del tuo partito, compagno!»
Il capitano si alzò.
«Voglio sapere cosa pensa Alain Le Gallois, primo vogatore della *Sainte-Sophie*, di chi ha dato la caccia a dei bambini per consegnarli ai gendarmi!»
Il marinaio si colpì il palmo con il pugno.
«Società borghese, giustizia borghese, è tutto uno schifo!»
Stava sfidando Ronan.
«Cosa vuoi che ti dica d'altro, capo?»
«La stessa cosa, ma con il tuo cuore. Non con gli slogan.»

Pantxo si era rimesso il cappello, con la testa incassata tra le spalle.
«E tu, spagnolo?»
Il secondo vogatore, con voce dura:
«Basco!»
Il capitano fece un balzo all'indietro.
«Non spagnolo, capo. Sono basco!»
Il capitano alzò le braccia sorridendo.
«Scusa. E tu, basco?»
Lui accese una sigaretta.
Voce forte.
«*Nere herrian ateak zabaltzen dizkiagu.*»
Sguardo scuro.
«*Ez diagu haurrik saltzen.*»
Ronan sorrise.
«Puoi tradurre per i nostri compagni?»
«Nel mio Paese le porte si aprono.»
Mi guardò bene in faccia.
«E non vendiamo i bambini.»
Il capitano sembrò soddisfatto. Guardò il suo equipaggio.
«Allora, signori, siete i benvenuti a bordo!»

E si lasciò andare sulla tela.

«Forza, dormiamo!»

Il basco si buttò giù. Il novizio anche.

«E il nuovo arrivato che non dice niente, cosa ne pensa?»

Alain rimase seduto, con gli occhi fissi nei miei.

Io non risposi. Con un dito, mi rigiravo il nastro di mia madre attorno al polso.

«Non ti riguarda, è così?»

Gesto impotente.

«O ti riguarda troppo, magari?»

Ronan batté le mani.

«Spegnere i fuochi!»

Spense la luce.

Io ero di ghiaccio. Mi distesi sulla schiena, con le mani incrociate sul petto. Un morto.

Alain si distese a sua volta.

«Bisogna fidarsi degli altri, nipote.»

La sua voce tranquilla.

«Senza la fiducia, sei solo al mondo.»

*

Dormii male. Un miscuglio di russate, angoscia, onde e freddo. Subito prima dell'alba, l'equipaggio tornò a terra con la barca del vecchio mozzo. Quei giorni senza lavoro erano per loro un piacere. Attorno a noi, gli ultimi pescatori andavano verso il largo.

Un pescatore dai capelli rossi ci incrociò, mani sul timone.

«Non esci oggi, Kadarn?»

Il capitano mi mise un braccio attorno alle spalle.

«No, ho un mozzo da formare!»

L'altro mi guardò velocemente.

« È Jules, mio nipote! »

Si chinò. A denti stretti:

« Il berretto! »

Lo tolsi. Salutai il pescatore con un gesto. Lui mi indicò la testa sorridendo.

« Non andare in giro a capo scoperto, è una moda un po' pericolosa da queste parti! »

Scoppiai a ridere. Senza sforzo. Un buon umore da ragazzino onesto.

« Non faccia venire strane idee a mio zio! »

Ronan, con le mani a coppa:

« Ci dividiamo i venti franchi, Jeannot? »

Stessa risata sonora sulla barca di fronte.

Quando il pescatore superò il molo, il capitano mi sorrise.

Mi stava inserendo nel paesaggio.

7

L'ultimo ribelle

Il vecchio mozzo ci aspettava con il suo carretto, sul molo di Port-Vihan. Spinse in là le nasse perché prendessi posto dietro, sul bordo del pianale. Avevo le gambe penzoloni nel vuoto. Il capitano lanciò la sua sacca accanto alla mia.

«Ti sei sistemato?»

Feci sì con la testa.

«Dove andiamo?»

Lui si accese una sigaretta, me ne offrì una.

«Dove vuoi che porti mio nipote?»

Nessuna risposta.

«A casa, il tempo che la situazione si calmi!»

«Quale situazione?» chiese il vecchio.

«Tra lui e suo padre c'è un po' di maretta.»

Abbassai gli occhi. Ronan aveva una risposta per tutto.

Grattò distrattamente l'incollatura del cavallo.

«Indovina come si chiama questo cavallo?»

Non ne avevo idea.

«Henri Queuille, come il ministro della Pesca.»

Non capivo la battuta. Lui sorrise.

«Lo capirai.»

Il vecchio diede un bel colpo di frusta sulla groppa dell'animale.

«Eh, Henri Queuille! Muovi il culo!»

Il capitano si voltò sorridendo.

«Adesso hai capito, mozzo?»

*

La casa di Ronan Kadarn era un grosso edificio bianco di un solo piano, nascosto in un giardino, sulla strada di Port-Belloc. Due biciclette stavano appoggiate al muro. Nessun vicino. Il vecchio ci aveva lasciato sulla strada, senza entrare nel cortile.

« A venerdì, capo? »

« A venerdì, sì. Ci imbarchiamo alle cinque. »

L'altro annuì, ripetendo in automatico:

« Venerdì, alle cinque ».

Frustata a Henri Queuille. Mano alzata in saluto. Sobbalzi delle ruote sui sassi.

Il capitano aprì la porta.

« Togliti le scarpe. »

Lui si levò gli stivali.

Non la immaginavo così, casa sua. Tende bianche alle finestre, un centrino ricamato sul tavolo, e altri a proteggere i braccioli delle poltrone. Una Madonna col Bambino, di legno dipinto tarlato, dominava la sala da pranzo. La stanza odorava di cera. La grande vetrinetta per i piatti e la vecchia credenza erano lustre. Passai un dito sul volto dell'uomo con la paglietta e della donna con la cuffia scolpiti nel legno delle porte.

Ronan mi osservò. Cominciava a piacermi il suo sorriso.

« Come avrai capito, non vivo da solo. »

Annuii. Due pile di lenzuola pulite aspettavano di essere sistemate. Su un tavolino basso, una scatola da cucito e una giacca da uomo, con la manica strappata.

« Siediti, mozzo. »

C'erano sei sedie disposte attorno a un grande tavolo. Su ogni schienale, gli stessi volti. Prima di sedermi, tolsi il cuscino colorato.

Il capitano lo notò.

« È troppo morbido per te, colono? »

Si sedette anche lui. Di nuovo lo stesso sorriso.

« Ti togliamo anche il materasso, se preferisci dormire per terra. »

Fece scivolare verso di me due bicchieri, e stappò una bottiglia rimasta sul tavolo.

« Un goccio di vino? »

Non lo rifiutavo.

Poi mi osservò.

Lungo silenzio.

« Cosa ne facciamo di te, Bonneau? »

Il vino era amaro e tiepido. Feci una smorfia.

« Il signore è abituato a vini più raffinati? »

Non risposi.

Lui si alzò, andò verso la finestra e scostò la tenda.

« La cosa più semplice sarebbe farti prendere il *Solacroup*. »

Tornò a tavola.

« Cosa sarebbe? »

« L'*Émile Solacroup*, il vaporetto per Quiberon. »

Pensava che i gendarmi avrebbero controllato l'imbarcadero ancora per qualche giorno e poi avrebbero lasciato perdere. Mi proponeva un viaggio di famiglia sul continente, quando la situazione si fosse calmata un po'.

« Una gitarella tra zio e nipote, capito come? »

Capivo.

« Saresti con me, in mezzo a duecentocinquanta persone. Passeresti inosservato. »

Si riempì il bicchiere.

« Un altro? »

Sì, ma non tanto. Non ero abituato al vino.

« Solo che non ho i soldi per pagarmi il biglietto. »

Mi osservò.

«Non preoccuparti, me ne occupo io.»
Gomiti sul tavolo e testa tra le mani, anche io lo guardai.
«Perché lo sta facendo?»
«Cosa?»
«Che cosa gliene frega di me?»
Bevve d'un sorso.
«Di te? Niente.»
Si servì di nuovo.
«Me ne frego di te, Bonneau! È con quei bastardi che ce l'ho!»
«Quali bastardi?»
Bevve.
«Tutti. I giudici, le vostre guardie, i gendarmi, i preti, la stampa ai loro ordini, tutte quelle brave persone trasformate in giustizieri.»
Sbatté violentemente il bicchiere sul tavolo.
«E poi con i pescatori, che hanno consegnato dei ragazzini aggrappati alle loro boe.»
Incrociò le braccia.
«È con loro che ce l'ho, Bonneau. Con quei maledetti.»
Guardò la mia sacca, buttata per terra.
«Grazie a te, posso fargli un dispetto. Tu non sei il mio fine, ma il mio mezzo.»
Non capivo del tutto. Parlava come gli insegnanti della colonia.
Un gabbiano si posò sul davanzale della finestra.
«Non hai mai aiutato nessuno, tu?»
Camille Loiseau mi urlava nella testa. Dal giorno prima il suo volto pallido faceva capolino non appena chiudevo gli occhi. Sentivo la sua voce come se fosse nella stanza.
«Sì, ci ho provato.»
«Anche se non sei molto abituato a pensare agli altri, vero?»
«Non è la mia specialità, in effetti.»

«Invece è la mia. Aiuto gli altri perché un giorno qualcuno ha aiutato me.»

Finì il bicchiere, testa all'indietro. E poi si alzò. Infilò il caban.

«Dove va?»

«A caccia di notizie.»

Feci un gesto.

«No, mozzo. Tu rimani qui.»

Sbattendolo sulla gamba, spiegò il berretto.

«Vado a sondare il porto. E anche a parlargli un po' di mio nipote.»

Ronan Kadarn non mi aveva chiuso dentro. Aveva solo accostato la porta. Lasciandomi libero. Il rumore della sua bicicletta sul ghiaino. Ero rimasto da solo, per la prima volta da quando ero bambino. Solo senza una gabbia, senza serrature, senza inferriate che stridono, senza porte pesanti. Mi versai un altro bicchiere, pieno fino all'orlo. Mi chinai per aspirare il vino. Il rumore di mio nonno con la sua zuppa. E poi mi alzai. Feci il giro dell'ampia sala, con le mani in tasca. Alle pareti dei disegni a carboncino di Palais e di Sauzon. Sul caminetto la foto incorniciata di due vecchi, in posa davanti a una scenografia dipinta su tela, di un finto tramonto. Per terra anche il pavimento di cotto era passato a cera. Aprii l'anta della vetrinetta, i cassetti della credenza, quelli della tavola. Non avevo mai visto dei piatti di porcellana e dei bicchieri con il calice. Tranne una volta, quando avevo servito alla tavola del Becco. E forse un'altra, in cui io e i fratelli Rolin avevamo fatto visita ad alcune case della Mayenne. Le famiglie erano alla festa della mietitura, il villaggio era deserto. Avevo rubato una zuppiera, tre cuscini ricamati con teste di capriolo e un anello chevalière inciso e placcato oro. Lucien Rolin aveva brandito due candelieri sopra la testa prima di infilarseli nella borsa. Aveva riso.

« Sono Jean Valjean! »

Del romanzo di Victor Hugo aveva letto dieci pagine. Il galeotto di Toulon era il suo eroe, anche se lui non aveva ancora incontrato il suo Monsieur Madeleine. Le evasioni lo affascinavano, la redenzione lo lasciava indifferente.

Nel cassetto del tavolino c'erano sei cucchiaini d'oro. Ne soppesai uno. Non potevano essere d'oro vero. Era impossibile. Non a casa di un pescatore di sarde. Erano di sicuro placcati oro. Ma un po' d'oro c'era comunque. Quanto ne avrei potuto ricavare? Cento, duecento franchi? Insieme all'orologio sopra la credenza e alla collezione di animali di vetro soffiato che brillava dentro la vetrinetta, potevo arrivare anche a mille.

Riunii i cucchiai sul tavolo. Me li stavo per nascondere nel berretto. Lasciai perdere.

Forse c'era anche di meglio, da qualche altra parte in casa.

Il cuore mi batteva così forte da fare male. Come pure le tempie. Mi versai un altro bicchiere di vino. Tremavo. La metà del vino finì per terra. Non c'era niente di interessante in cucina, e nemmeno in lavanderia. Di fronte alla scala che portava in cantina, una pesante porta blu lavanda di metallo. C'erano due serrature chiuse. Salii al primo piano di corsa. Avevo infilato il coltello in tasca. Tre porte. Dapprima una stanza minuscola, con un letto, una scrivania macchiata di inchiostro violetto, una sedia impagliata, una lampada e un pesante armadio di legno, vuoto. Sulla scrivania, sonnecchiavano due soldatini di stagno grigio-azzurro. Il primo era un soldato francese della Grande guerra, un *poilu*, che partiva all'assalto, zaino in spalla e baionetta spianata. Giubba blu aviazione, fasce mollettiere, casco adriano, borraccia a tracolla, apparteneva al 95° reggimento di fanteria di linea. Era scritto in nero sulla base. Il secondo era un soldato tedesco con il suo casco a punta, in posizione di tiro a terra. Aveva perso uno stivale. Erano giochi da due soldi. Sono uscito dalla stanza.

L'altra porta dava su una specie di studio, con un tavolo ingombro di giornali, di lettere e di carte nautiche. Su uno scaffale, il modellino in legno della *Sainte-Sophie*. In uno schedario metallico c'erano solo cartelline di cartone. E quaderni contabili impilati su un armadio. La chiave era nella serratura. Ancora altri fascicoli, qualche piantina, un vecchio parabordi coperto di muffa, la targa d'immatricolazione di una barca di Auray. Cadde un rotolo, una vecchia mappa di Morbihan e della penisola di Quiberon. Aveva preso acqua, luce, i colori erano scoloriti. Mi bagnai l'indice. L'azzurro pallido del mare stingeva. L'acquarello era originale. Non era un'incisione. Ci mancò poco che lanciassi un urlo. In un angolo in basso a sinistra, la data: 1891.

La mappa risaliva al secolo scorso. Doveva valere una fortuna. Stavo per infilarmela sotto la giacca. Esitai. Prima dovevo vedere l'ultima stanza, la camera padronale, con il suo grande armadio per la biancheria. Spinsi una sedia contro il mobile. Sorrisi. Le persone per bene erano davvero stupide. Nascondevano tutti i propri risparmi tra le lenzuola o sopra l'armadio. Era stato Jean Valjean a raccontarmelo. Rolin diceva che era sempre così. I soldi riposavano in mezzo alla polvere o tra i rametti di lavanda. Non riuscivo a vedere sopra l'armadio. Andai a tentoni. Le dita sfiorarono una scatola di ferro, avvolta nello spago. La tirai giù. Mi sedetti sul letto.

Mi si mozzò il respiro.

Ben stretti c'erano tre rotoli di banconote da mille franchi. E anche banconote da cinquanta e un bel po' di banconote violette da cinque franchi. Dopo una rissa, alla colonia, una volta ne avevo avuta una per le mani. Il prezzo del mio silenzio. C'era impresso un veliero. E uno scaricatore di porto su una scala, che saliva sul molo trasportando un sacco sulle spalle. Ma non avevo mai visto gli altri tagli.

Soppesai un rotolo di banconote da mille sul palmo. In tutta la mia vita, lo sapevo, non avrei mai avuto una simile fortuna così a portata di mano. E poi notai le buste marroni, in fondo alla scatola. Sperai fossero ancora soldi, ma mi imbattei nei nomi dei pescatori, Alain, Pantxo, Perig, Matthieu Bihan, scritti con cura. A ognuno la sua busta. Anche Ronan aveva la sua.

Su un foglio, incastrato apposta nel coperchio, era scritto: «*Questo è il mio testamento*». Con quel documento Ronan Kadarn lasciava la barca e la casa a Sophie Kadarn, sua moglie, nata Mével. Le lasciava anche la somma di denaro che sarebbe rimasta in quella scatola il giorno della sua morte. Tutta la sua fortuna. Non gli piacevano le banche e non si fidava dei notai. «*Scritto e redatto a mano a Sauzon il 14 maggio 1931*» aveva firmato il pescatore. Sul retro delle sue ultime volontà, aveva scritto a matita questa «*riflessione personale*»: «*Chi avrebbe mai potuto pensare che una crisi economica, nella lontana America, avrebbe messo i pescatori e i contadini bretoni in ginocchio? Senza la barca di mio padre e la vendita del banco di sarde dei miei zii, sarei finito in mezzo a una strada. Non sono tempi facili quelli che ci aspettano. Colui o colei che leggerà queste righe preghi per un povero pescatore*».

Inspirai forte. Avevo la bocca secca. Chiusi gli occhi. Avevo appena capito. Avrei rubato la vita di Ronan, l'eredità di Sophie e la paga dell'equipaggio.

«E allora?» ha chiesto la Tigna.

«È una porcheria» gli ho risposto.

Con le banconote in mano, lascio la casa. Al capitano lascio la vecchia carta nautica e anche i cucchiaini d'oro. Salto sulla bicicletta rimasta contro il muro e filo dritto all'imbarcadero di Palais. Con quei soldi posso prendere un biglietto per Quiberon e imbarcarmi sul vaporetto. Oltre alla mia sacca, mi carico sulle spalle due cesti da pesca e il gioco è fatto. Sono il giovane Kadarn, mozzo a bordo della *Sainte-Sophie* e vado sul continente a ricongiungermi con Yann, mio padre. Dopo Quiberon, prendo il treno per Parigi. La città dove tutto si perde. E là, tra i vicoli, nascosto in mezzo alla folla di mercanti, saltimbanchi, donne di strada, artisti smunti, vetrai urlanti, spazzacamini dai volti neri di fuliggine, manovali in cerca di impiego, mendicanti, lustrascarpe, soldati in permesso, contadini perduti, domestiche curve, scolari, ladri e borghesi, sarei scomparso.

Sbatto una banconota da mille sul banco di un'affittacamere. Lei mi dà una stanza. E dopo bevo un vermut alla salute dei fratelli Rolin, seduto a un tavolino esterno, con le gambe allungate sul marciapiede. È bel tempo. Ho una giacca alla moda, pantaloni con la piega, i gemelli ai polsi, scarpe bicolore, i capelli un po' lunghi sulla nuca. Mi sono comprato una pipa in radica, con il cannello lungo e sottile. Fumo tabacco inglese. Ho davanti a me un giornale parigino, senza l'orario delle maree né il prezzo delle aste. Non cerco nessun lavoro. Ho sempre con me i miei soldi, sulla schiena, in una tasca cucita all'interno. Li conto ogni sera. Faccio frusciare le banconote tra le dita. Lascio la mancia ai camerieri. Vado al cinema, a vedere Harry Baur interpretare Jean Valjean. Compro degli occhiali da sole per avere l'aria misteriosa. Cerco una ragazza gentile, che non sappia nulla di tutto ciò. La porto in giro per la città nella mia Petite Citron, la Citroën 5 CV. La stessa della famiglia felice di Laval. Saluto un ragazzino povero che ci guarda passare invidioso.

Rimisi il fascio di banconote nella vecchia scatola di biscotti. Sul coperchio e sui lati, incisioni di nozze bretoni, con danze e cornamuse. La ruggine aveva rosicchiato il sorriso dello sposo. Richiusi il tesoro, salii sulla sedia. Rimasi così a lungo, una mano sul coperchio, lo sguardo rivolto a terra.

Non potevo farlo.

Rivedevo i pescatori chini sulla loro rete, il sorriso di Alain, lo sguardo di Pantxo. Ronan, che mi restituiva il coltello con delicatezza. I suoi occhi, la sua voce.

Non ce la facevo.

Rimisi la carta nautica nell'armadietto di ferro. I cucchiaini d'oro nel loro cassetto. Raddrizzai l'orologio. Finii il mio vino. Lavai il bicchiere. Tornai a sedermi al tavolo della sala da pranzo. Unii le mani sul tavolo di legno, slegai il nastro dal polso per infilarmelo in tasca insieme al berretto, e posai la testa sugli avambracci. Respirai piano, con gli occhi chiusi. Un peso immenso se n'era appena andato. Lo stomaco era a riposo, il cuore quasi tranquillo. La Tigna faceva smorfie alle mie spalle. Rideva, danzava come un indemoniato, tirava fuori banconote dalle tasche e me le lanciava in faccia. Mi mise un braccio attorno alle spalle.

« Ti credi tanto meglio di me, Bonneau? È così, vero? »

Faceva volteggiare le posate d'oro.

« Ti credi più onesto di tutti noi? »

E poi aggrottò le sopracciglia e si lanciò su di me, con il coltello alzato.

Il colpo della lama nella spalla, come un pugno bruciante.

Il sangue che zampilla a piccoli fiotti.

Urlai.

« Cosa ti succede, mozzo? Qualcosa non va? »

Il capitano, enorme, al centro della stanza.

Mi ero addormentato.

Si tolse il caban e lanciò dei giornali sul tavolo.

« Sei famoso, pensa un po'! Si parla solo di te sui giornali! »

Rise.

«I giornalisti ti chiamano 'il Cinquantaseiesimo'.»

A parte me, tutti gli evasi erano stati acciuffati.

Ronan mi raccontò che una quindicina di loro si erano precipitati all'*Araok*, il dundee-scuola della colonia, ammarato al porto di Palais. Era Auzenet a guidare l'assalto. Secondo lui era l'unica barca dell'isola in grado di resistere al vento e alla tempesta. Ci aveva già navigato, e così i suoi compagni. Si poteva fare. Quando erano arrivati al porto, ad aspettarli non c'era nessuna barca ma i gendarmi, che avevano aperto il fuoco sopra le loro teste con le pistole d'ordinanza. L'*Araok* non c'era. Aveva levato l'ancora il giorno prima, per una battuta di pesca al largo della Spagna. I fuggitivi erano stati arrestati nella landa, lungo il sentiero del bosco Vauban. Altri ancora avevano tentato di rubare una barca. Tre si erano lanciati in acqua. Li avevano ripescati, picchiati sul molo, ammanettati gli uni agli altri e riportati alla colonia.

La moglie del capitano era davanti a Haute-Boulogne quando quelli catturati nel porto erano tornati. Gliel'aveva raccontato. Erano una dozzina, incatenati due a due, a capo chino. Arrivando davanti al muro dell'Istituto di rieducazione, Auzenet il capobanda aveva preteso di entrare dal portone principale. Si erano arresi, avevano perso, ma volevano tornare in cella dall'ingresso principale. Rifiuto. Allora si erano tutti seduti sulle loro catene. E le guardie li avevano massacrati di botte. Uno a uno, a ciascuno il suo. A colpi di manganello, di nervo di bue. A forza di picchiare, due guardie avevano le mani piene di sangue.

«Per poco non avete ucciso i vostri sorveglianti, razza di porci!»

Era Chautemps a urlare più di tutti.

Le Goff aveva perso il senno. Colpiva l'aria con la mano

buona chiamando i coloni « crucchi di merda ». Era uscito anche il Becco. Faceva inutili mulinelli con il bastone.

« Fate a pezzi questa feccia! »

Alcuni gendarmi erano arrivati in soccorso. Uno di loro aveva estratto una pistola. La moglie del capitano aveva detto che in quel mentre da un sentiero costiero erano arrivati altri due fuggitivi. Giovanissimi. Di dodici anni al massimo. Si stavano consegnando, con le braccia alzate.

« Attenti, è una trappola! » aveva urlato una guardia.

Altri tre si erano lanciati sui ragazzini e li avevano picchiati.

« Entrare dalla porta principale? Ma chi credete di essere? »

Chautemps, fuori di sé.

« Volete anche gli onori militari? »

L'entrata trionfale era rimasta chiusa. Ancora urla, qualche sberla. I fuggitivi erano entrati a Haute-Boulogne due alla volta, dalla stretta porta rossa riservata ai detenuti.

Auzenet era stato separato dal suo compagno e gettato a terra da due guardie. Lui si era dibattuto. Lo avevano costretto a mettersi carponi e a camminare così.

Era entrato in quel modo nel cortile principale, a quattro zampe, come un animale.

Al porto di Sauzon ognuno aveva raccontato le proprie imprese. E Ronan imitava per me i cacciatori. Uno di loro si vantava che gli fosse bastato urlare: « Chi vuole delle sigarette? » facendo brevi fischi nell'oscurità, per far apparire nella notte dei fuggitivi, con i polsi offerti alle manette.

« Ho fatto come quando chiamo il mio cane. »

Aveva fischiato tra le dita.

« Così, capito? »

Un altro, seduto al tavolino di un bar, aveva raccontato

come, armato della sua lampada, avesse scoperto nel fango un fuggitivo con la caviglia rotta per colpa di una buca.

Vedendo il cronista di *Détective* che prendeva appunti, il tizio si era alzato, con un bicchiere di bianco gelato in mano.

« Ehi, giornalista! Puoi pure citare il mio nome, se vuoi: Henri Lagorce, responsabile del pedaggio per il ponte Albert Louppe, che collega Plougastel a Le Relecq-Kerhuon. »

Il turista era fiero. Aveva addirittura precisato al fotografo della rivista di essere un impiegato del Consiglio generale. Dato che i due giornalisti parigini si stavano dirigendo verso altri testimoni, aveva cominciato a fornire loro le tariffe di passaggio del ponte.

« Cinquanta centesimi per una persona a piedi, a cavallo o in auto, e anche per un asino, una pecora, un maiale, ma soltanto venticinque centesimi per un cane. »

Nessuno lo ascoltava più, ma lui continuava.

« Ed è stato Gaston Doumergue a inaugurare il mio pedaggio. Lo sapevate? Io c'ero! Ho visto il presidente della Repubblica come ora vedo voi. E il vescovo di Quimper mi ha perfino stretto la mano. »

Ronan scimmiottava il tipo, che trotterellava dietro agli inviati speciali della stampa.

« Non volete sapere cosa mi ha detto, l'evaso con il piede rotto? »

Il cronista si era fermato di colpo. Si era girato, seguito dal fotografo. L'altro si era goduto il momento, guardandosi a destra e a sinistra, mentre i curiosi si avvicinavano.

« Mi ha detto piangendo: non sono un colono, sono solo un ragazzo della fattoria che si è perso nel buio. »

Altri avevano riso.

« Aspettate, non è finita! » aveva detto il casellante. « Quanto avrà avuto? Forse dodici, tredici anni. Si era nutrito di more tutta la notte e aveva due baffi neri sotto il naso! »

Era scoppiato a ridere anche lui. E il giornalista si era appuntanto l'aneddoto, senza una parola né un sorriso.

Ero raggelato. Non reagii. Muto. Senza chiedere nulla.

Mi chinai sui giornali in disordine.

Il capitano mi scrutò, mentre ero curvo su una pagina, con le sopracciglia aggrottate. Allora gli venne il sospetto.

« Sai leggere, mozzo? »

« Sì. »

Mormorai che avevo preso il diploma elementare, e anche che rubavo le riviste del direttore dalla pattumiera. Sì, sapevo leggere, scrivere e far di conto. Allora lui aprì sul tavolo davanti a me *L'Ouest-Éclair*, e tamburellò sulla carta stropicciata: « Una grave rivolta scoppia all'Istituto di rieducazione per minori di Belle-Île-en-Mer ». Più sotto: « 56 detenuti attaccano le guardie nel refettorio ferendone tre, rubano le chiavi ed evadono ».

« E questo? »

Aprì teatralmente *L'Ouest Républicain*.

LA RIVOLTA DI BELLE-ÎLE aveva titolato il giornale a pagina 3.

Presi l'articolo. « Tutti i coloni sono stati riportati alla colonia e messi in cella. Un solo rivoltoso rimane introvabile. »

« Sei un rivoltoso » disse sorridendo il capitano.

Si sedette, prese una sigaretta dal pacchetto e allungò le gambe.

« È carina come parola, rivoltoso. »

L'articolo spiegava che i detenuti di Haute-Boulogne « non erano certo dei bravi bambini » e che più di due terzi di quelli che arrivano lì « hanno sulle spalle una pesante ereditarietà di tare trasmesse dai genitori. Alcolismo, apatia, cretinismo, debilità». «La maggior parte è già comparsa in tribunale per rapina, furto con scasso, aggressioni e altri crimini» scriveva ancora il settimanale, «e nei tribunali per minori ne vediamo passare tantissimi che non hanno niente da invidiare ai malfattori adulti che finiscono davanti ai giudici in udienze pubbliche.»

«Stronzate» dissi.

E spinsi via il giornale.

Il capitano rise.

«Leggi fino alla fine, rivoltoso. Ti perdi il meglio.»

Non ne avevo voglia.

Allora lui riprese la pagina e cercò gli occhiali nella tasca.

«Ascolta invece di fare i capricci.»

Il suo sguardo andava dall'*Ouest Républicain* a me.

«Devi sapere che i giornalisti mettono sempre le cose più importanti alla fine dell'articolo.» Lesse:

«*Colui che chiamano il Cinquantaseiesimo non può certo andare lontano. Se sceglie il mare, il viaggio sarà per forza molto difficoltoso dato il brutto tempo e per i pericoli che circondano Belle-Île, soprattutto per un navigatore improvvisato*».

Il pescatore continuava a sorridere.

«E aspetta, ora arriva il meglio.»

«*Per questo i gendarmi si chiedono se, dopo aver senz'altro dovuto rubare una barca, non sia per caso già annegato.*»

Il capitano si alzò, si levò il grande berretto e si inchinò al mio cospetto, con la mano sul cuore.

«Sei morto, Jules Bonneau.»

Si accese una sigaretta. Diede un lungo tiro ed esalò una voluta bianca.

«E quindi libero, come una spirale di fumo.»

*

Al rumore di un'auto che entrava nel cortile, Ronan si alzò di scatto. Mi spinse in corridoio e indicò la scala.

«Sali al piano superiore, nasconditi nel mio studio. Seconda stanza a sinistra!»

«I gendarmi?»

Lui vide la mia paura. E sorrise.

«Molto peggio.»

Richiuse la porta alle mie spalle.

«Silenzio assoluto, d'accordo?»

Salii la scala due gradini alla volta. Raggiunsi lo studio del pescatore. La tavola ingombra di giornali, lettere e carte nautiche. Il modellino in legno della *Sainte-Sophie* sullo scaffale. Il grande schedario metallico, i quaderni contabili impilati sul mobile di ferro.

Un tuffo al cuore. Avevo lasciato la porta dell'armadietto aperta. La carta nautica sbucava dallo scaffale. La rimisi dentro tremando. Richiusi a chiave. Mi sedetti su una sedia impagliata che sonnecchiava vicino alla finestra.

Parcheggiata sul ghiaino, accanto alle bici, c'era una vecchia Peugeot che aveva visto tempi migliori. Sentii Ronan, la sua voce attutita. Parlava con una donna. Non mi aveva tradito. Mi lasciai cadere sulla sedia. Istintivamente avevo sfoderato il coltello. Lo feci scivolare in tasca, con la lama aperta. La donna parlava a voce alta. Ronan le rispondeva calmo. Sembrava un litigio. Un lungo silenzio. Sprazzi di voce. Silenzio ancora. Ero teso. Avevo il berretto schiacciato sul petto, tra la camicia e la pelle. Lo rimisi in testa.

Rumore della porta di sotto.

«Vieni, mozzo.»

La voce del capitano.

«Ho una tua vecchia conoscenza da presentarti.»

Mi alzai piano. Il corridoio, i gradini scricchiolanti uno a uno. Ronan era sul vano della porta, aveva il viso stanco. Mi fermai sulla soglia. Con un gesto del mento, mi chiedeva di entrare. Spalancai la porta della stanza.

« Avanti, rivoltoso. »

Non mi mossi.

« Pensi di nasconderti per tutta la vita nel mio studio? »

Allora feci l'ultimo passo. Lui si spostò di lato, mi mise una mano sulla spalla e mi spinse piano nella sala da pranzo.

Mi affrettai a togliere il berretto e feci un passo indietro.

« Dovevo immaginarmelo che eri tu. »

La Rossa era seduta a tavola, davanti a un bicchiere di vino. L'infermiera della colonia, con i capelli raccolti in uno chignon, il velo e il camice bianco posati sul tavolo.

« Quindi non sto a presentarvi » disse il capitano.

Era teso.

Il volto severo dell'infermiera.

« No, non serve. »

Sorrise. Mi guardò in faccia.

« Come dimenticarsi di chi vorrebbe cavarti gli occhi. »

8

Una dea in gonnella

Ronan era ai fornelli. In silenzio, sua moglie aveva pelato le patate, qualche carota del giardino, sminuzzato l'aglio e lo scalogno. Era sceso il buio. Io me ne stavo seduto, inutile.

Il pescatore:

«Mangiamo code di rospo stasera, pesce da ricchi».

Lo faceva rosolare nel burro e nell'olio. Riempiva per me il silenzio. Commentando ciascuno dei suoi gesti.

«È importante lasciarli dorare.»

L'infermiera ci osservava. Spostava lo sguardo dall'uno all'altro. Ronan, me. Aveva incrociato le mani sulla tavola.

«Quando pensavi di dirmi che avevamo un ospite?»

Lui si piegò sulla pentola.

«Questa sera, proprio come ho fatto.»

Occhiata veloce di Ronan.

«Cosa volevi che facessi, che lo vendessi ai gendarmi?»

Lei guardò la pioggia dalla finestra.

«Non fingerti più stupido di quello che sei, Ronan Kadarn.»

Lui mi strizzò l'occhio, con una bottiglia in mano.

«Vino bianco e pomodori schiacciati, è questo il segreto.»

Sfrigolio, schizzi di burro bollente irritato dal liquido, profumo d'aglio e prezzemolo.

«Apparecchi la tavola, mozzo?»

La Rossa, il suo sguardo di ferro.

«Mozzo? L'hai preso a bordo?»

Io intanto mettevo i piatti, le posate. La vista dei cucchiaini d'oro nel cassetto mi diede i brividi.

« Non ho avuto scelta » rispose il capitano.

Gli occhi di sua moglie su di me.

« Volevi tentare la traversata? »

Non risposi. Lei alzò gli occhi al cielo.

« La Tigna tutta sola a bordo di un peschereccio. Non può essere vero! »

Ronan sollevò un sopracciglio. Non aveva mai sentito quel soprannome.

« Lo chiamano così là dentro » gli spiegò l'infermiera.

Lui mi guardò.

« La Tigna? »

« È una specie di nome di battaglia. »

Ronan sgranò gli occhi. Serio.

« Che battaglia? »

« La mia » risposi.

Il capitano annuì.

« Capisco. »

E capiva davvero.

Ci mettemmo a tavola, gli uomini faccia a faccia. La coda di rospo era buona e grassa.

« E adesso? Qual è il piano? » chiese la Rossa.

« Che Bonneau prenda il posto di Matthieu Bihan sulla barca, aspettando che la situazione si calmi. »

Sua moglie si versò un altro bicchiere di vino rosso.

« Benissimo, e dopo, cosa te ne fai di lui dopo? »

Ronan posò la forchetta.

« Dopo vedremo. »

« Vedremo cosa? »

« Vedremo e basta! Argomento chiuso. »

Il capitano si alzò. Aveva lanciato il tovagliolo sulla sedia.

« Almeno ne hai parlato con i tuoi uomini? »

Di spalle, chino sul grande caminetto bruciava con un accendino della carta di giornale per avviare un fuoco di ramoscelli. Nella casa l'umidità faceva alzare la carta da parati.

«Devo ancora parlargliene.»

Il pescatore lanciò dei bastoncini di legno secco tra le fiamme.

Sua moglie era tesa.

«Lo devi fare subito.»

Silenzio. Il fuoco che scoppiettava. L'odore di legno bagnato.

«Non usciamo a pesca prima di venerdì.»

«Appunto. Devi farlo finché siete a terra.»

Ronan si versò del vino.

«Per dire cosa? Che abbiamo un evaso a bordo della *Sainte-Sophie*?»

L'infermiera si sporse sopra il piatto.

«Sei il loro capitano, si fidano di te.»

«E allora?»

«E allora non li trascini dentro una cosa simile a loro insaputa.»

Io mangiavo senza fiatare, a testa bassa. Avevo l'impressione di essere dai miei nonni, quando litigavano a tavola per causa mia. In quella casa ero ancora prigioniero della colonia. La libertà era dall'altra parte del muro, di Ronan, della Rossa, dell'oceano. Ero intrappolato davanti a un piatto fumante. Non volevo che quelle persone fossero la mia palla al piede. Se ne avessi avuto il coraggio, mi sarei alzato, avrei messo il berretto, preso la sacca, e me ne sarei andato. Ma pioveva.

«Volete che me ne vada?»

Ronan aveva messo un ciocco nel fuoco. La sua voce grave.

«Complimenti, moglie. Brava.»

La Rossa mi guardò.
« E per andare dove, cretino? »
Non risposi.
Il capitano si alzò, mani nelle tasche. Andò alla finestra graffiata dalla pioggia.
« Mi puoi dire perché dovrebbe riguardarti, Sophie? »
La donna fissò la nuca segnata del suo uomo, i capelli arruffati dal sale.
« Tu sei mio marito, questa è la mia casa, e noi siamo legati. »
Lui si accese una sigaretta. Asciugò il vetro col palmo della mano.
« E allora? »
« È con la mia libertà che stai giocando. »
Lui si girò, lo sguardo duro.
« Ti proibisco di dire una cosa simile! »
La Rossa scattò in piedi.
« Mi stai irritando, Ronan. »
Lei contro il tavolo, lui di spalle alla finestra. Aveva incrociato le braccia.
« È qui perché nessuno aveva altra scelta. Né tu, né io, né lui. »
Lei fece un sorriso beffardo.
« Nessuna scelta, come no. Succede spesso nella nostra vita, vero? »
« Sophie, maledizione, sta per compiere ventun anni! Se lo trovano, finisce in galera! »
Lei ringhiò:
« E io in prigione! È questo che vuoi? »
Il marinaio si irrigidì. I suoi occhi reclamavano il silenzio.

Io ero immobile, con il cucchiaio di salsa appoggiato alle labbra chiuse.

Guardavo quella donna, suo marito, quella coppia che non conoscevo. Mi domandai chi fossero. Da dove venissero quei rotoli di banconote nascosti nella scatola di biscotti. E lei, perché rischiava di andare in prigione? Per aver ospitato un fuggitivo? No, ovviamente. La donna nascondeva un segreto. Per questo la mia presenza la disturbava.

«Ne parlo all'equipaggio oggi stesso» promise il capitano.

Io cercai i suoi occhi.

«Dopo avergli detto che sono suo nipote?»

Risatina dell'infermiera.

«È tuo nipote?»

Ronan fece un gesto d'ovvietà.

«Sì. Mio nipote. Esatto. Dovranno pur capire.»

Sua moglie scosse la testa.

«Ci hai messo proprio in un bel guaio, mio caro.»

Avevamo appena toccato cibo. Non avevo il coraggio di mordere il pane bianco. Il capitano era tornato al caminetto per alimentare il fuoco. Parlava tra sé.

«È solo per qualche giorno, giusto il tempo che le cose si sistemino.»

Sua moglie si avvolse in uno scialle violetto abbandonato su una sedia.

«Immagino che tuo nipote prenderà la camera di Alexandre?»

Voce stanca.

«È solo per qualche giorno» ripeté Ronan.

Lei annuì.

«Spero tu sappia quello che stai facendo.»

La donna fece un passo verso la porta.

«Vado ad arieggiare la camera, preparo il letto e gli trovo un asciugamano.»

E poi si girò verso di me. Mi tese la mano.

«A proposito, mi chiamo Sophie.»
Accennò un sorriso.
«Non la Passerotta, o la Rossa, ma Sophie.»
Credo di essere arrossito. Protestare non sarebbe servito a niente.
La mia voce strozzata:
«Si chiama come la barca?»
Sguardo sorpreso.
«È la barca che si chiama come me.»

*

Mi svegliai in un letto, con delle lenzuola pulite, una trapunta e un cuscino sotto la testa. Durante la notte mi ero mosso con violenza. Giusto il tempo di girarmi sulla pancia. Sognavo. Ero vestito di una nuvola di cotone. Ronan e Sophie mi avevano lasciato dormire. Non un rumore in casa. Il giorno penetrava attraverso le imposte. Avevo dormito così, completamente vestito, ma senza le galosce che erano infangate. Mi alzai in silenzio. La chiave era rimasta all'interno. Non mi avevano chiuso dentro. Adesso ne ero sicuro, non mi avrebbero denunciato. Avevo un buco sul tallone del calzino, e gli alluci che uscivano. Scesi a quel modo, con le scarpe incrostate in mano.
«Dormito bene, mozzo?»
Ronan era a torso nudo, a tavola. L'infermiera gli disinfettava il braccio.
«Hai provato a uccidere il mio uomo?»
Il capitano le sorrise.
«Mi ha fatto solo un graffio, come un gattino impaurito.»
Volevo scusarmi. Non lo feci.
Ronan si stava rimettendo la camicia.
«Seguimi nello studio» mi sussurrò l'infermiera.

Esitai. Lei si voltò sorridendo.
«Lo so che ti hanno riempito di botte, su. Non devi vergognarti.»

Era un ambulatorio. La porta blu lavanda di fronte alle scale, ecco cos'era. La donna prese un mazzo di chiavi dalla borsa e aprì le due serrature. Un lettino, un grande armadio, un tavolino basso, una scrivania e tre sedie.
«Togliti camicia e pantaloni.»
Niente storie.
Si era rimessa il velo bianco. Io avevo ancora addosso i calzini grigi. Sguardo veloce ai buchi e alle mie mutande lise.
«Bisognerà rammendarli, quelli.»
Fece due passi indietro, continuando a fissarmi.
«Girati.»
Mi auscultò.
«Alza le braccia.»
Annuii.
«Te le hanno date di santa ragione, quei bastardi.»
«E io a loro» risposi.
Una frase stupida. Volevo fare il duro. Me ne pentii. Lei fece finta di non sentire.
«Sdraiati sulla pancia.»
Mi distesi sul lettino, di fronte a un'illustrazione che prendeva quasi tutto il muro. Era una tavola anatomica a colori. GRAVIDANZA E CICLO MESTRUALE, quattro corpi di donne senza testa, raffigurate dal petto fino a metà coscia. Nella loro pancia scorticata, un seme, poi un feto, poi un quasi bebè che occupava tutto lo spazio. Guardai soprattutto i seni, che s'ingrossavano al passare delle settimane. Avevo la bocca spalancata. Lei lo notò.
«Puoi chiudere gli occhi se preferisci.»
Li tenni ben aperti.

Mi tamponava le ferite con l'alcol, pizzicava, bruciava. Non mi lamentai.

« Girati. »

Mi misi sulla schiena. Mi vergognavo. Mentre ero di pancia, mi era venuta in mente Marcelle, la sorella dei Rolin, che mi mostrava il petto. E mi permetteva di toccarla in cambio di qualche piccolo regalo. E vedendo i seni sul disegno, era a lei che avevo pensato. Ma l'infermiera aveva guardato altrove. Mi puliva dolcemente la pelle rovinata. Sulla coscia, avevo il segno di una suola chiodata. Una macchia nera ben distinta.

« Tutto bene? »

Tutto bene.

Mi rimisi la camicia, i pantaloni. Lei richiuse accuratamente a chiave la porta lavanda e tornammo in sala da pranzo. Aveva preparato per me una caffettiera, una tazza e una fetta di pane. Ronan sembrava preoccupato. Guardò sua moglie.

« Com'è? »

« Come al solito. Ci hanno dato dentro per bene » rispose sua moglie.

Io mi sedetti a tavola, e il capitano accanto a me. Interpellò la moglie con gli occhi.

« Ti va di dirglielo, Soph? »

Lei si versò un bicchiere di latte.

« Quello che è successo dopo l'evasione, raccontaglielo » aggiunse Ronan.

Lei mi interrogò con un cenno della testa. Sguardo inquieto.

« Lo vuoi sapere? »

Sì, volevo sapere.

Lei bevve metà del bicchiere, senza smettere di guardarmi.

« Tutti i coloni che si sono arresi sono stati picchiati, ma... »

La interruppi.

« Camille Loiseau? »

L'infermiera era alla porta del penitenziario quando la Carogna e i gendarmi l'avevano portato dentro. Lei aveva fatto per aiutarlo ma il direttore si era intromesso.

Chiesi:

« Zoppicava? »

Lei sembrava a disagio.

« Ho visto la Carogna massacrargli la gamba a bastonate. »

« Zoppicava il ragazzino? »

Lei abbassò la testa. Lungo silenzio. Ronan la incoraggiava con gli occhi.

« Non camminava più. »

Ripetei quella frase terribile a voce alta, scandendo ogni parola.

Una lacrima maledetta mi scese sulla guancia. La lasciai fare.

« Un gendarme lo portava su una spalla, la testa ciondoloni e le braccia molli. »

Strinsi i pugni, feci una smorfia.

« Cosa diceva, il piccoletto? Urlava? Si dibatteva almeno? »

Lei scosse la testa.

« No, non si muoveva. Era come un sacco di patate. »

Mi sporsi verso di lei.

« Ma era vivo? »

Lo stesso sguardo imbarazzato.

« Quando il gendarme lo ha lanciato contro il muro del cortile, ha rantolato. »

Mi alzai. Volevo uccidere.

« E lui è rimasto lì per terra? »

Sì. Con occhi timidi.

« E nessuno ha fatto niente? L'avete lasciato così? »

L'infermiera chinò il capo.

« Il direttore voleva farne un esempio per tutti. »

Nascosi il viso tra le mani. Le gambe battevano sotto il tavolo. Corro nella landa, brandendo con entrambe le mani una barra di ferro. Sfondo teste. Rompo la faccia della Carogna a calci. Sgozzo le sorelle coi denti. Salvo il mio amico. Lo porto in braccio fino a Sauzon, al porto, sulla *Sainte-Sophie*. Lo nascondo sotto un telone. Lo presento a Ronan, ad Alain, al basco, al novizio. Sarebbe caduto tra le braccia dell'infermiera appena questa avesse varcato la porta di casa. Avrebbe occupato la camera, il letto. Io lo avrei vegliato, seduto in poltrona. E adesso, sarebbe stato su a dormire nelle mie lenzuola pulite. Lui, il ragazzino, l'orfano. Lui il violato, il ferito, il passerotto. Ora dormirebbe e nessuno potrebbe più fargli del male.

« Bonneau? »

Alzai lo sguardo. Il capitano credeva che dormissi.

Allora l'infermiera riprese. I ragazzini avevano continuato ad arrendersi fino al mattino. Zuppi di pioggia, terrorizzati, con i polsi offerti alle manette non appena arrivavano sul cammino di ronda. Altri erano tornati con i gendarmi, le mani legate dietro la schiena. Uno giovanissimo era stato accompagnato dentro da un'intera famiglia di guerrieri. Il padre, la madre e i tre figli. Tutti i fuggiaschi erano stati picchiati. Le guardie erano arrabbiate. Alcuni colleghi erano stati feriti, c'erano dei mobili distrutti, il cortile puzzava ancora di fumo e, soprattutto, li avevano obbligati a correre in giro per tutta la notte. A salire sulle biciclette per andare in pattuglia. In servizio, fuori servizio, le guardie si erano dannate sotto la pioggia e nel vento, storcendosi le caviglie sui sentieri pieni di buche proprio quando pensavano di potersene stare tranquille a dormire nei loro letti. Nel pieno della notte, quando i gendarmi erano tornati in caserma, gli abitanti dell'isola si erano barricati nelle case, le strade erano ormai deserte, loro erano ancora in piedi e si vendicavano. I fuggiaschi erano stati perquisiti e buttati nelle celle, chiappe all'aria, con una semplice camicia sulle spalle, senza cibo né acqua. Qualche capo della rivolta era stato rinchiuso nelle stanze di sicurezza, dove la luce del giorno entrava solo attraverso un comignolo ricoperto di chiodi appuntiti. Per ore l'infermiera li aveva sentiti urlare di dolore sotto i colpi dei manganelli e del nervo di bue.

Insieme al dottor Verhaeghe aveva cercato di soccorrerli, ma il direttore lo aveva impedito.

«Sono furiosi. È troppo rischioso per voi.»

Verso le tre di mattina, le guardie si erano riunite nel refettorio distrutto. Il direttore era andato a dormire. Chautemps aveva fatto il punto della situazione. Mancavano ancora sedici coloni. Vista la tempesta, gli ultimi evasi dovevano aver abbandonato i loro letti di felce e cercato riparo da qualche parte. Nei tunnel militari, sotto un albero, un tetto in rovina, una barca rovesciata. I più piccoli dovevano essere impauriti dai fulmini. Il capo delle guardie girava in tondo nella stanza, con il frustino in mano. Le bombe d'acqua lo mandavano in visibilio.

«Conosceranno il castigo della solitudine.»

La caccia ai bambini era sospesa, ma Chautemps sapeva che sarebbe ripresa all'alba. Che i coloni ghiacciati, terrorizzati si sarebbero arresi da soli ai cacciatori. Che si sarebbero gettati in ginocchio nel fango e con le mani sulla testa per un tozzo di pane, una tazza di caffè slavato, una sigaretta. Che avrebbero supplicato di poter asciugare le loro bluse fradice, i loro pantaloni buoni solo da strizzare, i loro zoccoli dolorosi. E che loro non glielo avrebbero concesso. Che sarebbero rimasti così per ore, sull'attenti, nel cortile principale.

Una lezione per tutti. Prima di essere trasferiti sul vaporetto per Quiberon, ammassati nello scompartimento speciale di un treno per Villeneuve-sur-Lot e poi nel furgone cellulare che li avrebbe condotti al penitenziario di Eysses.

Perciò alle dieci di mattina quindici nuovi evasi erano tornati alla colonia. L'Ape era uno di questi. A gruppi di due o tre, come bestie braccate, legati gli uni agli altri. Erano stati esibiti ai loro compagni, esposti alla pioggia e al vento, sulla nave-scuola.

L'Ape sanguinava dalla bocca e dal naso. Cercava di liberarsi dalle corde.

« La mia pelle vale più di venti franchi, banda di stronzi! »

L'infermiera aveva visto tutto. E me lo raccontò con tristezza.

Ma mancava un colono all'appello.

Ed era stato in quel momento che aveva sentito il mio nome. Nel cortile. « La Tigna », bisbigliato da Le Goff, ripetuto dalla Carogna, da padre Bricout mentre torturava il suo rosario. Io non ero tornato. Il direttore era nero di rabbia. Non capiva come fossi potuto sfuggire alle ricerche.

« Siamo su un'isola, non nella casba di Algeri, maledizione! »

Proprio mentre l'infermiera riprendeva servizio, due giornalisti erano entrati nella colonia. Un redattore e un fotografo. François-Donatien de Colmont aveva chiamato lui stesso la redazione locale dell'*Ouest-Éclair* promettendo loro uno scoop. I cronisti erano stati accompagnati in infermeria da Le Goff e da Toupet con la sua brutta testa nuda. Sui letti nemmeno un bastonato, neanche un punito, ma quattro giovani coloni infreddoliti che avevano passato la notte fuori.

« Aiutiamo questi poveri ragazzi a rimettersi in forze »

aveva dichiarato il direttore, sorvegliando con la coda dell'occhio la penna del giornalista che scorreva sul taccuino.

Aveva spiegato che alcuni sobillatori avevano fomentato la rivolta e che i ragazzi che vedevano lì li avevano stupidamente seguiti. Senza i gendarmi, probabilmente sarebbero morti annegati. E senza le cure prodigate dalla colonia, un brutto colpo di freddo li avrebbe sicuramente portati via. L'infermiera si fingeva occupata. Ascoltava con attenzione.

« E questa storia del colono mancante? »

Esitazione di Colmont. Poi aveva guardato il giornalista sorridendo.

« Le avevo promesso un'esclusiva, ed eccola qui. »

No, aveva detto, al contrario di ciò che avevano scritto i loro concorrenti dell'*Ouest Républicain*, non mancava all'appello nessun evaso. Erano stati ripresi tutti e cinquantasei. E riposavano sotto chiave. In compenso, aveva ancora mentito il direttore, un colono era effettivamente assente, ma la sua scomparsa non aveva nulla a che fare con la rivolta. Era fuggito qualche giorno prima della grande evasione, da una fattoria dove era stato messo a lavorare come vaccaro a ricompensa della sua buona condotta. Erano convinti fosse un ragazzo che si poteva recuperare, era pronto a rifarsi una vita. Il direttore non capiva il suo gesto. E lo confessava umilmente ai giornalisti.

« Ho sempre troppa fiducia in questi scapestrati, ecco qual è il mio problema. »

L'evaso non aveva portato con sé né viveri né abiti di ricambio, solo la sua cerata da pescatore e una scheggia di metallo a mo' di rasoio.

« Potrebbe darci il suo nome? » aveva chiesto il giornalista.

Il direttore aveva avuto un attimo di esitazione. Ci stava riflettendo.

« Rouxelin. »

Aveva schioccato le dita.

« Sì! Si chiama Léo Rouxelin. »

E poi, ricredendosi:

« Ma vi chiedo ovviamente di proteggere la sua identità ».

« Ha una vaga idea di dove potrebbe trovarsi? »

Il direttore aveva osservato il giornalista. Un giovane dai denti bianchi e gli occhi brillanti. Scalpitava, nei suoi pantaloni da golf e la sua giacca a quadri.

« Vuole qualcosa di piccante, eh? »

L'inviato speciale aveva annuito ridendo.

« Va bene, glielo dico. Ma se farà il mio nome, io negherò. »

Si era avvicinato al giornalista.

« Secondo un gendarme mio amico, lo nasconde sull'isola una donna. »

Il giovane sorrideva scrivendo.

« Ottimo! Questa è buona! »

Il direttore aveva incrociato lo sguardo dell'infermiera. Lei non aveva mai sentito parlare di Rouxelin. E tantomeno della fuga di un vaccaro. Senza vergogna e in sua presenza, François-Donatien de Colmont stava riscrivendo la leggenda della grande evasione del 27 agosto 1934.

Aveva abbassato la voce. In confidenza:

« Il mio amico gendarme pensa addirittura che una dea in gonnella gli abbia portato dei viveri, da qualche parte, in una grotta sul mare ».

Alzai gli occhi.

« Una dea in gonnella? »

« È l'espressione che ha utilizzato » confermò l'infermiera.

Il giornalista avido aveva alzato la penna, l'aveva umettata con la lingua.

Stava riflettendo.

«Posso scrivere che credo di aver svelato il mistero dell'evaso Rouxelin?»

Il direttore aveva riso.

«Non si faccia troppi scrupoli, caro amico. Dopotutto, la stampa è libera.»

Poi Colmont aveva chiesto di essere fotografato accanto a un ragazzino allettato.

«Posso consolarlo?»

Il fotografo aveva annuito, con l'occhio incollato sull'obiettivo.

Quando il direttore aveva mosso la mano per stringere quella del ragazzino, l'altro si era messo l'avambraccio sulla fronte, come per proteggersi. Un attimo di titubanza.

«Non essere ridicolo, Bourquin!»

Il piccolo aveva scoperto il viso, il direttore gli aveva preso la mano, chinandosi su di lui come un genitore preoccupato.

«Fermi!»

Lampo del flash.

«Bella foto» si era congratulato il redattore.

Aveva chiesto se il collega poteva immortalare gli edifici della colonia, ma la risposta era stata no. Né il refettorio devastato, né la corderia saccheggiata, né la veleria bruciata. Nessun colono nell'obiettivo. Né tantomeno una guardia. Niente.

Ronan ascoltava la moglie, con aria cupa.

«Che banda di deficienti.»

«Solo che il giornalista ha abboccato» riprese Sophie.

L'indomani sul giornale era stato riportato tutto paro paro, senza alcuna verifica. E come unica immagine c'era la foto toccante del santo direttore che consolava il buon ladrone. Più tardi il nome di Rouxelin comparve un po' ovunque, nei giornali più seri come in quelli più leggeri. Nel famoso settimanale *Détective*, un gendarme anonimo diceva di essere rimasto colpito dalla storia d'amore dell'evaso con un'abitante dell'isola. Ronan aveva cerchiato un passaggio dell'articolo: « Una dea in gonnella gli avrebbe portato da mangiare ». Sosteneva che i giornalisti non facevano che copiare dal vicino. Ed eccone la prova. Ridendo mi assicurò anche che tra ottant'anni i nostri nipoti avrebbero ritrovato la gonnella della dea e il bel Rouxelin nei libri dedicati alla colonia, bastava solo che due o tre storici si appassionassero di nuovo ai suoi muri.

Ma per il momento Ronan si godeva lo spettacolo.

Il mattino di mercoledì 29 agosto 1934, due notti dopo la rivolta, l'Istituto di rieducazione di Haute-Boulogne si ritrovava con un Jules Bonneau in meno e un Léo Rouxelin in più. Ma i conti tornavano. Se la narrativa ufficiale dell'isola confermava quel gioco delle tre carte, nessuno mai avrebbe avuto più motivo di darmi la caccia.

Per la prima volta mi sono detto che forse sarei riuscito davvero a evadere.

9

Al Frères de la Côte

Dopo la mia seconda uscita in mare, il capitano aveva insistito perché accompagnassi l'equipaggio al Frères de la Côte, il bar del porto dove avremmo bevuto « il nostro goccio di terra », come lo chiamava Ronan. Un bicchiere d'acquavite che salutava il ritorno del peschereccio. Mi aveva spiegato che una battuta di pesca doveva finire là dove l'equipaggio si separava. Non sul ponte in mezzo alle onde, né sul molo tra le urla dell'asta del pesce, ma davanti a quel bancone umido, con un bicchierino di grappa tra pollice e indice.

Era una tradizione.

Il gestore del Frères si chiamava Cothias. Un pezzo d'uomo. Era stato pescatore di sarde a Palais, prima dell'incidente che gli aveva negato l'oceano. Allora aveva venduto la barca in cambio di quel bar.

« Mi piace Cothias, mai una parola di troppo » mi aveva spiegato Ronan.

Quella sera, su suo suggerimento, mi ero calcato un berretto di lana in testa, messo un foulard fino al mento e avevo alzato il collo della cerata. Un pescatore come un altro. Risalimmo il molo in silenzio, e spingemmo la porta del bar. La sala era rumorosa di uomini, fumosa di tabacco, frementе di leggende marinaresche e di imprese di vecchi pescatori oggi prigionieri del molo. L'oste aveva lo sguardo franco, un sorriso da bel tempo. Quando noi cinque entrammo, tenendoci uniti come per issare la rete, urlò ai clienti dei tavoli:

« Signore e signori, la *Sainte-Sophie*! »

Sorrise. E aggiunse:

« Anche se i Frères continuano a essere a corto di dame! »

Mi piacque quel suo modo di non rivolgersi a noi, come invece avrebbe fatto un qualsiasi barista con dei clienti ordinari. Pronunciò il nome della barca e mise in fila i nostri bicchieri sul bancone, senza nemmeno guardarci, aggiungendone un sesto per lui. Mi piacque quella sua maniera di servire il cicchetto, quasi brutale, riservata agli equipaggi scampati alle acque. Sollevava e abbassava il collo della bottiglia sopra ogni bicchiere.

« È così che gli arabi servono il tè. »

A lungo aveva pescato al largo dei « barbareschi », come li chiamava lui. Da quelle coste lontane aveva riportato un narghilè di vetro azzurro che troneggiava su uno scaffale e un pugnale turco ricurvo, con un manico di legno e una lama d'argento invecchiato. Mi piacque il suo modo di brindare silenziosamente alla nostra pesca, col bicchiere contro la fronte e gli occhi chiusi. Mi piacque anche la fine di quel cerimoniale. Quando tutto tornò a essere banale. I dadi che rotolavano di nuovo sul tavolo. Il fruscio delle carte da gioco. Il brusio delle conversazioni. L'ex pescatore, seduto in fondo, che giurava sulla sua birra che, ai tempi della Grande Pesca nelle acque atlantiche, il mare era molto più crudele.

Per la prima volta percepii l'orgoglio di essere uno di loro.

Quel giorno bevemmo un secondo bicchiere di acquavite. Mentre asciugava il bancone, Cothias lanciava occhiate preoccupate verso il fondo della sala. Era nervoso.

Il capitano lo interrogò con gli occhi.

« Qualche problema? »

L'altro indicò un tavolo col mento.

«L'hai mai visto in giro quello?»

Ci voltammo. Il tipo era seduto da solo, chino su un bicchiere di rosso, con una sigaretta all'angolo della bocca. Camicia estiva, giacca leggera, aveva il cappello ancora in testa. Bagnò le labbra nel vino guardandoci. Sulla trentina, pelle grigiastra, borse scure sotto gli occhi. Prendeva appunti su un taccuino.

«Un parigino» sorrise Ronan.

Stava per tornare al suo bicchiere quando Cothias disse: «Io dico che è uno sbirro».

Uno sbirro?

Guardai meglio. Poteva essere. Ma aveva la giacca tutta stropicciata, le scarpe piene di sabbia. Sembrava piuttosto un turista annoiato.

«Perché uno sbirro?» grugnì Alain.

Il gestore del Frères spiegò che aveva fatto domande agli habitué del bar, sulla Colonia penale, l'evasione dei ragazzini, le battute di caccia nella landa per ritrovare gli evasi.

Ronan mi lanciò uno sguardo imbarazzato. Forse poteva esserci qualche pericolo.

«Forza, mozzo, muoviamoci, Sophie si arrabbia se la faccio aspettare troppo per la zuppa.»

Avevamo del merlango per cena. E Cothias aveva diritto alla sua sogliola.

«È uno sbirro» mormorò Alain. «Me lo sento.»

Tamburellò nervosamente sul bancone con la punta delle dita.

«Eh no! Stai buono» lo avvertì Ronan.

Conosceva bene Alain. La sola presenza di un poliziotto lo mandava fuori dai gangheri. I servizi segreti l'avevano interrogato spesso per i suoi volantini rivoluzionari. Due volte i poliziotti, venuti apposta da Rennes, gli avevano devastato la casa in cerca di prove di attività sovversive. I suoi conoscenti erano pedinati, sorvegliati, schedati. Per i registri di polizia, un amico di Alain Le Gallois non poteva che essere un complice. E il marinaio era tristemente noto alla giustizia. Nel dicembre 1924 aveva percorso cinquanta chilometri in bicicletta per sostenere il grande sciopero delle Penn Sardin di Douarnenez, le operaie addette all'inscatolamento delle sardine che lottavano per un franco all'ora. Aveva punito uno dei « crumiri » venuti da Parigi per spezzare il movimento. E lanciato pietre sulla Guardia mobile. Si era beccato un anno di carcere duro. Un'altra volta, a Auray, aveva sperimentato la custodia cautelare per aver turbato una riunione dei Comitati di difesa contadina. Dopo essersi infiltrato in sala con un manipolo di sindacalisti, aveva stracciato un manifesto che denunciava LA DISTRUZIONE DEL MERCATO DEL GRANO PER COLPA DEI TRUST APOLIDI e strappato lo striscione IL NEMICO DELLA NOSTRA TERRA È IL COMUNISMO. Aveva rovesciato un tavolo dove si vendeva l'*Haut les fourches*, il giornale dell'associazione, e aveva fatto a botte.

Le Camicie verdi avevano attaccato gli agitatori scandendo: « Credere! Obbedire! Servire! »

« Servi degli ebrei! » aveva anche gridato un organizzatore.

Da parte loro, Alain e i compagni avevano picchiato come lupi. L'odio, la rabbia, il disgusto. Non c'era spazio per gli slogan. Impartivano una lezione ai fascisti. Fuori i poliziotti avevano preparato una trappola. E Alain si era ritrovato all'ospedale con un braccio e tre costole rotti.

Colpì il bancone col palmo della mano.

Ronan lo trattenne.

« Non voglio storie, ti ho detto! »

L'altro si liberò con un gesto.

« Mi hai sentito, testa dura? »

Alain sorrise. Si inchinò.

« Con garbo, capitano, promesso. »

E attraversò la sala in direzione dello sconosciuto.

« Andiamo con lui? »

Ronan mi guardò.

« Tu non ti muovere. Ti ricordo che la tua testa ha un prezzo. »

Sorrise.

« Venti franchi, nientemeno! »

Vedendo avvicinarsi Alain, che avanzava nella sala teso e con i pugni stretti, l'ometto si alzò sorridendo. Lo salutò, sollevando il cappello e tendendogli la mano. Poi gli offrì la sedia che aveva di fronte.

Alain sembrò esitare, ma si sedette.

L'altro alzò due dita indicando al barista il bicchiere vuoto.

Lo sbirro invitava il comunista a bersi un bicchiere di rosso.

Ronan mi sorrise.

« Eravamo fuori strada, mozzo. »

L'altro aveva aperto il taccuino. Alain lo sfogliava, chino sul tavolo. E quello si avvicinò. Gli parlava, lo faceva ridere.

Al momento di andarsene, Alain fece segno a Ronan di raggiungerlo.

« Resta qui, colono. Tra un attimo andiamo. »

Il capobarca andò a raggiungere il suo vogatore, con il bicchiere in mano. Stesso cerimoniale. L'ometto si alzò, con la mano tesa. Si tolse il cappello indicandogli una sedia. Nel brusio, non sentivo niente. Ma i tre adesso ridevano forte. Brindarono. Ronan si inchinò per congedarsi. Alain ordinò due bicchieri di vino. Restava con il suo nuovo amico.

Uscimmo in strada, io e il capitano. Era eccitato.

« Non indovinerai mai chi è quel parigino! »

No, non potevo indovinarlo.
Mi guardò.
« È tutto il contrario di uno sbirro. »
Fece una faccia strana, con la bocca a culo di gallina e le ciglia che sbattevano.
« È un poeta. »
Alzò un dito in aria.
« Ma attenzione, è simpatico! »

10

Una famiglia

Alain sapeva, l'aveva sempre saputo. Sin dal primo giorno, quando Ronan mi aveva presentato come suo nipote, non ci aveva mai creduto. Alla nostra seconda uscita di pesca, il comunista mi aveva stuzzicato. Non con cattiveria. Domande senza importanza, con le mani sul remo, gli zoccoli nella rete.

« A proposito, mozzo, tuo padre dove hai detto che vive? »

Mi si bloccò il respiro. Non avevamo mai parlato di questo con il capitano. Lo cercai con lo sguardo. Aveva sentito. Fu lui a rispondere, con una cima d'ormeggio tra le braccia.

« Vicino a Douarn. »

Alain sorrise.

Non avevo mai sentito quel nome.

« Vuoi che sia più preciso? »

Alain osservò il suo capitano, che arrotolava una drizza, tra la mano e l'avambraccio.

« Hai presente Douarnenez? »

Alain annuì sorridendo.

« Saint-Vendal? Sulla strada per Pont-Croix? »

« No, non mi dice niente. »

« Ma sì, la cappella rettangolare, con il piccolo campanile. »

Il capitano aveva avvistato un banco di pesci. Alain si chinò sul suo remo.

« No, non ho presente. »

« La festa del Pardon? »

Stesso sorriso silenzioso sul volto del marinaio.

Il capitano si finse esasperato.

«Se non conosci la zona, cosa sto a spiegarti a fare?»

«Per evitare che il ragazzo dica troppe stupidaggini.»

Rispose così a testa bassa, riprendendo il suo posto al banco di voga.

La battuta di pesca era dura. Eravamo in mezzo alle onde. Brutto tempo, pioggia, vento forte. Io stavo male. Anche il capitano aveva la faccia grigia. Ci aveva ordinato di imbragarci. Per un attimo la barca sprofondò. Io camminai lungo la mia linea di vita, scivolai. E caddi. Avevo sbattuto la fronte sulla fune, proprio nel punto di ancoraggio. Mi sedetti sotto gli schiaffi d'acqua. Avevo un bernoccolo, niente sangue. Mi appoggiai a una nassa. Alain era in piedi, in equilibrio contro l'albero maestro, con la pipa girata per proteggere il tabacco.

«Tutto a posto, mozzo?»

Sì, tutto a posto. Più o meno.

Guardai le onde che arrivavano a colpire le vele.

«E ancora è calmo. Vedrai con la tempesta.»

Facevo fatica a sistemare le sarde nelle ceste. Alain mi raggiunse. Si inginocchiò accanto a me per allineare i pesci nel modo giusto.

«Per essere uno di Douarnenez, non ti stai facendo granché onore!»

Parlava forte, a causa del vento.

«Così le rovini!»

Poco prima, avevo addirittura lasciato qualche testa imprigionata nelle reti.

«Pensi che ti compreranno le code?»

Mi sembrava di essere tornato alla colonia marittima, con un istitutore sul collo.

«Non te l'ha mai insegnato tuo padre?»

Non risposi. L'oceano e la pioggia mi frustavano il viso.

«O non hai fatto attenzione alle lezioni della colonia?»

Silenzio.

«Cosa facevi in colonia? Contadino o marinaio?»

«Marinaio!» urlai.

Per sovrastare il vento. Per chiuderla lì con quelle domande. Perché la mia tempesta avesse fine.

Era una parola dignitosa, una parola fiera. La rivendicavo.

Il primo vogatore mi guardò. Mi tese la mano, senza sorridere.

«Alain Le Gallois, comunista di Dinard.»

Io mi sedetti, arrabbiato con me stesso per aver confessato. Maledetto orgoglio. Gli strinsi la mano. Mi sembrava la scena di un film cretino, o uno di quei momenti tragici che mi immaginavo.

«Jules Bonneau, evaso della Mayenne.»

E poi mi rimisi a carponi, tutto tremante, a raccogliere le sarde con attenzione, come foglie morte su una tomba amata.

*

E adesso, che facciamo? È la domanda che rivolsi a Ronan tornando al porto. Aveva promesso alla moglie di parlare con l'equipaggio ma poi non l'aveva fatto. Alain sapeva. E tutti avrebbero saputo. Bisognava che fosse lui, il capitano della *Sainte-Sophie*, a dire loro la verità.

In quella quarta uscita di pesca, non l'avevo accompagnato all'asta. Mi aveva affidato il compito di preparare, al riparo della vela maestra, il fornello e la *cotriade* con il sugarello, un po' di sgombro e le sarde che avevo rovinato. Dovevo anche tagliare il pane, disporre le patate nella gamella, il sale grosso nella carta da giornale e l'aceto in un bicchierino. A causa del brutto tempo, la pesca era stata scarsa. Il capitano aveva deciso che avremmo dormito a bordo e saremmo ripartiti il giorno dopo all'alba.

Pantxo stava tendendo la vela di trinchetto per farne una tenda. Perig vomitava in mare, per l'odore del cibo. E Alain mi osservava, disteso su alcune cime, con la pipa di mais in bocca. Il suo sorriso era scomparso insieme alla mia confessione. Non scherzava più. Si rendeva conto della gravità della situazione. Un ribelle fuggito da Haute-Boulogne lavorava clandestinamente come mozzo a bordo di una barca di Sauzon. Stava riflettendo, strizzando gli occhi per il fumo.

Io mescolavo lo stufato di pesce, la sua voce rotta:

« Cosa si mangiava a casa tua? »

Incassai il colpo. Una veloce scrollata di spalle.

« I miei genitori mangiavano i figli » risposi.

Così. Senza pensarci. Un'immagine da Barbablù che vagava nei miei ricordi. Un grosso omone dagli occhi folli, che sgozzava i piccoli mentre dormivano nei loro lettini.

Lui scoppiò a ridere, svuotando la pipa contro il tacco dello zoccolo.

« Con due comunisti a bordo rischiamo di fare naufragio! »

Il capitano risalì con il vecchio mozzo. Il marinaio portava tre bottiglie di vino tra le braccia. Ronan tirò fuori una bottiglia di Lambig bretone dalla tasca della cerata e la posò sul tavolino.

Pantxo vide la bottiglia. Fece un lungo fischio, con i pugni sui fianchi.

« Festeggiamo la pesca cattiva? »

« Allungate i bicchieri » ordinò Ronan senza rispondergli.

Perig offrì il suo bicchiere. Il capitano lo ignorò.

« Sei troppo giovane! Puoi avere del vino, ma non questo. »

Il vecchio mozzo stappò una bottiglia di rosso.

« Un bel sorso di Grand Ordinaire per lo *c'hwiltouz*! »

Gli uomini si sedettero in cerchio, con il capitano ritto al centro. Lui abbassò lo sguardo sul ponte luccicante di squame e appiccicoso di mare. Silenzio. Lo sciabordio delle onde, la luce calante. Il fumo pesante della *cotriade*.

« Non è facile quello che sto per dirvi. »

Non avevo mai visto il capitano così, a testa bassa, che evitava di incrociare lo sguardo dei suoi uomini. E poi si aggrappò al mio. Cercava le parole nei miei occhi. Nessun bicchiere era stato ancora alzato per brindare.

« Non sono il nipote del capitano. »

La mia voce. Alta, chiara, quasi cristallina.

Tutti sentirono il sospiro di Ronan.

« Sono scappato dalla colonia. »

Perig quasi si strozzò.

« Sono ragazzi come me quelli a cui i tuoi parenti davano la caccia. »

Pantxo mandò giù il suo liquore d'un sorso. Alain non disse niente. Bevve anche lui. Come il vecchio mozzo, come Perig. Tutti in silenzio, con gli occhi sul bicchiere.

« Da quanto lo sai, capitano? » chiese il vecchio.

« Dalla prima notte, quando ve l'ho presentato. »

Silenzio, delusione, un tossicchiare imbarazzato. Gli uomini erano tesi.

« L'hai raccolto per strada? »

Ronan guardò il vecchio.

« No. Ci stava per rubare la barca. »

Alain, la sua risata cattiva.

« E per ringraziarlo, lo hai imbarcato! »

« Non fare lo scemo, per favore. »

Pantxo era arrabbiato. Le sopracciglia gli sbarravano la fronte.

Si alzò, con i pugni stretti, minaccioso.

« *Gurekin ontziratu aitzin abisatu behar gintuken?* »

Sospiro del capitano.

« In francese, per favore. »

Con un movimento del braccio, Alain obbligò il basco a sedersi. E a tradurre.

« Avresti potuto avvertirci prima di imbarcarlo, non pensi? »

Silenzio di Ronan.

« E sai cosa, non è affar mio se non capisci la mia lingua! »

L'altro abbassò il capo.

« Avrei dovuto avvisarvi. Avete ragione. »

« Solo che non ti fidi del tuo equipaggio » gracchiò Alain.

Ronan scosse le spalle.

« Non è questo. »

Alain si alzò di scatto. Per essere alla sua stessa altezza.

« Certo che è questo. Ammettilo, capitano! »

Fece un passo avanti.

« Lavoriamo insieme, sopportiamo insieme le stesse tempeste, lo stesso freddo d'inverno, lo stesso sole d'estate, condividiamo le gioie, le pene, il ricavato della pesca, mangiamo insieme, dormiamo insieme, caghiamo insieme in equilibrio sul capodibanda, lottiamo insieme tutti i giorni e tu non ti fidi di noi! »

Il capitano sollevò una mano.

« Ti proibisco di dire così! »

« E io ti proibisco di comportarti come il capo di una fabbrica! Sei un pescatore come noi. Niente di più. Hai ereditato la barca di tuo padre, l'hai riparata e rimessa in acqua. Niente di più. Questo non ti dà nessun diritto su di noi. Soprattutto non quello di mentirci. »

«Non ho mentito!»

«Ci hai nascosto una delle cose più importanti della nostra vita: è più di una settimana che passiamo i nostri giorni e le nostre notti con un evaso.»

«È vero, hai ragione.»

«Perché hai corso questo rischio?»

«Il rischio di imbarcarlo?»

«Ma no! Il rischio di non coinvolgerci.»

Ronan fissava il suo marinaio. Era livido.

«Ma cosa pensavi, capitano? Che sarei andato dagli sbirri? Che il basco avrebbe *baragouinato* la sua delazione meschina ai bretoni del posto? Che Perig sarebbe corso da mamma e papà perché ritirassero fuori i forconi?»

Il comunista era senza fiato.

Si lasciò cadere, seduto sulla drizza.

«Insomma, cosa diavolo credevi, capitano?»

Silenzio.

«Getti fango sul tuo equipaggio.»

Cenammo senza fiatare. Distanti gli uni dagli altri, mentre quel pasto dovrebbe sempre essere una comunione. Alain bevve tre bicchieri di Lambig e una bottiglia di vino, da solo nel suo angolo di barca. Perig andò a letto presto, su un lembo di tela cerata. Pantxo guardava silenziosamente le luci del porto. Ronan picchiettava inutilmente le reti pronte per la pesca. E il vecchio mozzo dormiva, appoggiato a un capodibanda, con il berretto calato sugli occhi.

E poi Pantxo si voltò. Si avvicinò a Ronan. La sua voce, con il suo accento spigoloso.

«Cosa vuol dire *baragouinato*?»

Il capitano alzò la testa.

«Cosa?»

«*Baragouinato*, cosa vuol dire?»

Dall'altro lato della barca, Alain rise. Si tirò su. Le gambe gli tremavano. Percorse la barca titubante, con la luce in faccia e le braccia spalancate.

Urlò:

« Vieni qua, basco! »

Pantxo lo guardò, un po' preoccupato.

« Vieni, *baragouinato* mio! »

L'altro esitò. Poi si alzò lentamente, con il corpo pronto all'assalto. Allora Alain si avvicinò e lo abbracciò. Se lo portò al petto. Lo strinse forte, a lungo, senza parlare e a occhi chiusi. Lo sollevò, dondolandolo leggermente. Un padre e un figlio.

Il vecchio mozzo aprì gli occhi. Bevve il suo fondo di bicchiere sorridendo.

Perig si sedette sulle coperte.

Alain lasciò il basco e si inginocchiò in penitenza, con le braccia aperte.

La sua voce, un brodo di parole:

« Mi dispiace mio caro Pantxo, non volevo farmi beffe della tua lingua ».

Aggrottò le sopracciglia, alzando un dito verso il cielo.

« Lingue di tutto il mondo, unitevi! »

Si girò verso Ronan, scivolando sulle ginocchia.

« Mi dispiace, capitano. Hai fatto quello che potevi in questa cazzo di situazione, lo so. »

I suoi gesti approssimativi, lo sguardo vacillante dicevano l'ubriachezza e l'emozione.

« Scusami anche tu, Perig, per non averti sostenuto quando il grande capitale ti ha negato il Lambig. »

Si alzò. Versò un'abbondante dose di acquavite nel bicchiere del novizio.

E poi levò il bicchiere per brindare.

« *Yec'hed mat!* Perig Bihan! »

Il giovane interrogò il suo capitano con gli occhi. L'altro fece un gesto di impotenza.

Alain sollevò il bicchiere sopra la testa.

« Salute a tutti, compagni! »

E crollò sul suo banco, come un pugile suonato.

Il capitano inspirò rumorosamente, come sollevato.

« Non faccio scendere il mozzo. »

Buttò la testa all'indietro incrociando le braccia.

« Finché Matthieu se ne sta a letto, Bonneau resterà a bordo della mia barca. »

Una pausa.

« Ma vi chiedo di alzare la mano se approvate. »

Nessun gesto sul ponte.

« E chi si oppone prenderà la barca per il porto domattina. »

Alain fu il primo. Braccio alzato, bicchiere tra le dita.

« Alla salute, colono! »

Ronan osservò l'equipaggio.

« Chi alza ancora la mano? »

Il basco, pugno sinistro alzato. Il vecchio mozzo, con le braccia in alto.

« Perig? »

Il giovane tentennò. Era scuro in volto. Sollevò due timide dita.

« Questo segreto deve rimanere tale! Siamo d'accordo? »

D'accordo, tutti. Una testa che annuisce, un pollice alzato.

« *Bai* » mormorò Pantxo.

Nella sua lingua e per lui soltanto.

*

Infilandosi nel paglericcio a bordo, Ronan spiegò a Pantxo che *baragouinare* era una parola inventata dai francesi per deridere una lingua che non capivano. Durante la guerra del 1870, i fanti bretoni chiedevano più pane e più vino ai loro ufficiali per darle di santa ragione ai prussiani. Quei soldati non parlavano francese. Ed era in bretone che rivendicavano *bara* fresco e caraffe di *gwin*.

Scandivano *Bara*! *Gwin*! *Bara*! *Gwin*! pronti ad appendere le baionette al chiodo.

« Smettetela di *baragouinare*! » urlavano le guardie.

E dal tempo di Napoleone III quel termine era rimasto. E così il disprezzo che si portava appresso.

*

Questa volta la pesca era stata buona. Il peschereccio rientrò, carico di cesti e con le nasse piene. Durante il lavoro nessuno si era interessato a me, ma quando il vecchio mozzo venne a prenderci, capii che qualcosa non andava.

Ronan scese sul canotto. Il vecchio mi guardò, scuotendo la testa.

« Resta a bordo! » mi ordinò il capitano.

Stavo per scavalcare il capodibanda, con la sacca sulle spalle. Feci un passo indietro. Il vecchio mormorò all'orecchio di Ronan. Nessuno dei due mi guardava. Capii che non parlavano di me.

« Adesso puoi scendere, ragazzo. »

I miei piedi sulla scaletta di corda, senza staccare gli occhi dai due uomini.

« La madre di Sophie è morta » disse Ronan.

Il vecchio mozzo si fece il segno della croce con discrezione. Io mi sedetti sul bordo. Il capitano afferrò il remo.

Sophie ci aspettava sul molo, circondata da tre donne in nero. Ronan la abbracciò senza parlare. I pescatori la strinsero a loro volta, poi andarono a bere il bicchiere di terra senza di noi, alla memoria di chi restava.

Nel carretto nessuno parlava. La morte ci teneva compagnia. A metà del tragitto, sulla strada costiera, il sole crivellò le nuvole, inondando la terra zuppa di pioggia. Le siepi, l'erba, gli alberi, la landa, tutto era ancora verde d'estate. Io mi lasciavo cullare. Il mio corpo rispondeva ai sobbalzi della strada, la mia testa sbatteva avanti e indietro. Tenevo gli occhi chiusi. L'urlo dei gabbiani, il mormorio dell'oceano, la carezza del vento. Mi sentii bene. Dopo aver trasportato la sua sabbia, spaccato le sue pietre e temuto il suo muro e le sue onde, amai quell'isola e la sua bellezza tragica.

Durante il tragitto fino alla casa in lutto non ero più la Tigna, né una matricola su un foglio, né un poco di buono di Haute-Boulogne. In quel giorno di settembre del 1934 eravamo una famiglia. Sotto il cielo terso dalla tempesta, c'era Henri Queuille, il cavallo da tiro, un vecchio mozzo, un'orfana che si appoggiava al suo uomo, e io. Le gambe nel vuoto, aggrappato alle nostre sacche. Non ero più un colono marittimo in gabbia ma un pescatore di Sauzon. Ne avevo i modi e la forza. Avevo ritrovato i gesti appresi sulla barca insabbiata del cortile. Conoscevo la ruvidezza della drizza, il grido del trinchetto spiegato, il peso della rete che guizza al momento di tirarla su, la sua forza effervescente, la sua violenza argentata. Avevo provato il brivido di salutare le case basse, le strade, la banchina, di superare il molo, di lasciare il faro alle spalle, le boe di segnalazione, i galleggianti strapazzati. Di filare al largo con il cuore in gola. La paura nello stomaco, quando il cielo era in collera. Di aggrapparmi alla fune della linea di vita quando l'oceano giocava con la nostra. Di tremare nel mattino pallido, di vederci così piccoli, talmente fragili tra due cattedrali di onde.

Avevo assaggiato la felicità del ritorno. La linea dell'orizzonte che riempie il cuore. I cesti che straripano di pesce da vendere. Avevo assaporato la sirena di benvenuto del faro, l'immagine delle ombre fitte accorse sulla banchina. I marinai che mi salutavano come uno di loro, a bordo di altre barche. Il bicchiere di terra, capace di fare di me un uomo.

Questa volta ero partito per la pesca senza coltello. L'avevo abbandonato sotto il cuscino, come una vecchia rabbia. Non avevo più paura di morire, più alcuna ragione di uccidere.

11

Le perle di verità

La bara di Line Mével era stata sistemata al centro della sala da pranzo, su due cavalletti di legno. Ronan l'aveva coperta con un semplicissimo tessuto nero e circondata con quattro candelabri alti come un uomo. Io e Alain avevamo spostato il grande tavolo per il rinfresco, un buffet di sarde, insalata e insaccati. Il basco mi aveva prestato una camicia bianca e dei pantaloni scuri.

Prima che arrivassero i vicini, Ronan mi aveva ripetuto gli ordini. Parlare il meno possibile, evitare di rispondere, abbassare la testa e gli occhi. Ero il nipote timido. E anche un po' scemo. Quello che teneva il berretto di lana ben calcato davanti alla bara. Aveva chiesto a sua moglie di stare attenta ai visitatori provenienti dalla colonia. Appeso alla facciata della casa, c'era un carillon marino. Una vecchia campana nautica, che Ronan aveva comprato dalla figlia di un capitano di fregata. Non faceva più da guida alle navi nella bruma, non dava più l'allerta di un abbordaggio. Era il campanello di casa. Il postino colpiva il suo batacchio di bronzo quando lasciava la posta, i fattorini tiravano sulla sua catena, i ragazzini si divertivano a lanciarci contro i sassi. Quando le alte personalità di Haute-Boulogne si fossero presentate, sarebbe stata quella ad avvisarmi del pericolo. François-Donatien de Colmont intendeva fare visita all'infermiera. Il direttore aveva scelto qualche guardia per accompagnarlo. Aveva avuto anche la bontà di mettere la fanfara penitenziaria a disposizione del funerale. Avrebbe suonato una marcia funebre sulla strada per il cimitero marittimo.

I pescatori arrivarono per primi, vestiti a festa, con le mogli e i figli. I colli delle camicie stropicciati, le cravatte che ballavano, le cinture penzolanti. A parte rari zoccoli infangati, tutti aveva tirato fuori le scarpe da messa. Una volta a terra, quegli uomini non sapevano che farsene dei loro corpi. Beccheggiavano davanti alla bara, come sotto un colpo di vento. Tenevano il berretto davanti a sé, con due mani. Qualche donna portava la cuffia di cotone ricamato, con i lacci di raso annodati al collo. Si erano salutate furtivamente, usando il nome delle barche dei loro uomini. Il cielo era luminoso, il vento amico e il mare bello, ma nessun marinaio era uscito a pesca. Per solidarietà con la *Sainte-Sophie*. C'erano uomini di Sauzon, di Palais, e anche l'equipaggio della *Jacana*, una sciabica di Lesconil che rappresentava «i pescatori repubblicani del Bigouden».

Erano venuti in gruppo. Per il capitano, e anche per l'infermiera.

«Il mio rispetto, signori!»

Fu con queste parole che Ronan Kadarn li accolse in cortile.

Persi in mezzo ai vicini, arrivarono poi i compagni di Alain.

«La vecchia li detestava» mi sussurrò Ronan.

Era per sua figlia che erano lì.

Niente cravatta nera ma linde tute da operai, tele da lavoro lavate e stirate. Due di loro avevano un foulard rosso annodato al collo. Sorridendo, Sophie chiese di metterli più discretamente nel taschino. Un gruppetto di comunisti, di libertari, il redattore capo della sezione pesca della *Bretagna operaia, contadina, marittima*. E anche il direttore del

Proletariato bretone, « l'organo di Unione dipartimentale dei sindacati del Morbihan ». Un giorno Alain aveva cercato di spiegarmi la frase stampata sotto la testata del giornale: « L'emancipazione dei lavoratori avverrà a opera dei lavoratori stessi ». Strabuzzava gli occhi e parlava a raffica. Non avevo capito bene. E poi preferivo l'altra massima, scritta proprio accanto. La trovavo simpatica: « Proletariato, l'elemosina è una vergogna! »

« Simpatica? » mi aveva chiesto Alain.

Finire una frase col punto esclamativo era una cosa che avevo sempre trovato divertente.

Le amiche di Sophie rimasero tra di loro, in giardino.

« Delle poco di buono » le definiva la morta.

Insegnanti, infermiere di guerra, cuoche nelle scuole, facevano parte delle sezioni femminili delle opere laiche di carità del Morbihan. Tre mesi prima avevano organizzato una grande festa a Locminé, unendo in federazione le società sportive, musicali, artistiche, e allestendo un pranzo popolare, conclusosi all'urlo di « La donna francese al voto! »

« Un'orgia di suffragette! » aveva sbraitato la vecchia.

Quello stesso giorno di giugno, Line Mével aveva consegnato il Premio di Virtù delle fondazioni Cognacq-Jay a France Gravier, vedova di guerra di Ploërmel per aver cresciuto da sola gli otto figli.

Tutto ciò Ronan me l'aveva raccontato sottovoce la notte prima, mentre la moglie vegliava il corpo della madre. Sophie si sentiva in colpa. Poco prima di morire, la vecchia aveva saputo che delle « zoccole laiche » avevano l'abitudine di riunirsi da Ronan. Una malalingua le aveva addirittura giurato che quella casa era corrotta. Che andavano e venivano donne a capo scoperto, senza cappello né fazzoletto, e fumatori di pipa dall'aspetto da delinquenti. Che a notte fonda lì dentro succedevano cose contrarie alla fede e alla morale.

La madre quindi si era ammalata. Il disappunto le aveva dato la febbre. Una sera aveva mandato la vicina a chiamare il figlio, che si trovava a Palais per qualche giorno. Francis doveva pur far ragionare la sorella. Lui, capitano di fanteria, ex soldato diventato fornaio e poi agente assicurativo. Lui che, prima di trasferirsi a Lorient, ogni domenica accompagnava la madre a messa e le offriva un dolce alla crema, dopo lo *Ite missa est*. Voleva che quella sera il figlio la accompagnasse dalla figlia degenere.

Erano anni che Francis ce l'aveva con Sophie. Ma se n'era andato dall'isola e aveva davvero chiuso con la sorella solo quando lei aveva sposato « il rosso », come lo chiamava lui. Francis odiava Ronan. Il suo lavoro, il suo aspetto, i suoi pensieri, il suo modo di fare. Un giorno il cognato aveva cercato di rassicurarlo dicendogli che non era comunista. Che non aveva nessun rapporto con i bolscevichi e la Terza Internazionale. Lo slogan « classe contro classe » non gli apparteneva. Lui, Ronan Kadarn, era iscritto alla Federazione socialista del Morbihan. Era un riformista. Si rifaceva a Blum, non a Thorez.

« Blum! E quello sarebbe un francese vero? » aveva sentenziato il comandante Mével.

Da allora fratello e sorella si evitavano. La madre parteggiava per il figlio e malediceva la figlia ingrata. Quanto a Ronan, che l'aveva traviata, meritava la prigione o l'inferno.

La notte in cui sua madre morì, il comandante Mével era arrivato tardi. La vicina era andata a chiedergli aiuto, ma lui era rimasto a cena con gli amici. Ogni volta che la vecchia sapeva che lui era sull'isola, mandava a chiamare il figlio soldato. Per qualsiasi cosa, un'arrabbiatura, un capriccio. Si vendicava delle sue assenze. Di quella malsana idea di trasferirsi sul continente. Quella notte lui se l'era presa comoda. E lei non aveva avuto la forza di aspettare. Una figlia ingrata, un figlio egoista, e lei si era trovata da sola. Era crollata davanti alla siepe, sul marciapiede erboso, con la rabbia nel cuore, il rosario in mano e due biglie ai piedi.

Solo molto dopo Sophie mi aveva raccontato. Quelle biglie erano state il tormento della sua giovinezza. Biglia rossa, biglia nera, una tradizione che risaliva a sua nonna. Che le chiamava « le perle della verità ». Quando doveva prendere una decisione importante, la nonna aspettava la sera. C'è chi pensa che la notte porti consiglio, lei invece lasciava il giorno intero alla riflessione. Poi lanciava le biglie a terra e aspettava l'oscurità. Appena non era più in grado di distinguere il rosso dal nero, prendeva la sua decisione. Line, sua figlia, aveva portato avanti quel rito. I figli ne avevano conservato un ricordo un po' spaventoso. Una sera la madre aveva obbligato Sophie e Francis ad attendere con lei l'arrivo del buio. All'avvicinarsi del crepuscolo si erano seduti tutti e tre in cerchio, ed erano rimasti in silenzio, fino a quando le sfere erano diventate identiche.

« È deciso, io e vostro padre vivremo separati. »

Così il marito aveva lasciato la casa ed era morto in solitudine.

Aspettando il figlio, la vecchia aveva fatto rotolare le biglie ai suoi piedi. Pregando perché Francis arrivasse prima che i colori svanissero. Per questo i due figli si sentivano entrambi responsabili della morte della madre. Sophie per non averla risparmiata, Francis per non averla soccorsa.

*

Line Mével non era benvoluta a Belle-Île. Muovendosi dal letto al confessionale, prendeva a ombrellate i bambini troppo rumorosi, denunciava i baci rubati dietro al presbiterio. Un giorno, al funerale di una donna anziana, aveva fatto piangere una bambina. La ragazzina cantava *Le vieux pays de mes pères*, l'inno bretone, davanti alla bara della nonna. Line Mével si era chinata su di lei bisbigliando:

« Mi spacchi le orecchie col tuo ostrogoto, bambina! »

La vedova Mével ce l'aveva a morte con tutto e tutti. Quell'imbroglione di Stavisky, il riarmo della Germania, l'apertura di un nuovo zoo per animali selvaggi a Vincennes. La sua bocca non sapeva sorridere, i suoi occhi erano socchiusi. Di giorno stava alla finestra, come una sentinella diffidente. Al porto o al mercato, la signora Mével voleva che le lasciassero il posto. Lei, figlia di un notaio di Locmaria e di una madre devota, la maggiore di quattro figli. Lei, vedova dolente ma fiera di un farmacista senza importanza di cui aveva rinnegato il cognome ancora prima che morisse, camminava per strada con fare maestoso. Il capo di una fanfara alla parata.

Provava una particolare avversione per i pupilli di Haute-Boulogne. Non c'era posto per quei delinquenti sulla sua isola.

Un giorno, prendendo il tè con la figlia, l'aveva addirittura rimproverata di curarli.

« Ma quali bambini e bambini, tu aiuti dei criminali! »

Siccome Sophie protestava, sua madre aveva lasciato la stanza.

« Il loro posto è a Cayenne, non sulle nostre spiagge! »

La notte della grande evasione, aveva preparato della limonata per i cacciatori di bambini, e l'aveva servita con orgoglio, come la Madelon della canzone patriottica.

*

« Occhio mozzo, pericolo a tribordo! »

Ronan mi spinse piano verso le scale. Cinque uomini entrarono nella stanza. Basco rigido sulle orecchie, completo scuro, cravatta, fazzoletto nel taschino, guanti bianchi, medaglie rosse e verdi sul bavero. In mezzo a loro, un uomo più alto, biondo, con un bastone in mano.

« Il fratello maledetto » mi sussurrò il capitano.

Il gruppo squadrò i presenti. Le persone si fecero da parte. Poi i visitatori si tolsero i baschi e si avvicinarono alla bara aperta. Solo il comandante Mével andò fino al corpo. A occhi asciutti, si chinò e depositò un bacio sulla fronte della madre. Non incontrai nessuna lacrima dentro la casa. A parte qualche prefica seduta contro il muro, cinque amiche della morta che gemevano per se stesse, il posto era privo di ogni tristezza.

« Sali nello studio » mi ordinò Ronan.

Io rifiutai con un gesto. Quel tizio non mi conosceva, i suoi amici nemmeno. Dove stava il pericolo? Il capitano insistette. Io mi rifugiai accanto a Sophie, dando le spalle alla piccola truppa.

L'infermiera era agitata.

« Non dovresti sparire, tu? »

No, con la testa. Volevo che il mio volto diventasse familiare.

Lei fece per insistere, ma si zittì. Sgranò gli occhi. Suo fratello e i suoi uomini venivano verso di noi.

« Mi stai prendendo in giro? »

Il comandante, la sua voce forte.

« Buongiorno Francis » rispose la sorella.

Io mi voltai. Lui era a qualche centimetro da me, con lo sguardo torvo.

« Te lo chiedo di nuovo: mi stai prendendo in giro? »

Lei non capiva.

« La bara di nostra madre sui cavalletti? »

Sferzò la stanza con il bastone.
« Quattro candelabri, è così? »
Silenzio.
« E i paramenti scuri sopra la porta, dove sono? »
I pugni sui fianchi.
« E la passamaneria? Le insegne? »
Stava alzando la voce.
Sophie abbassò la testa. Una bambina colta in fallo.
« Vuoi mandare nostra madre al cimitero sotto quel telone? »
« È un drappo funebre. »
Voce tranquilla. Ronan si era avvicinato. Il comandante fece un passo indietro. Conoscevo bene quel gesto e quello sguardo. Alla colonia alcuni capibanda avevano spesso lo stesso atteggiamento. Urlavano, ma davanti a me indietreggiavano. Avevano paura. Capii che il fratello di Sophie temeva Ronan. E che Ronan lo sapeva.
« Ma quale drappo funebre? È la coperta di un cane! »
« Parla piano! » disse Sophie.
Sguardi imbarazzati nella stanza. Qualche amica dell'infermiera si stava avvicinando. Gli uomini del comandante Mével si tenevano pronti. Uno di loro ostentatamente tolse, piegò e mise via gli occhiali rotondi. Mi fece pensare alle guardie quando stavano per punirci.
Quei giovani uomini erano abituati a menare le mani.
Il comandante fissava con odio il cognato.
« Un funerale proletario, è questa la tua idea, Kadarn? »
Sophie conosceva bene suo marito. Perché la situazione non degenerasse, si infilò tra lui e il fratello.
« Abbiamo fatto quello che potevamo » gli rispose.

Ronan mi aveva spiegato che Mével viveva a Lorient, ma conservava una camera a Palais. Era lì che stava cenando mentre sua madre agonizzava. Una sola stanza, con l'acqua corrente ma il bagno sul piano. Organizzare le esequie in quel bugigattolo era impensabile. Perciò aveva ordinato alla sorella di occuparsene. Senza mai offrirle aiuto. Diceva che il divorzio l'aveva rovinato. Il ritorno dalla guerra era stato difficile. Prima del 1914 si occupava del sindacato dei fornai ma era stato obbligato a chiudere il suo panificio. Di ritorno dalle trincee, non aveva più indossato il grembiule bianco. Le mani avevano abbandonato la farina. Aveva trovato lavoro in una compagnia assicurativa. E soprattutto si era dato alla politica. Ma non era certo con i suoi discorsi sulla purezza della razza francese che avrebbe potuto pagare un bel funerale alla madre.

Il fratello lasciò la stanza nel momento in cui il carro funebre entrava nel cortile. Lanciò un urlo di sorpresa. Ronan mi aveva avvertito che si sarebbe arrabbiato. Lui e Sophie avevano fatto una colletta tra gli amici perché la morta non fosse condotta al cimitero su un carro a braccia. Controvoglia tutti avevano dato una moneta ma non era bastato. Anche un funerale di sesta classe era al di sopra dei loro mezzi.

Perciò Ronan e i suoi amici si erano ingegnati da soli. Con il permesso del vecchio mozzo, e la promessa di risistemarlo com'era prima, avevano scartavetrato il carro da pesca e l'avevano passato col catrame di pino. Niente cassetta. Nessuna piuma nera piantata sui lati della copertura ma un doppio profilo argentato disegnato lungo i fianchi dal fratello di Perig, molto dotato per il disegno. Yves, un compagno delle pompe funebri di Quiberon, aveva prestato un drappo nero a frange per il vecchio Henri Queuille. Grazie a lui, il cavallo era ingualdrappato come il palafreno di un principe. Aveva anche fissato due stemmi di velluto verde ai lati del cassone. I monogrammi corrispondevano a un altro lutto, ma l'oro ci stava bene. Era riuscito anche a trovare un drappo funebre con delle stelle dorate, a sostituzione del telone del mare. E in più si era messo l'abito da cerimoniere funebre per condurre la processione, con bicorno nero e oro, livrea blu, cordellina e bastone da cerimonia. Il vecchio mozzo, invece, era vestito da cocchiere, con guanti bianchi e cappello a cilindro.

Il comandante definì quei due uomini dei pagliacci. A voce bassa, ma io l'avevo sentito. Ripeteva a tutti che non c'era dignità.

« È il carro degli indigenti! »

Ronan stava sistemando due nappe dorate dietro le orecchie del cavallo.

« No. È quello delle persone semplici. »

Carezzò il muso dell'animale irrequieto.

« Victor Hugo aveva lo stesso carro. »

Francis Mével guardò il cognato con disprezzo.

« Me ne frego di Victor Hugo! »

Quando Sophie suonò la campana, tutti accorsero.

Urlò, con le mani a coppa:

« Ho sbagliato, scusate! »

Era il segnale del pericolo.

L'auto di François-Donatien de Colmont era appena entrata nel cortile.

Nella sua macchina era da solo. Cinque persone, stipate in un furgone, seguivano la sua Peugeot. E un camioncino trasportava la fanfara.

Nascosto dietro la porta socchiusa delle scale, osservai quei visi conosciuti. Il capo delle guardie Chautemps, quel picchiatore della Carogna, Le Goff il monco ricoperto di medaglie, il dottor Verhaeghe e padre Bricout.

La pancia sottosopra, la bocca secca. Il rumore dei loro passi, il suono delle loro voci, tutto mi parlava di botte, prediche, alcol sulle mie ferite aperte.

Richiusi la porta alle mie spalle. Era tanto che non tremavo. Stordito dal rumore, dalle conversazioni, da qualche risata di contrabbando, mi sedetti sui gradini. Mi venne da piangere. Non lo feci. Dopo tutti quei giorni, ero quasi un uomo libero. Fronteggiavo il mare e il vento. Camminavo a testa quasi alta, con lo sguardo quasi dritto. Alcuni pescatori mi salutavano dalle barche vicine. I capelli cominciavano a ombreggiarmi il cranio. Prendevo a poco a poco posto tra i vivi. Ed ecco che in un attimo mi si fermava il cuore. Rivedere quegli uomini mi ricordò che appartenevo a loro. Ero sfuggito alle loro grinfie, ma ero ancora a portata di manganello. Seduto con la testa tra le mani, prostrato sull'ultimo gradino della scala di legno, protetto soltanto da un sottile tramezzo. Riconobbi la voce forte di Chautemps, il suo timbro grave sopra il brusio.

Sogno o incubo? Se mi fossi svegliato, allora, quel giovedì di settembre, dove sarei stato? Al funerale della madre di un comandante o in una cella con le sbarre? La rivolta era davvero avvenuta? E quell'assurda evasione? Avevo davvero attraversato l'isola con un ragazzino maltrattato al seguito? E lui era stato davvero catturato per venti franchi a causa di due sorelle? E Ronan, il capitano? Mi ero veramente nascosto sul suo peschereccio, pronto a uccidere o a morire? E il basco, e Perig, e il vecchio mozzo? E le mie mani, immerse fino ai gomiti nelle sarde frementi, la mia gola graffiata dall'acquavite del Frères de la Côte, era tutto vero? E se la mia follia avesse inventato tutto? Ancora una volta. Se fossi fuggito solo nella mia testa? Come avevo sgozzato Chautemps, pugnalato lo Spietato, bruciato Soudars. E se mi fossi risvegliato nell'infermeria dopo giorni di coma? E se avessi avuto la febbre, le visioni? E se il muro fosse sempre stato al suo posto?

Sobbalzai.

La porta delle scale, leggermente aperta.

« Tutto bene? »

Sophie con lo sguardo preoccupato e io nella penombra.

Si sporse dentro.

« Hai pianto? »

Scossi la testa, passando il dorso della mano sugli occhi.

Il rumore aveva lasciato la casa per guadagnare la strada.

« La processione sta per cominciare. »

Annuii.

« Conosci troppa gente. È meglio se rimani qui. »

Sì, ancora.

« Ma non rimanere sulle scale. »

Mi alzai piano.

« In camera starai meglio. »

Spinsi la porta, accecato dalla luce.

« Non andare alla finestra. »

Sì, lo sapevo.

Nel momento in cui stava per uscire, le chiesi come si sentiva.

Lei mi guardò.

« Era pur sempre mia madre. »

E cercò le parole.

« Quindi mi sento come si sente un'orfana. »

Richiusi la porta della camera. Il nastro della mamma era sotto il materasso, stretto al coltello. Mi sedetti sul letto, giocherellando con la seta. Nel cortile gli ottoni e i tamburi della fanfara martoriavano Chopin. Mi avvicinai alla finestra. L'aprii, nascosto da un lembo della tenda. Cercai Loiseau. Non c'era. Né tra i tamburi, né tra gli ottoni. Riconobbi due trombe, Malo Piccolo e Brillat l'Anguilla. E anche Jesson, tutto orgoglioso di battere sul suo tamburo militare. I coloni erano vestiti da marinai, i nostri abiti da cerimonia. I loro strumenti, coperti dalla fascia a lutto.

Riconobbi anche gli sguardi, che la gente rivolgeva ai coloni.

« Sono davvero dei detenuti? »

Padre Bricout apriva la processione, con la toga viola ricamata sopra la sottana, circondato da quattro chierichetti. Il più grande portava una grossa croce. Subito dietro, la fanfara di Haute-Boulogne calpestava la *Marcia funebre*. Il fratello di Sophie e i suoi amici col basco scivolarono dietro ai musicisti.

« Niente Croci di fuoco in testa, solo la famiglia! » urlò Sophie.

Momento di incertezza. L'infermiera prese il fratello per il braccio e circondò la spalla del marito per portarli entrambi dietro al carro funebre. Amici e vicini si compattarono, a seguire i fazzoletti rossi, i pescatori, le suffragette. Senza il loro comandante, gli ex soldati non sapevano dove mettersi. Allora decisero di circondare il corteo, due a sinistra, due a destra, come se avessero il compito di proteggerlo.

*

Mi ero addormentato. Uscii dalla stanza nel primo pomeriggio. Non c'era più pericolo. Quelli di Haute-Boulogne erano già andati via, come tanti dei vicini. Il buffet era stato saccheggiato. Le caraffe vuote giacevano abbandonate nella stanza e sull'erba del cortile. Era il momento dei capricci dei bambini, delle confidenze e dei discorsi ebbri.

Perig era in piedi dietro un albero. Litigava con un ragazzo della sua età. L'aveva preso per il collo. Il novizio parlava a voce bassa. Sembrava agitato.

*

« Capitano? »

Ronan mi sorrise.

Il viso stanco. Gli occhi lucidi. La voce impastata. Il bicchiere di troppo.

« Eri scomparso, mozzo? »

Avevo dormito, tutto qui.

Con il dito indicai i ragazzini che discutevano.

Ronan annuì.

« È Matthieu, il mozzo che sostituisci. »

Aprì un pacchetto di sigarette. Me ne offrì una. Il suo viso si irrigidì.

« Accidenti, pericolo a babordo! »

Francis Mével e i suoi uomini venivano verso di noi.

« Un ultimo bicchiere, comandante? »

« Perché ultimo? » rispose l'altro senza sorriso.

L'uomo mi si piazzò di fronte.

« Il tuo berretto » mi sussurrò Ronan.

Me lo rimisi in testa.

Mével, mani sui fianchi.

« Sei nuovo della zona? »

I suoi occhi chiari mi disturbavano.

Annuii, senza parlare.

« Ti presento Jules, mio nipote. »

Il comandante non mi staccava gli occhi di dosso.

« Il figlio di Yann? »

« Esatto » sorrise Ronan.

Silenzio.

L'uomo aveva uno sguardo a caccia di bugie.

« E cosa fai qui sull'isola, figlio di Yann? »

« Fa il mozzo, in attesa che torni Matthieu Bihan. »

Mével non aveva occhi per Ronan. Mi interrogava.

« Quando sei arrivato? »

« Il 15 agosto » rispose il capitano.

Il comandante si chinò su di me. Io avevo abbandonato i suoi occhi per osservare il distintivo appuntato sul bavero della giacca. Un teschio di bronzo su una croce di fuoco dorata e due spade incrociate. Avevano tutti e cinque lo stesso emblema, accanto alle medaglie militari. Lo riconobbi. Alla colonia lo portava Napoleone. E anche Le Goff, ma lui solo una volta. Dopo le sommosse di febbraio. L'aveva messo tra la Legione d'onore e la medaglia militare, ma il direttore gli aveva chiesto di toglierlo.

« Non siamo mica all'Assemblée Nationale, qui! »

L'aveva urlato un mezzogiorno, in mezzo al refettorio. E la sala aveva riso senza capire. Era la prima volta che Le Goff si faceva riprendere in pubblico. In seguito si era vendicato su di noi per due giorni.

« Stai guardando il mio distintivo? »

Annuii.

« Ti piace? »

« Ce l'aveva anche il padre di un mio amico. »

Il comandante si rilassò.

« Il teschio è per rendere omaggio ai nostri caduti in guerra. »

Ronan si era avvicinato.

« Forza, dammi una mano a riordinare, mozzo. »

Il comandante fece un gesto.

« Permetti, Kadarn? »

Il comandante rettificò la sua posizione. Sempre lo stesso sguardo.

« Hai sentito parlare delle Croci di fuoco? »

« Più o meno » dissi.

« Più o meno? »

Rise, e i suoi uomini con lui.

« Come sarebbe a dire più o meno? »

Ero in imbarazzo. Non ne sapevo proprio niente. Ne avevo solo sentito il nome, in alcune conversazioni, l'avevo letto nei giornali del direttore, ma nient'altro. Si erano scontrati con la polizia. Ad Alain non piacevano. Sapevo solo questo.

« Non sarai mica a caccia di reclute, vero? »

Ronan faceva uno strano sorriso. Una smorfia cattiva.

« Te lo immagini, Kadarn? Un Volontario nazionale a bordo della *Sainte-Sophie*? »

Il capitano era teso.

« Abbiamo una riunione informativa domenica sera, ti interessa, mozzo? »

Guardai Ronan. Era livido.

« Ci sarà il camerata Leroy, capo della sezione di Lorient. »

« Credo che mio nipote se ne infischi » disse Ronan.

Aveva bisogno di sedersi.

« Te ne infischi, mozzo? »

« No » dissi.

Ronan non mi aveva mai lanciato uno sguardo simile.

Il comandante si carezzò il petto pieno di medaglie.

« Buttare un occhio non costa niente, no? »

Mi posò le mani sulle spalle.

« E così potrai conoscerci meglio che 'più o meno'. »

« Tutto bene qui? »

Sophie aveva raggiunto la nostra piccola assemblea.

« Tutto benissimo, a quanto pare mio nipote vuole entrare nelle Croci di fuoco. »

Lei guardò il marito, il fratello, mi interrogò con lo sguardo.

« Cos'è, uno scherzo? »

« Nessuno scherzo » ringhiò Ronan.

Si allentò la cravatta e si appoggiò a un albero.

« Il tuo caro fratello l'ha invitato alla loro prossima riunione. »

Francis Mével sorrideva. I suoi uomini stavano bevendo un ultimo bicchiere.

« Forza, andiamo, signori. »

E poi mi tese la mano senza sorridere.

« Allora a domenica, caro nipote. »

*

Sophie era senza parole. Io non capivo il suo imbarazzo. E neanche gli sguardi di Ronan. Volevo andare a una riunione domenica, e allora? Era da giorni che nessuno parlava più della colonia. Non c'erano più evasi sull'isola. Dov'era il problema? Mi sentii meno libero. Il nuovo centro educativo sorvegliato erano la mia camera, il Frères de la Côte e la barca. Come se mi avessero rinchiuso. E se fossero stati gelosi? E se avessero voluto tenermi tutto per loro? Faceva comodo, il colono. Per far la cernita delle sarde, portare i cesti, rammendare le reti, lavare la barca, la casa, i vetri, prendere l'acqua al pozzo e stare zitto? Ero libero oppure no? Sì? Allora potevo andare a qualsiasi riunione volessi. Comunista, fascista, regionalista, delle opere laiche. E se avessi voluto fare la comunione alla chiesa del Cristo Re? E se avessi voluto andare alla colonia per scrivere « vaffanculo » sul muro? Perché questo significa, essere liberi. Questo e altro ancora. Recuperare sette anni di alti muri.

A metà del pomeriggio, dopo che i veterani e i pescatori se n'erano andati, Ronan andò a riposare. Insieme ad alcune donne, aiutai a raccogliere i bicchieri e gli ultimi piatti sparsi in giro. Sophie passava la scopa in sala da pranzo.

« Lascia. »

Gliela presi dolcemente dalle mani.

Lei mi guardava, con l'indice sulle labbra.

« Dimmi una cosa, Jules. »

Io ero piegato, una pera era finita sotto la credenza.

« Cosa devo dirti? »

« Non ti starai mica prendendo gioco di Ronan? »

Mi rialzai. Le loro domande mi stavano stancando.

« Perché dici così? »

Gesto di evidenza.

« Mio fratello rappresenta tutto ciò contro cui lotta mio marito. »

« Questo è affare vostro. »

Lei alzò il tono.

« Ronan ti ha protetto, mio fratello ti avrebbe venduto. Non è solo affare nostro, lo capisci? »

« E quindi? »

Lasciai andare la scopa. Il manico sbatté per terra. Mi sedetti.

« Come 'e quindi'? »

Lei raccolse la scopa.

« Mio fratello e i suoi sono quelli che hanno costruito la tua prigione. »

Pensai a Le Goff, a Napoleone, a quello stesso simbolo che portavano sulle giacche.

« Tuo fratello? »

« Quelli come lui! Per loro non sei neanche degno di essere francese. »

« E chi se ne frega! »

Un gesto dell'ombrello, obbligatorio.

« E per voi, invece, io cosa sono? »

« In che senso per noi? »

« Che cosa sono io per te e per tuo marito? »

Lei ci pensò un attimo.

« Qualcuno con cui ci sentiamo solidali. »

« È per questo allora che mi chiudete qui dentro? »

Avevo ritrovato i toni della prigione.

«Ronan ti protegge, stupido che non sei altro!»

Era fuori di sé.

«E anche io ti sto proteggendo!»

Sophie lasciò a sua volta sbattere la scopa a terra.

«Vuoi che ti riprendano, colono?»

Scosse le spalle.

«Se è così, è molto facile. Basta che te ne vai in giro vestito da ergastolano suonando un tamburo.»

Fece qualche passo nella sala, mimando due bacchette.

«Io, Jules Bonneau, non so più che farmene della mia libertà!»

Raccolse delle bucce di frutta dal tavolo e me le gettò in faccia.

Stessa voce da banditore.

«Io, Jules Bonneau, sono sette anni che giro in tondo nella mia gabbia e oggi faccio così il deficiente che ci ritorno.»

«Deficiente?»

«Quella gente vuole la tua pelle. Se vai da loro, ovvio che ti comporti da deficiente!»

Mi puntò il dito contro, i capelli sul viso.

«Guarda, hanno ragione loro! Sei solo una maledetta tigna orgogliosa!»

Mi alzai.

«Non ci meriti! Mi senti, Bonneau? Tu non ci meriti!»

Accadde tutto molto in fretta nella mia testa. Prendere la giacca, la sacca, il coltello, il nastro di mia madre e andarmene.

«Me ne vado» dissi.

Ronan aprì la porta delle scale.

«Siediti subito. Tu non vai da nessuna parte.»

«E sarai tu a impedirmelo?»

«Sì, sarò io a impedirtelo.»

La sua forza era spaventosa e tranquilla.

Mi indicò una sedia. Era calmo, riposato. Si versò dell'acqua dalla brocca.

« Siediti, Sophie. »

Lei incrociò le braccia.

« Per piacere, moglie mia, altrimenti non è più finita. »

L'infermiera si sedette a tavola. Io ripresi il mio posto, a testa bassa.

Avevo una buccia di pera sulla spalla.

Calmarci. Sophie torceva il grembiule, la mia gamba batteva, piegata sotto la sedia.

Ronan rimase a lungo in silenzio, con i gomiti sul tavolo, le mani giunte.

E poi mi guardò.

« Sai chi occupava la tua cella prima di te? »

« Alla colonia? »

« A Haute-Boulogne, sì. »

Scossi la testa. Non lo sapevo.

Mi versò un bicchiere di vino.

« Spero che ti piaccia un po' la storia. »

Un po', sì.

« Hai mai sentito parlare delle giornate del giugno 1848? »

Ce ne aveva parlato un istitutore del penitenziario. La Seconda Repubblica e il Partito dell'Ordine avevano fortunatamente soffocato un'insurrezione socialista a Parigi.

Ronan sorrise.

« La si può vedere anche così. »

Mi chiese anche se sapevo quando era stata costruita la colonia.

No, non lo sapevo.

In realtà era tutto collegato. Le giornate di giugno avevano accelerato la costruzione del « carcere provvisorio di Belle-Île », sulla rocca della cittadella Vauban. Prima che diventasse un « Istituto di detenzione e di deportazione ». L'istitutore aveva dimenticato di dirci che i primi prigionieri della nostra colonia erano stati gli insorti parigini.

« Quindi amici tuoi, no? »

Il pescatore mi sorrise.

« Sì, un po' sì. Possiamo dire così. »

Sophie continuava a fissarlo.

« Allora diciamo che in quattro giorni, cinquemila dei miei amici sono stati uccisi negli scontri, millecinquecento fucilati senza processo e venticinquemila arrestati. »

Il vino era tiepido.

« E che centinaia di quegli stessi amici sono stati rinchiusi lì, in attesa del Consiglio di guerra e della nave per la Nuova Caledonia. »

Il pescatore si servì un goccio di vino.

« I tuoi compagni del blocco numero 2, come si chiamavano? »

« I loro nomi? »

« Sì, i loro nomi, i loro soprannomi, quello che vuoi. »

Passavo il dito sul bicchiere. Recitai:

« Camille Loiseau, Moysan, Trousselot, Carrier, Malo Piccolo, Soudars, Auzenet ».

« Nel 1850 si chiamavano Auguste Blanqui o Armand Barbès. »

Mai sentiti.

« E nel 1866 la tua colonia è diventata una prigione, di quelle vere. »

« Per ragazzi? »

« No, un carcere per adulti. »

Sophie, la sua voce dolce:

« Voi ragazzi sareste arrivati dopo, nel 1880. Nel frattempo sono stati i comunardi a prendere a testate il vostro muro ».

Guardai Ronan, Sophie.

«Perché mi raccontate questa storia?»

«Perché gli eroi di mio fratello sono sempre stati da un lato di quel muro e noi dall'altro» sorrise Sophie.

E poi si scusò per come si era comportata.

*

Avevamo lasciato la tavola. Verso le ventuno qualcuno suonò con forza la campana. Io ero in camera mia. Dalla finestra vidi Perig che piangeva, accasciato sulla panca di pietra. Scesi di corsa. Il novizio non voleva entrare. Restava sulla panca, con la schiena scossa dai brividi.

«Portaci un bicchiere d'acqua, mozzo.»

Sophie era seduta accanto a lui, Ronan era in piedi e io con un ginocchio a terra lo aiutavo a bere. La luce gialla dell'ingresso rendeva la scena drammatica.

«Si tratta del mozzo» ripeteva Perig.

«Cosa il mozzo?»

L'infermiera gli carezzava il dorso della mano.

«Matthieu Bihan.»

I due avevano litigato durante il funerale, ma nessuno ci aveva prestato attenzione.

Il novizio mi guardò, in lacrime, e sollevò gli occhi verso Ronan.

«Perdonami, me ne pento tantissimo. Perdonami...»

Avevo capito.

Mi alzai di scatto. Lo presi bruscamente per le spalle.

«Gliel'hai detto?»

Un lamento infinito. Lo scossi.

«Mi hai denunciato?»

«No!» Muoveva le mani in tutte le direzioni.

Lo afferrai per il collo, strinsi il pugno ma Ronan lo bloccò con la mano aperta. Mi stritolò le dita. Una morsa d'acciaio. Un dolore incredibile. Sophie lanciò un urlo. Inchiodò la fronte alla mia e mi spinse con forza sul ghiaino.

« Resta lì, Tigna! »

Io ero confuso, stupito, ma sapevo che il pescatore aveva ragione. Avrei potuto uccidere il novizio. Salire di corsa a prendere il coltello e sgozzarlo. Ma avevo rinunciato. Ero al contempo sconvolto e sollevato. Il ragazzino era salvo.

Ronan aveva posato un piede sulla panca.

« E adesso cosa devo fare di te, novizio? »

L'altro continuava a scusarsi fino alla nausea.

Sophie si sedette nell'erba, vicino a me. Mi abbracciò. Mormorò:

« La Tigna è morta ».

Sussurrava.

La guardai. Il suo sorriso luminoso. Lasciai andare una lacrima.

« Ci meriti così tanto, Jules. »

E mi depose un bacio leggero sulla guancia, nel solco del dolore.

« Siamo fieri di te. »

Entrammo in casa. Perig continuava a singhiozzare. L'infermiera gli diede una tazza di sidro e un fazzoletto stirato. Si sedette accanto a lui.

« Cosa ha detto Matthieu? »

Il novizio, a testa bassa:

« Che nascondevate un criminale e che vi avrebbe denunciato ai gendarmi ».

Ronan si appoggiò alla porta.

« Quando? Ti ha detto quando sarebbe andato da loro? »

« No, non l'ha detto. »

« Devi andartene questa notte stessa, Bonneau. Ti troverò dove stare. »

Il novizio mi guardò. Si rimise a piangere.

« È colpa mia? »

« Tu che dici? » rispose Sophie dolcemente.

« Ma se gli date dei soldi, forse starà zitto. »

Il novizio si soffiava rumorosamente il naso.

Ronan gli si avvicinò.

« Puoi ripetere? »

Leggera esitazione.

« Forse starà zitto? »

Sophie gli posò una mano sull'avambraccio, come quando consolava i coloni malati.

Gli sorrise.

« Tutta la frase, Perig. »

Lui ci pensò.

« Se gli date dei soldi, è disposto a tacere. »

Il capitano si mise le mani sulla testa.

« E ti ha detto quanto? »

« Diecimila franchi. »

« Il prezzo di cinquecento evasi » calcolò Sophie.

Il capitano osservava il suo novizio.

« E se pago a quanto sale? Ventimila? »

L'altro scosse la testa.

« No, mi ha detto che è quella la cifra di cui ha bisogno. »

« Ha capito che con la *Sainte-Sophie* ha chiuso, eh? »

Imbarazzo del novizio.

« Ha firmato due settimane fa con un peschereccio di Saint-Brieuc. »

« Di Saint-Brieuc? » ripeté Sophie.

Ronan guardò la moglie, pensieroso.

« Un bel po' di soldi per andare a finire in capo al mondo. »

Perig era nervoso. Controllava porta e finestre.

« Aspetti qualcuno, novizio? »
La campana alla porta, in piena notte. Il capitano andò ad aprire.
« Tutto a posto ragazzi? »

Alain e Pantxo entrarono nella stanza.
Nel pomeriggio Perig si era confidato con loro.
Il basco era ancora arrabbiato.
« Dalle mie parti, quel bastardo lo ritroverebbero nella baia di Txingudi. »
Il rosso, piuttosto abbacchiato.
Pantxo era rimasto vicino alla porta. Aveva una faccia da giornata nera.
Ronan lo interrogò con lo sguardo.
« Respira. Calmiamoci tutti. »
Allineò i bicchieri sul tavolo. Alain bevve d'un sorso. Pantxo ignorò il suo.
« Cosa ne pensi di tutta questa storia, Bonneau? »
Alain mi osservava. Ebbi l'impressione che mi leggesse dentro.
« Me ne vado. »
L'avevo detto. Lo pensavo. Non sapevo se ne avrei avuto il coraggio. E di nuovo, per andare dove? Ero un peso per tutti, una preoccupazione troppo grande per loro. Stavo mettendo in pericolo delle vite.
« E dove pensi di andare? »
Guardai il bicchiere senza rispondere.
E di colpo, Alain rise. Una risata ferina, immensa, quasi demente.
« E invece no. Tu non vai da nessuna parte, mozzo! »
Si girò verso Pantxo.
« Fagli vedere, compagno! »
Il basco brandì con orgoglio un tascapane di tela verde, che nascondeva sotto la giacca.

Ronan temette di aver capito.

« Non avrete mica fatto sciocchezze? »

« Abbiamo fatto i Frères de la Côte, ma per davvero! » rispose Alain.

« E garbatamente svuotato le tasche a qualche credulone » disse Pantxo, e rise.

Vuotò la saccoccia sul tavolo. Banconote e monete alla rinfusa.

« Non ci manca molto » disse Alain.

Ronan inspirò tutta l'aria della stanza. Era raggiante.

« Siete pazzi! »

Guardò quel tesoretto.

« Ma vi voglio un gran bene, mascalzoni! »

A quel punto mi alzai. Così di scatto che la sedia si rovesciò alle mie spalle. Era dalle lacrime di Perig che avevo smesso di respirare, ovunque inutile e per tutti pericoloso. Davanti agli occhi mi danzavano le buste marroni della paga dei marinai. Stavo per svaligiarti, Ronan! Sono stato a un passo dal farlo. Dal prenderti i soldi dell'equipaggio, l'eredità di Sophie, la tua bella carta nautica, i tuoi cucchiaini d'oro. Avrei anche potuto filarmela con i tuoi animali di vetro soffiato e i soldatini di stagno. Non l'ho fatto, sai, ma avrei potuto. Dovuto, forse. Per poi svignarmela e liberarvi del criminale. Lo sai, Ronan, sono un delinquente. È una canaglia di Haute-Boulogne quella che hai accolto sulla tua barca e sotto il tuo tetto. Non un povero orfanello, che singhiozza con un capobanda stretto ai fianchi, ma una Tigna. Una vera Tigna. Uno sciacallo senza padre, senza madre, senza niente di tutto ciò che vi rende umani. Non si torna indietro, Ronan. Ci provo ad addolcire la mia faccia da ergastolano, a smussare gli angoli, a limare i miei denti da iena, ma dentro di me scalpita l'avvoltoio.

Cosa credi, Ronan il pescatore? Che sia stato toccato dalla grazia perché tu moltiplichi i pani e i pesci? Sì, certo, sono stato affamato, assiderato e assetato tutta la vita. Ma sai cosa, Ronan? Sono uno che si vendica. Guardami quando mi servo la *cotriade*. I pezzi migliori sono sempre per me. I più grassi. Ogni volta. Il tuo vino me lo verso fino all'orlo. Sotto il trinchetto della notte, avvolgo sempre una gamba nella coperta per tirarla verso di me mentre voi dormite. Sai cosa, Alain? Mi è successo di far finta di issare la rete senza toccarla davvero, con le gambe divaricate, le braccia tese, la schiena curva, e di lasciarvi da soli col peso della pesca. Cosa speravi, caro comunista? Che manifestassi insieme a te contro il carovita? Me ne frego delle tue battaglie, io. Quando alzo il pugno, lo faccio solo per me. E tu, basco, cosa ti aspettavi? Che ti restituissi la camicia e i pantaloni che mi hai prestato per seppellire la vecchia? Non succederà mai, capito? Me li tengo in fondo alla sacca. E tu, bella Sophie, cosa pensavi? Sono stato rinchiuso per tutta la vita. Le uniche ragazze che ho conosciuto sono quelle col bustino, disegnate sulle pubblicità dei cataloghi. Tu mi vedrai anche come un ragazzino ma ho ventun anni. Alla colonia, per addormentarmi, sai che ti aprivo uno a uno i bottoni del camice?

È proprio questo che volete salvare? Questa bestia furiosa? È per questa canaglia, questo ladro, questo bugiardo, questo picchiatore da galera che avete rotto i vostri salvadanai? Ma perché, dannazione? Con quale diritto? Ditemelo! Cosa vi ho fatto? Perché merito la vostra bontà? Sapete cosa? Me ne sbatto della vostra gentilezza. La vostra solidarietà mi dà il voltastomaco. È a Matthieu Bihan che somiglio. Il bastardo, l'infame, l'Iscariota, quello che si mangia un bel piatto di lenticchie trastullandosi con i suoi trenta denari. Ecco chi avete accolto. Quindi lasciatemi stare prima che vi faccia del male. Andatevene da questa stanza, dalla mia vista, dalla mia vita. Permettetemi di abbandonarvi.

La mia sedia si rovesciò. E io caddi con lei. Avevo un dolore tremendo alla nuca, e il cuore a pezzi. Ronan mi aiutò ad alzarmi. Mi portò al vecchio divano.

« Lasciatelo respirare! » ordinò Sophie.

Aprii gli occhi. Sguardo offuscato. Come sulla barca in pieno vento. La stanza girava lentamente. Le voci erano attutite, gravi, deformate. Un vecchio fonografo a fine carica. Respiravo con la bocca aperta, come un pesce. Ero patetico. Sophie mi mise una pezza umida sulla fronte. Il basco mi bagnava le labbra con del sidro amaro. Alain si colpiva il palmo con il pugno. Un pugile arrabbiato che sale sul ring.

« Non preoccuparti più di niente, è finita, adesso paghiamo » mormorò Ronan.

« Ve lo vieto! »

Voce in falsetto. Ridicola. Mi venne in mente un'immagine, una vignetta di Daumier in un vecchio libro di scuola. Era in un tribunale. Un omino con il pince-nez, calvo, magrolino, striminzito nel suo completo a scacchi. Stava appollaiato su una cassa di legno per arrivare alla stessa altezza dei giudici. Con una mano da uccellino, si aggrappava alla sbarra dei testimoni, brandendo l'altra in direzione delle travi del soffitto. Stava sulla punta dei piedi, in equilibrio. Piagnucolava:

« Protesto! »

Ero io quel piccolo uomo, circondato da giganti.

*

Perig consegnò i soldi a Matthieu Bihan di notte, al porto di Palais. La colletta non era completa, mancavano seicento franchi. L'infame non era venuto da solo all'appuntamento. Lo accompagnava un uomo, nascosto da un muro e appoggiato a un bastone. Quando il novizio aveva detto loro che l'equipaggio non poteva dare di più, lo sconosciuto aveva detto:

« Va bene così ».

E poi se ne erano andati.

« Sembrava il suo capo » spiegò Perig.

Rimasi a letto due giorni. Un insieme di febbre, vergogna e rancore. Ero convinto di aver urlato a voce alta quando in realtà avevo solo pensato in silenzio. Gli uomini erano andati per mare. Io ero solo con Sophie. Lei riceveva molte visite, di giorno, di sera, di notte. Da quando ero arrivato, avevo notato quei fantasmi discreti. Il loro andirivieni, tra la strada costiera e la porta color lavanda dell'ambulatorio. La chiave che girava, prima e dopo ogni visita. Sophie si chiudeva dentro con il suo paziente, come alla Colonia penale. Ma a domicilio l'infermiera riceveva solo donne, spesso sole.

Un mattino venne un uomo. Accompagnava una ragazza ma non entrò. La aspettò fuori, sulla panca, fumando per tutta la durata della visita.

Un'altra volta fui svegliato in piena notte dal motore di un'auto e da pianti soffocati. Luce gialla dei fari. In cortile c'era una giovane donna, in cappellina nera, al braccio di una signora più anziana. Socchiusi la porta della camera.

« Bisognava pensarci prima, povera ragazza. »

Le sconosciute bisbigliavano davanti alle scale.

« Così non mi sei d'aiuto! »

« E cosa vorresti? Che ti facessi un applauso? »

« Ma mamma... »

La voce calma di Sophie:

«Parlate piano, per favore, ho qualcuno al piano di sopra».

Rumore della chiave nella serratura. E poi la porta color lavanda che smorzava le voci.

Qualche giorno prima io e Ronan stavamo tornando dalla pesca. Tutti e due seduti sul carro del vecchio mozzo. L'anziano canticchiava una canzone bretone a Henri Queuille. La sua passione era la Bretagna. Quella e solo quella. Sul suo carro, accanto a una Madonna col Bambino, aveva attaccato un'incisione della regina Anna. E incastrato una bandierina bretone tra le due sponde. Quando brindava, si alzava teatralmente dalla sedia e urlava:

«*Breiz Atao!*»

Si faceva il segno della croce incrociando un calvario bretone e si girava dall'altra parte in presenza del tricolore. La Francia? «*Toull Foer*» la chiamava. Il buco del cesso. Difendeva le idee del Partito nazionale bretone. E quando si parlava di Francis, il fratello Croce di fuoco di Sophie, scatarrava rumorosamente e sputava tra gli zoccoli del suo cavallo.

Quella sera avevo chiesto a Ronan di cosa soffrissero le pazienti di Sophie. Quelle ombre così discrete, che si intrufolavano dietro la porta color lavanda. Lui aveva ispezionato il forno della sua pipa, aveva acceso un fiammifero aspirando forte, con gli occhi fissi sulle nuvole. Un fumo grigio, leggero, poi più pesante, grasso, odoroso. Aveva chiuso gli occhi. Stava assaporando.

«Soffrono di cose da donne» aveva risposto.

L'avevo guardato. Lui osservava l'orizzonte, una luce che già mormorava l'autunno.

«Cose da donne?»

Aveva voltato la testa, mi aveva sorriso.

«Cose da donne, sì.»

*

Perig faticò a riprendere il suo posto a bordo. Anch'io. Lui il traditore, io il tradito, un'uguale vergogna da condividere, un disgusto comune.

Sophie aveva tentato di rassicurarlo.

Io l'avevo aiutato a sistemare le sarde, carponi in mezzo al pesce.

« Ce l'hai con me? »

Pensai al minuscolo tradimento di Camille, obbligato a dare il nome di Auzenet al Becco. Al suo corpo martoriato.

« No, novizio. »

Alain stava riponendo il suo remo. Borbottò:

« Per fortuna che ci ho pensato io però a sistemare la tua stronzata ».

Per mettere insieme i soldi richiesti dal mozzo, Alain e Pantxo avevano sollecitato amici di circostanza, alleati d'interesse, alcuni pretenziosi desiderosi di mettersi in mostra. Come Le Du, l'arrogante della baia, che impestava l'aria con un nuovo motore diesel incollato al culo della sua barca. O Biard, il padrone di una goletta a tre alberi che si divertiva a importunare i pescatori di sarde con la sua scia. Ma che scusa potevano usare?

« Nascondiamo un evaso a bordo della *Sainte-Sophie* e il nostro mozzo ci ricatta? »

Questa era fuori questione.

Avevano allora deciso che sarebbe stata Line Mével a farsene carico. Per lanciare la colletta, avevano mentito e avevano ricamato ad arte una terribile leggenda.

La madre di Sophie beveva come una spugna e parlava agli spiriti. Per tutta la vita aveva consultato di nascosto cartomanti, chiromanti, guaritrici. Aveva interrogato tutte le veggenti dell'isola. L'avevano vista ballare sulla tomba di Naïa, la strega di Rochefort. Era stata anche vista salmodiare in un'assemblea druida. Aveva imparato a leggere le foglie di timo, i fondi di caffè, a lanciare il malocchio e a proteggersi dai sortilegi. Alcuni ciarlatani le avevano fatto credere che Ronan e la sua barca fossero prigionieri di un maleficio. Che la sua povera figlia fosse posseduta da un *korrigan*, uno spiritello bretone. Durante un rito segreto, Line Mével aveva addirittura ottenuto che Merlino firmasse un patto funebre con l'Ankou, perché il traghettatore bretone della Morte la dimenticasse nei suoi viaggi.

Non erano altro che truffe e menzogne, ma la vecchia ci aveva creduto. Peggio ancora, aveva pagato care tutte quelle sciocchezze. Era sommersa di debiti. Doveva soldi anche a uno stregone di Locmaria. Dopo la morte, non aveva lasciato niente ai parenti, né alla parrocchia, né tantomeno alla comunità. Per questo era stata seppellita come una pezzente e i figli avevano litigato il giorno del funerale.

Suo figlio imprecava contro il suo egoismo, sua figlia la trovava di una sconvolgente ingenuità.

Ora Sophie e Ronan dovevano rimborsare quegli iettatori. Per proteggere la reputazione della vecchia e difenderne il ricordo. Perché il ridicolo non cadesse sulla regione intera. Ecco quello che i due compari erano andati in giro a raccontare ai fessi.

Alain sorrise.

«Povera Line, però.»

Erano bastati pochi aneddoti per fare di quella cattolica esemplare e nemica mortale del *folklore breizhou*, come lo chiamava lei, un odioso demone di Sabba.

Era un imbroglio enorme. Aveva funzionato. E tutti i creduloni avevano pagato.

12

Caccia all'adolescente

Alain entrò nella stanza, con un ometto al seguito.

«Jules, ti ricordi del signore?»

Mi ricordavo, sì, il poeta seduto al Frères, quello che avevamo scambiato per un poliziotto.

Lui e Alain si erano rivisti. Erano entrati in confidenza. Al punto che Alain gli aveva parlato di me. Lo capii non appena lo sconosciuto entrò. Strinse la mano di Ronan e quella di Sophie senza degnarli di uno sguardo. Era me che divorava con gli occhi. Si tolse il cappello e mi offrì un sorriso triste, con la sigaretta tra le labbra. Conoscevo quel sorriso. Era quello delle patronesse, nelle domeniche silenziose, quando guardavano i coloni passare per la strada.

Il poeta sapeva chi ero. Alain mi aveva denunciato. Ne avevo la certezza.

Io ero seduto a tavola. Mi alzai piano, senza staccare gli occhi dal poeta.

Il vogatore si fece avanti.

«Aspetta mozzo, ti spiego.»

«Mi spieghi cosa?»

Il parigino avanzava piano verso di me. Stava invadendo il mio spazio.

Interrogò Alain con lo sguardo.

«Posso spiegarglielo da solo, se lei preferisce.»

Una voce bassa e grave.

«Spiegarmi cosa?»

Si fermò a un metro da me, con la mano tesa.

Io non la strinsi.

L'uomo inclinò la testa di lato, sorridendo.

« Stia tranquillo, giovanotto, non sto chiedendo la sua mano. »

Si chinò.

« Ma stringerla mi farebbe piacere. »

Un accento di Parigi, leggermente velato, soffocato, arrochito dal vino e dal tabacco.

Io non mi mossi. Ero paralizzato.

Sophie mi prese per il braccio.

« Staremo meglio se ci sediamo a tavola, che dite? »

Io mi sedetti per primo. Non so perché. Non stavo deponendo le armi, ma raccogliendo le forze. Alain prese posto di fronte a me, accanto al poeta. In modo quasi automatico, l'uomo aveva estratto un taccuino nero e una penna. Quel gesto non mi piacque. Si stava mettendo comodo. Sophie aprì una bottiglia di vino. Il parigino continuava a guardarmi. Allungò il bicchiere sorridendo.

« Il suo amico Alain mi ha presentato come un poeta, una cosa molto cortese da parte sua. »

Si sporse in avanti.

« Ma vuole sapere chi sono davvero, signor Jules? »

Conosceva il mio nome.

Rimase in attesa, con il dito alzato e gli occhi bene aperti. Voleva la mia risposta.

« Me ne infischio. »

Lo stesso sorriso.

« È un buon inizio. »

E vuotò il bicchiere, allungandolo di nuovo a Sophie.

« In realtà sono anche un sognatore e un artigiano del cinema. »

« Sai che ha fatto un film? » mi chiese Alain.

Non risposi.

« *Affare fatto* » farfugliò il parigino.

Gomitata complice ad Alain.
«È il titolo del film.»
E rise, ancora una volta.
«Ma non è di questo che vorrei parlare.»
Alain si voltò verso Sophie.
«A Parigi gli amici di tuo fratello hanno provato ad appiccare il fuoco al cinema che lo proiettava.»
Il poeta alzò il bicchiere verso l'infermiera.
«La famiglia non la si sceglie, cara signora.»
Lei annuì, senza parlare.
La mia voce, dura come un pugno:
«Cosa vuoi, poeta?»
Lui alzò le mani. Finse sorpresa. Una voce tremolante.
«Non voglio niente, signor agente!»
Stavo per scattare. Ronan mi mise una mano sulla coscia. Quello si accese un'altra sigaretta.
«Sono qui in vacanza. E su quest'isola è successo qualcosa che non mi è piaciuto neanche un po'.»
Mi osservò.
«Vuole sapere cosa?»
«Me ne infischio.»
«Ha ragione, non è mai troppo tardi per non fare niente.»
Richiuse bruscamente il taccuino. Si voltò per prendere il cappello, posato in equilibrio sullo schienale della sedia. Mi vergognai. Mi comportavo come al parlatorio della colonia. Davanti a me non c'erano François-Donatien de Colmont e i suoi bravi in uniforme, ma un turista ridanciano. Quel tizio non mi aveva fatto niente di male. Non era venuto con il nervo di bue ma con una penna. Era Alain ad aver parlato troppo, non lui. E perché si confidasse Alain, il comunista, il rissoso, il mangiapreti e il mangiasbirri, doveva davvero fidarsi di quell'ometto.
«Aspetti, Jacques!»
Subito Alain fermò il poeta che si stava alzando.

Il vogatore si sporse sul tavolo verso di me, minaccioso.
«Ma chi ti credi di essere, mozzo?»
Posò una mano sulla spalla del parigino.
«Questo signore ha diritto al tuo rispetto.»
Il poeta si chinò leggermente.
«Le mie intenzioni meritano almeno la sua attenzione.»
«E tu invece gli parli come a una guardia o a un buffone, e non va bene.»
Il marinaio aveva ragione.
«Questo tipo ha fatto anche teatro. E non per i borghesi, mozzo. Mette in scena le sue cose nelle fabbriche occupate, durante i picchetti, per i ragazzi della Citroën, gli scioperanti, i meno di niente come noi. E tu, eh? Cosa fai, tu, della tua vita?»
Io continuavo a sostenere lo sguardo del poeta. Con sempre maggiore difficoltà. I miei occhi bruciavano, i suoi ridevano. Non c'era gara. Lui si accese ancora una sigaretta. Aspirò forte.
«Lei ha molte più ombre di me, signor Bonneau.»
Mi lasciai andare sulla sedia.
«Non mi piacciono gli sconosciuti.»
«E a me non piacciono né i gendarmi né le guardie, né le medaglie al valore. Sono mosso dall'indisciplina. Dovremmo andare d'accordo noi due, signor Bonneau.»
Alain gli aveva detto anche il mio cognome. A questo punto, ormai, poco importava.
La Tigna era tornato a cuccia.
Ronan lo capì. Mi mollò la coscia. Sophie aprì un'altra bottiglia. Il poeta posò il cappello, e lisciò il taccuino aperto con il dorso della mano.
«Dov'eravamo?»
Guardava fisso il vino che danzava nel suo bicchiere.
«Ah sì!»
Un sorso. Era tornato a me.

« Una notte ho sentito dei bambini urlare, vicino al mio albergo. »

Era andato alla finestra, poi era sceso in strada. Aveva visto due ragazzini, le mani legate dietro la schiena con delle cinture, circondati da una piccola folla.

Girò le pagine del taccuino. Rilesse gli appunti. Fece un salto sulla sedia.

« Catturati! Ecco! »

Mi guardò, penna in mano.

« Una donna ha detto che ne avevano catturati due. »

Il parigino non aveva capito subito cosa stesse succedendo. Aveva sentito la sirena del forte, quella del faro, alcuni clacson e il vociare per strada, senza collegare le cose tra loro.

« Pensavo fossero dei ladri. »

Con la sigaretta in bocca, aveva seguito la folla.

« La plebaglia » disse con disprezzo il poeta.

A un incrocio due gendarmi avevano ammanettato un terzo ragazzino.

« È stato allora che ho notato le divise da carcerati. »

I nostri camiciotti bianco sporco e i nostri pantaloni grigi.

« E a quel punto... »

Rileggeva le annotazioni.

« E a quel punto, un gendarme mi ha detto che erano degli evasi. »

Evasi da dove?

« Da Haute-Boulogne, mi ha risposto il militare. »

Il poeta aveva letto un articolo di *Paris Soir* su quelle che i giornalisti chiamavano « prigioni per bambini ». Mettray, Eysses e Belle-Île erano quelle citate più spesso.

« Allora ho capito. E ho preso nota di quello che ha urlato una cara vecchietta al passaggio dei ragazzini. »

Afferrò uno straccio dimenticato sul tavolo, se lo mise in testa come un foulard facendo una faccia orrenda.

«Banditi!»

Sussultai. Ero sorpreso. Mi venne da ridere ma non era divertente. Il parigino si strappò via il foulard da megera e si aggrappò al bicchiere vuoto.

«Poveri ragazzi.»

Silenzio intorno al tavolo.

«E non ho potuto fare niente.»

Sophie piegava lo straccio per tenere le mani occupate, Alain si osservava i pugni chiusi, Ronan mi guardava. Il poeta, invece, girava le pagine del suo taccuino.

«Vede, quando ho raccontato queste cose al signor Alain, lui non ha resistito.»

Il vogatore, gli occhi dispiaciuti.

«Era orgoglioso di dirmi che un ragazzino invece era riuscito a sfuggire.»

La mia rabbia era svanita, insieme alle parole del poeta e a qualche sorso di vino.

La mia voce neutra:

«Solo che era un segreto».

Un gesto di stanchezza del poeta. Alzò un dito al soffitto.

«Come ha scritto Jean Cocteau: un segreto ha sempre la forma di un orecchio.»

Consultava i suoi appunti. Noi l'osservavamo in silenzio.

«Ho interrogato diverse brave persone, come si dice. Una di loro mi ha raccontato che alcuni turisti hanno preso parte alla caccia. È vero?»

Lo stava chiedendo a me.

Sì, era vero. Avevano ancora i cappelli da spiaggia, i pantaloni corti, i retini per le farfalle, i salvagente. Scalpitavano. Era un'insperata conclusione delle vacanze.

«E lei c'era quando la rissa è cominciata?»

Sì, c'ero. Gli raccontai di Loiseau, il formaggio, la legnata, il mazzo di chiavi della guardia sui denti.

Il parigino aveva alzato la penna.

« Gli ha spaccato i denti a colpi di chiavi. »

Si accese l'ennesima sigaretta.

« Lo scrivo, lo scrivo subito. »

Gli raccontai la fuga, il seguito, l'epilogo.

Sophie, con aria preoccupata:

« Non vorrei essere indiscreta, ma cosa pensa di farne di tutto ciò? »

Lui aspettò che lei gli riempisse il bicchiere per rispondere:

« Ne farò l'urlo di un ragazzino ».

« Un film? » azzardò Ronan.

Lui sorrise.

« Chissà, per ora ho in mente una poesia. »

Una poesia? Ero deluso. La poesia era qualcosa di buono solo a farci addormentare. Una ninnananna sdolcinata. Il poeta, per me, era un ricco che giocava a fare il povero. Che non aspirava il fumo delle sigarette. Che beveva moscato in bicchieri col calice. Il poeta non raccontava né la fatica né il lavoro. Era un ballerino in calzamaglia. Soffriva solo per se stesso. Le sue storie non ci somigliavano, i suoi colori non esistevano, le sue parole erano troppo oscure per noi. Ho conosciuto un colono che le scriveva, le poesie. Faceva rimare *cuore* e *amore*, *muro* e *duro*. Si chiamava Goujon. Diceva di essere di Parigi. E anche di aver pubblicato una raccolta di versi a tredici anni, su una rivista venduta per le strade della città. Secondo me mentiva. L'avevo visto recitare un poema solo una volta, protetto da un muretto. Stava lì nascosto dalle guardie e dai capibanda, dal ridicolo e dagli insulti. Ricordo solo una frase: « oltre l'onda delle onde ». Non voleva dire niente. Mi irritava, con le sue parole, i suoi gesti, le sue vanterie. Si credeva più importante di noi. Allora io e Malo Piccolo gli avevamo fatto mangiare la sua poesia in ginocchio. Tremava. Aveva masticato il foglio. Aveva inghiottito i suoi versi.

«Vediamo se cachi rime» avevo detto.

E gli altri avevano riso.

Il parigino comprese il nostro silenzio.

«Per me una poesia è una denuncia.»

Aprì il taccuino, ci guardò uno a uno.

«Volete sentirne un pezzo?»

Sophie annuì.

«Vuole sentirla, signor Bonneau?»

Non risposi. Non ci tenevo granché. In realtà me ne infischiavo proprio. La sua poesia non mi avrebbe mai liberato dell'oceano, e nemmeno ci avrebbe mai restituito Camille.

Il poeta si alzò lo stesso. Si appoggiò al muro. Di nuovo Goujon. Il verseggiatore di Haute-Boulogne quando si calava nella parte.

«Vado?»

Alain annuì. Sophie disse sì. Io guardai il bicchiere.

«Bandito! Ladro! Briccone! Furfante!
Qualche uccello sull'isola si vede volare,
E tutto intorno all'isola c'è il mare.»

Strisciai la sedia sul pavimento. Non l'avevo fatto apposta, giuro!

«Cos'è questo clamore assordante?
È la muta della gente benpensante
che dà la caccia a un adolescente.»

Richiuse il taccuino con cautela.

«Sono arrivato qui.»

Silenzio.

«La intitolerò *Caccia all'adolescente.*»

Alain mi guardò.

«Mica male, no?»

Sophie, con il mento sulle mani giunte:

« Ma non sembrano dei versi ».

Lui sorrise.

« Perché sono solo qualche parola. »

« Parola? » ripeté lei.

Lui si portò il bicchiere alle labbra.

« Parola, sì. Quasi l'anagramma di *la prosa*. »

Il tono fastidioso di Goujon.

« Per questo ci riguardano davvero » disse l'infermiera.

Il poeta mi sorrise.

« Le piace? »

Io non sapevo cosa rispondere. Lui riaprì il taccuino.

« E ovviamente ci sarà la guardia che rompe i denti del suo amico a colpi di chiavi. »

Ronan si mosse. Sorriso ampio.

« A me piace. »

Un piccolo gesto amichevole al poeta.

« Ce la manderà, una volta pubblicata? »

« Quando sarò tornato, promesso. »

« A Parigi? » chiese Sophie.

« No, a Saint-Germain-des-Prés. »

« È un quartiere? »

Cenno della testa.

« Piuttosto, un'abitudine. »

Finii il mio bicchiere. Leggera ubriachezza. Bisogno di scoccare un'ultima frecciatina.

« Avevo un amico come te, leggeva le sue cose a voce alta per rendersi interessante. »

Il poeta si alzò.

« Non per rendere interessante me, ma per rendere interessante lei, signor Bonneau. »

Ma a chi potevano interessare le nostre vite? La Colonia penale, le ingiustizie, i maltrattamenti, la nostra misera evasione? Chi avrebbe mai ascoltato una poesia che comincia con la parola « bandito »? Il parigino agitò le mani.

« Tutti, vedrà. Cominciano già a farlo. »

Dalla tasca interna della giacca, estrasse un giornale arrotolato.

« Stia ad ascoltare! »

Lesse *Détective*. L'ISOLA DEI RIVOLTOSI. Un titolo a tutta pagina, la prima, accompagnato dalla foto di un colono che lavorava a una ruota. « *Senza tregua, senza speranza, inchiodati al loro ingrato compito come a una palla di ferro, i piccoli prigionieri di Belle-Île-en-Mer sopravvivono solo grazie a un miraggio: il richiamo del mare e l'evasione.* » Colpì il giornale con il dorso della mano.

« Bello, vero? »

Mi guardò.

« Senta qui, Bonneau: *Leggete il magistrale e commovente reportage del nostro inviato speciale, Henri Danjou.* »

« L'ho incrociato al porto » sussurrò Ronan.

« E guardi: quattro pagine tutte su di voi! »

Aprì il giornale in mezzo ai bicchieri e alle macchie di vino.

« Si rende conto? Il più importante settimanale francese di cronaca che, in data 6 settembre 1934, dedica la copertina e quattro pagine a lei e ai suoi compagni. »

Infilò le mani nelle tasche.

« Allora, continua a pensare che non interessi a nessuno, Bonneau? »

Allungai la mano verso la rivista. Avevano pubblicato le foto di tre uomini con i capelli impomatati che ci avevano dato la caccia, seduti al tavolino di un bar di Palais.

« I signori Lorec, Kerjouan, Huchet hanno dato la caccia ai ribelli. »

E anche un'immagine dei gendarmi durante le ricerche.

Gli restituii il giornale. Il poeta sorrise.

« Lo tenga lei. Le spetta di non diritto. »

E poi si rimise il cappello e si accese una nuova sigaretta. Colpetto di tosse.

« Oggi un articolo, domani una poesia. Le cose si stanno muovendo, gliel'ho detto! »

Era disarmante. Svuotò il bicchiere continuando a guardarmi.

« E per favore, non si faccia mai beffe di un poeta, altrimenti rischia davvero di somigliare a un gendarme. »

Mi allungò la mano. Stretta morbida, franca, calorosa.

« A proposito, non mi sono nemmeno presentato. »

Ancora quel tossicchiare.

« Jacques Prévert. »

Con la mia mano protetta dalla sua, risposi:

« E io sono Jules Bonneau ».

13

Croce di fuoco

9 settembre 1934

Volevo assistere alla riunione degli amici di Francis. Lo ripetei ancora una volta a tavola.

« Ma perché, dannazione? » mi chiese Ronan.

Non lo sapevo. Volevo vedere quelle Croci di fuoco più da vicino. Volevo sentire cosa avevano da dire. Quei tizi puzzavano di rissa e questo mi piaceva.

« E dopo, cosa pensi di fare? »

« Jules non dovrebbe avere solo noi e le sarde nella sua vita. »

Ronan sorrise all'osservazione di sua moglie.

« Se ti mettono in testa le loro sporche idee fasciste, sei finito. »

« Nessuno mi metterà in testa niente. »

« Sono furbi, vedrai. »

« Vedrai. » Ecco. Pur senza approvarla, aveva appena accettato l'idea che andassi. Alla fine, perché no? Era una riunione da bar, e io ero il nipote di un pescatore rispettato. Che rischio c'era?

« Il rischio di beccare una guardia della tua colonia. Non sono proprio i tipi giusti? »

Scacciai via la sua osservazione.

Anche Alain aveva accettato che andassi a quell'appuntamento, ma a due condizioni. Che mi considerassi una spia comunista in missione segreta. E che assistessi a una riunione del Partito.

« Così potrai scegliere tra noi e loro. »

Mi stava prendendo bonariamente in giro, lo sapevo. Ma mi andava bene così. Avevo deposto le armi.

« In realtà siete solo gelosi della sua curiosità » disse sorridendo Sophie.

Quella prospettiva mi piaceva.

L'infermiera mi accompagnò alla riunione in auto. Non mi lasciò davanti al ristorante che la ospitava, ma più su, all'angolo della strada.

Io avevo il mio coltello in tasca.

All'entrata stavano di guardia due portabandiera. VOLONTARI NAZIONALI, SEZIONE DI LORIENT proclamavano gli stendardi tricolori. Ex soldati di prima linea, croci di ferro al bavero, elmetto da trincea in testa.

Un altro vendeva il giornale a gran grida.

« Né blu, o bianco, o rosso, chiedete il mensile dei veri francesi! »

Chinai il capo, calcandomi il berretto sugli occhi. Nessuno mi chiese niente. La riunione era nella sala interna del ristorante, non molto grande. Niente palco o pedana, solo una decina di panche, quattro sedie scolastiche per gli oratori, una scrivania, qualche bicchiere e una caraffa d'acqua. Mi sedetti vicino alla porta, sulla panca in fondo, dietro ad altre schiene. Nella sala c'erano soprattutto uomini. Un prete in sottana, degli abiti estivi, dei cappelli di paglia, qualche cravatta leggera. Sui baveri, le decorazioni. Anche qualche bastone, due braccia in meno, una carrozzina di vimini vicino alla porta. E qualche rara donna incipriata, venuta col marito.

Francis Mével mi vide. Attraversò la sala.

Io non mi alzai.

« Sei riuscito a sfuggire ai bolscevichi? »

Lui rise.

Io sorrisi.

I suoi occhi, mobilissimi, sorvegliavano chi arrivava, chi esitava, il vociare della gente.

Tornò a me. Mi posò una mano sulla spalla.

« Scherzi a parte, sei stato coraggioso a venire. »

Si chinò. Cenno della testa in direzione di un uomo robusto.

« Lo vedi quello? »

Il tizio si era tolto il cappello e si tamponava la fronte.

« Si chiama Cuvillier. È venuto apposta da Lorient. »

Il tizio si passava il fazzoletto tra il collo della camicia e la pelle.

« È un agente della Sicurezza, un poliziotto. »

Mi irrigidii.

« Ma è un ex soldato, quindi gli stiamo simpatici. »

Si rialzò. Poi al mio orecchio:

« Non preoccuparti. Il suo lavoro è la politica, non i coloni evasi ».

Mi strizzò l'occhio e se ne andò.

Strinsi le mani tra le cosce. Non respiravo più. Chiusi gli occhi. Una manganellata. Un pallone di cuoio lanciato contro un muro, che mi rimbalzava brutalmente dentro la testa, nella pancia, nelle reni, nel cuore. Ero raggelato.

Non preoccuparti.

Cosa sapeva?

Avrei voluto scappare. Troppo tardi. Gli oratori avevano preso posto dietro al tavolo. Due uomini, una donna. Il fratello di Sophie non faceva parte dei conferenzieri. Si era appoggiato al muro. Insieme a una decina d'altri, circondava la stanza. Baschi, guanti neri, camicie blu, budriere di traverso sul petto, pantaloni da cavallerizzi e stivaloni, proteggevano la riunione. Tutti portavano una fascia tricolore, con il teschio di bronzo, la croce di fuoco e le due spade dorate che già avevo visto sul bavero di Napoleone e del fratello di Sophie il giorno del funerale. Quella sera il comandante Mével non era un ufficiale, ma un semplice soldato.

Il conferenziere portò le scuse del capo della sezione di Lorient.

«Il nostro camerata è stato trattenuto a casa da un lieto evento.»

Applauso della piccola folla.

Poi l'uomo sventolò due giornali.

«Nella mia destra, *Le Flambeau Morbihannais*, il nostro giornale.»

Applausi.

«In quella sinistra *L'Ouest Républicain*.»

Qualche fischio, un urlo.

«Allora, che dice *Le Flambeau* questo mese?»

Si mise gli occhiali.

«Cito qui le parole del nostro caro amico Jacques Péricard, giornalista cattolico e scrittore nazionalista di cui tutti apprezziamo la penna: *Chi non ha combattuto a Verdun non conosce nulla della miseria umana!*»

Applausi.

«Ed ecco che solo sedici anni dopo quella miseria, mentre il canto *Debout les morts!* ancora risuona nel petto dei nostri fratelli d'armi, il nemico tedesco si sta riarmando? Ecco che si rimette il casco chiodato? Ecco che con furioso ardore si appresta a divorare la Saar, grazie a un plebiscito farlocco imposto dal trattato di Versailles? E noi, di fronte a quei vecchi barbari fermenti che risalgono in superficie, cosa facciamo? Che ne è stato dei fieri soldati delle trincee, dei ruggenti leoni di Verdun? Sono stati trasformati in cani striscianti!»

Evviva. Due donne si alzarono per applaudire.

«Mentre Adolf Hitler saluta la nobiltà della spada e

chiama i soldati di ieri a dirigere la Germania di domani, cosa fanno i nostri politici? Tergiversano, civettano, si perdono in mille cavilli, accoccolati in un armistizio al quale diamo il nome di vittoria! »

Mi sorpresi ad applaudire anch'io. Non capivo tutto ciò che quell'uomo diceva ma la folla era in piedi e il fratello mi osservava.

Le sue parole, mormorate al mio orecchio, superavano ancora il fragore della riunione. *Non preoccuparti.*

Facevo finta di niente.

« E mentre la stampa germanica esalta lo spirito del 1914, che cosa fanno le nostre care gazzette francesi? Dopo aver pianto su una manciata di delinquentelli scappati di prigione, ecco che danno la parola al Reichsführer tedesco! »

Indignazione tra le panche.

Con un gesto teatrale, l'uomo agitò l'altro giornale.

« Sì miei camerati Croce di fuoco, sì veterani, sì figli e figlie dei Volontari nazionali, oggi, domenica 9 settembre 1934, *L'Ouest Républicain* pubblica in prima pagina l'intero proclama fatto da Hitler a Norimberga. »

Chiasso in sala.

« Ed è così che il fiero allevatore di Locmaria o il coraggioso pescatore di Palais scopre dalla bocca stessa del Reich che... cito: *La formula della vita tedesca è ora stabilita definitivamente, per i prossimi mille anni.* »

Il poliziotto si era annotato la frase su un taccuino. La sala era in piedi.

« Noi non vogliamo mille anni di Reich tedesco come non vogliamo i mille anni moscoviti che ci promettono i comunisti, i socialisti e i ra... »

« E gli ebrei! » guaì un uomo.

« Abbasso gli ebrei! » ripeté una donna.

L'oratore chiese silenzio agitando le mani.

« Dicevo: i socialisti e i radicali. »

Applausi, ancora una volta.

Il mio cuore era altrove. Lo tenevo fermo con entrambe le mani. E se il fratello avesse detto « coloni evasi » del tutto a caso? O per scherzare? E se mi stavo preoccupando per niente? Eppure quell'occhiolino mi provava il contrario. E anche quel suo modo di sostenere il mio sguardo.

Il secondo oratore lesse alcune cose. Snocciolava le riunioni del mese, che lo sbirro annotava con serietà, a testa bassa. L'uomo aveva la voce di un vecchio prete che borbotta la messa. A Guémené-sur-Scorff, nella grande sala dell'Hotêl des Voyageurs, riunione contro la giornata di consumo obbligatorio di pane raffermo, imposta dal ministero dell'Interno per la chiusura domenicale dei panifici. A Lorient, Cercle Auguste-Brizeux, conferenza del colonnello Chevassu sull'evacuazione criminale della Renania e della Saar, in presenza dei suoi sottoposti, il comandante Fauchet e il caposquadrone Nicaise. A Auray...

Volevo andarmene, lasciare la riunione. Ero in preda all'agitazione. E se quell'invito fosse stato una trappola? E se fossi stato io, Jules Bonneau, evaso della Colonia penale di Belle-Île-en-Mer, il piatto forte della serata?

*

I gendarmi bloccano le uscite, il Becco, Le Goff e Chautemps entrano nella sala piena di fumo, con i manganelli in mano. Due Volontari nazionali mi afferrano. Con piglio militare, il fratello di Sophie punta il dito contro di me, fustigando ancora una volta « la stampa venduta e bugiarda ».

« Ci hanno detto: tutti gli evasi della Casa di correzione sono stati presi. Ma vi hanno ingannato ancora una volta! »

Si toglie il berretto. È un uomo che piace alle signore. Si rivolge a quelle in prima fila:

« I giornalisti e i poteri pubblici non volevano perdere la faccia, né che voi tremaste per le vostre figlie mentre quei delinquenti se ne andavano in giro per la landa! »

Si raddrizza e si rimette il berretto.

« Ma ciò che un governo di codardi non è stato e non è capace di fare, l'hanno fatto per voi le Croci di fuoco. »

Avanza verso di me, seguito dall'incandescenza di un proiettore bianco.

« Abbiamo catturato Jules Bonneau, l'ultimo evaso di Haute-Boulogne! »

*

Mi ero assopito.

Mi risvegliarono gli applausi rivolti a una signora, ritta contro il tavolo.

« La Germania non ci avrebbe mai attaccato se fossimo stati dieci milioni di più. »

Agitazione tra la folla.

« Ebbene sì, per i nostri figli, per i nostri mariti, per i nostri padri caduti per la bandiera, noi donne patriote dobbiamo impegnarci a ripopolare la Francia! »

Alzò il pugno protetto da un guanto di pizzo nero.

« La denatalità è un pericolo nazionale! »

Assaporava ogni parola.

« Un crimine contro la razza francese! »

Mi alzai anch'io, insieme agli altri.

« Lottiamo contro la riduzione delle nascite! »

La donna unì le mani sul petto, arricciando il naso, con gli occhi chiusi.

« Mi sentite, signore? Contro questo pericolo nazionale, bisogna dare la vita! »

Indicò la sedia vuota, dietro al tavolo.

« Prendiamo esempio dal camerata Leroy, assente questa sera perché ha offerto una nuova anima alla nostra patria. »

Applausi. Un bicchiere d'acqua.

« E per finire, denunciamo senza remore le mammane, la rovina delle donne macchiate dal disonore. Bisogna che siano giudicate senza indugio, dobbiamo esigere pesanti condanne. È questa la nostra missione! »

Urla. Cappelli da uomo lanciati in aria.

« È la sacra risposta dei Ripopolatori! »

*

Sophie doveva venire a prendermi. La sua auto non c'era. Allora aspettai. Che la sala si svuotasse, si spegnessero le luci, che gli ultimi spettatori sprofondassero nella notte inneggiando alla Francia. Il fratello passò sulla strada a piedi, mi vide. Cenno della mano.

« Gli antifascisti ti hanno lasciato a piedi, ragazzo? »

Abbassai la testa.

« Sua sorella doveva venire a prendermi. »

Rise forte. Una risata volgare. Una risata da capobanda.

« Forse è rimasta bloccata nel traffico? »

Cercò le sigarette.

« È l'ora di punta a Mosca. »

Io alzai i tacchi. E mi incamminai per la strada.

« Dove vai? »

« Torno a Port Belloc. »

La sua risata, alle mie spalle.

« Anche a farla di corsa, ne avresti per più di un'ora! »

Io alzai il collo della maglia, calcai il berretto e allungai il passo.

Lo sguardo del fratello rimbombava come una campana. Sapeva. Ne ero sicuro. Stava prendendo tempo. Voleva divertirsi un po'. Un'auto arrivò da davanti. Mi accovacciai in un boschetto. Un'altra da dietro, con i fari spenti. Il rumore del motore nell'oscurità. L'auto mi superò, si fermò. Stavo per correre verso il mare.

« Sali, nipote? »

Francis Mével, dal finestrino.

Ero senza respiro. Una Citroën 5 CV. La famiglia felice di Laval, la foto colorata sul muro della mia cella. Le mie speranze di libertà.

« Dai, muoviti, ché sta per piovere. »

Mise la retro, aprì la portiera.

Aveva indossato un impermeabile sopra l'uniforme.

« Sei troppo orgoglioso, ragazzino. »

Silenzio in auto. Carezzavo il sedile con le mani. Avevo sognato così tanto di sedermi su una Petit Citron che mi sembrava di ricordarne già la grana della pelle.

Le prime gocce di pioggia cadevano pesanti sulla capote e sul parabrezza.

Il fratello guidava con una mano, il braccio sinistro appoggiato sul finestrino aperto. Aveva rialzato la capote nera.

« Allora, questi fascisti? Prima impressione? »

Non risposi. Ero sul chi vive.

« Trovi che io somigli a Mussolini? »

Guardava la strada, lo specchietto, come se avesse paura di essere seguito.

« E perché non a un nazional-socialista, dato che ci sei? »

Alzò il braccio, guardandomi di sbieco.

« *Sieg Heil!* »

Rise.

« È comodo parlare di fascismo, no? Ma sai, la Francia è più complicata di così. »

Voleva che io capissi, ma era a se stesso che parlava. C'erano solo poche Croci di fuoco a Belle-Île. Tre contadini e un pescatore tornati dal fronte quasi incolumi. Gli oratori, i miliziani in uniforme, la metà delle persone che assistevano alla riunione venivano come lui dal continente. C'erano anche dei turisti, in cerca di qualche brivido prima di tornare all'autunno. Un parigino aveva stretto la mano del colonnello de La Rocque, a una manifestazione.

« Non l'ho lavata per una settimana » aveva confidato al fratello.

Quel nome, de La Rocque, l'avevo sentito alla radio e avevo visto la sua foto sull'*Excelsior*. Era il grande capo di Francis Mével e dei suoi amici. Somigliava a una guardia del blocco numero 1 di Haute-Boulogne, un tontolone che picchiava duro ma non capiva niente. Lo chiamavamo « l'Idiota ».

Il comandante mi osservava di nascosto. Un sorriso.

« Se confondi fascisti ed ex soldati, non hai capito molto della vita. »

La strada era dissestata. Di tutte le strade bretoni, quelle del Morbihan erano le peggiori.

Lui era concentrato sulla guida.

« Cosa racconterai ai rossi? »

Quella voce senza timbro. Scrollai le spalle.

« Niente. »

« Come niente? »

I fari di un'auto sul suo volto duro.

« Non hai niente da dirgli? »

Silenzio.

« Eppure hai sentito un sacco di cose interessanti, no? »

Silenzio.

« Ti ho anche visto applaudire. »

Si accese una sigaretta.

« E a me, non hai niente da raccontare? »

Provai paura. Riflettere, veloce. A causa della ruota di scorta fissata sopra, la portiera del conducente era bloccata. Solo quella del passeggero poteva essere aperta. Avrei potuto saltare giù, rotolare sul ciglio della strada, correre nella landa, perdermi nell'oscurità. Il tempo che lui fermasse l'auto, che scivolasse dal suo sedile al mio, e avrei già guadagnato un certo vantaggio. Sì, ma poi? L'oceano, sempre e ancora. Era dal primo giorno alla colonia che l'oceano non mi abbandonava. Anche dopo aver superato il muro. Quando pescavo nella sua onda lunga, il mare non era lì a trasportarmi, ma a circondarmi. La sua rabbia tormentava i miei giorni, i miei sogni. Quando aprivo gli occhi, mi sbarrava l'orizzonte. Quando li chiudevo, mi sommergeva. Ero diventato un'isola. Una prigione ancorata in mezzo all'acqua. Non ero riuscito a evadere. Giravo in tondo come un mulo sulla strada costiera.

E anche quella notte l'oceano rideva. Era lì, sul ciglio della strada. Le sue onde, il bianco delle creste nelle tenebre. Appoggiai la fronte contro il finestrino.

«Non sono un cattivo diavolo, sai?»

Silenzio.

«Potrei anche aiutarti a tirartene fuori.»

Luce rossa della sua sigaretta. Si passò una mano tra i capelli.

«Sai, non ci ho mai creduto alla storia del nipote.»

Chiusi gli occhi.

«Questo bel faccino che salta fuori dal nulla il giorno dopo l'evasione?»

Rise.

«Ho superato l'età delle favole.»

Avrei voluto rispondere, ma per dire cosa? Non è che mi avesse smascherato, ero un'evidenza. Non potevo né negare né spiegarmi. Mi sbatteva in faccia tutto ciò per ottenere qualcosa.

«Ma vedi, finché non ho fatto una chiacchierata con il mozzo, non potevo averne la certezza.»

Matthieu Bihan?

Il fratello rise, ancora una volta.

«Gli abbiamo messo così tanta paura che se l'è fatta addosso.»

La pioggia era finita.

«Il dicembre scorso quel disgraziato ha rubato la cassa di una partita di beneficenza.»

Colpì rabbioso il volante con le mani.

«Sfortunatamente per lui, i nostri facevano affari con il comitato locale del francobollo antitubercolare.»

Spiava le mie reazioni.

«Aveva sgraffignato più di seimila franchi. Ti rendi conto?»

Lungo tiro di sigaretta.

«Lo abbiamo beccato una settimana dopo. È stato allora che si è pisciato addosso.»

Eravamo quasi arrivati.

Il comandante fermò l'auto sull'orlo di una scarpata. Si girò verso di me.

«Lo avremmo anche potuto massacrare di botte, quello schifoso, ma abbiamo deciso di divertirci un po'.»

Mi offrì una sigaretta.

No grazie.

«Avevamo per le mani il mozzo di un capopesca comunista. Un bel colpo.»

E quindi lo avevano usato. Per mesi gli avevano chiesto informazioni su Ronan, su Alain, su Pantxo, su quello che diceva l'uno, quello che faceva l'altro, sui loro contatti a terra, i giornali che leggevano, le riunioni a cui partecipavano.

«E poi un bel mattino, ecco che cade giù dal cielo un nipote.»

Si stiracchiò, con le braccia sopra la testa.

«Questa volta, però, ho tenuto per me la soffiata.»

Sussultò. Una lepre aveva attraversato la strada.

«Non volevo che la mia sorellina avesse guai con il movimento.»

Sorrise.

«Come vedi, amo la mia famiglia quanto la mia patria.»

Scavalcò la sua portiera. Girò la manopola. L'auto era vecchia ma rispondeva bene.

«E poi ho avuto l'idea del ricatto.»

L'ombra che accompagnava Matthieu all'appuntamento del riscatto era lui. Lui che aveva valutato sufficiente la somma.

«Sembrava il suo capo» ci aveva detto il novizio.

Il fratello spense i fari prima di arrivare al tornante.

«È qui, sempre dritto. Riconosci dove sei?»

Sì, lo riconoscevo. Scesi dall'auto senza fiatare. Ero stordito. Titubante. Stavo per andarmene quando Francis Mével aprì il finestrino.

«Abbiamo il nostro piccolo segreto adesso, io e te.»

«*Un segreto ha sempre la forma di un orecchio.*»

Avrei voluto urlare. Finiva tutto così.

«E siccome vuoi bene a mia sorella, farai qualsiasi cosa perché non le succeda niente, vero?»

Annuii.

«È il rosso quello che deve pagare, d'accordo?»

Aspettava un cenno.

«E tu mi aiuterai.»

Non era una domanda.

Guardai la scarpata, il tornante di campagna, le nuvole che si allungavano.

«Non hai scelta.»

La pioggia. Alzai il bavero della giacca.

«Sarà meglio sia per te che per mia sorella.»

I suoi occhi mi frugavano dentro.

« Non sognavi di evadere? Ecco che ti offro la possibilità di farlo! »

Il vento era minaccioso. Conoscevo il rumore della sua rabbia. Lui seguì il mio sguardo, sulla superficie dell'oceano che prendeva forma.

« Sono come Mosè. Posso aprire per te le acque. »

Voltai le spalle all'auto.

« Non ti preoccupare. Sarai a Quiberon prima della fine del mese. »

*

Il fratello che metteva in moto, si allontanava. Il rumore dell'auto che faceva spazio al silenzio del mare. Urlai. Urlai come facevo in isolamento prendendo a pugni il muro. E corsi verso casa. Scivolando sull'erba bagnata. Caddi. Continuai a quattro zampe prima di rialzarmi zoppicando. Un lupo mannaro dopo la sconfitta. La pioggia sferzava le mie lacrime. Mi battevo le tempie con le mani. Arrivato al Picco delle Grotte, capii perché i due fratelli si erano buttati in acqua. Avevano aperto le braccia per ingannare il vento. Per fargli credere di essere uccelli. Li vidi esausti lasciare il sentiero di terra per il cielo. Due pazzi, che si erano creduti più leggeri delle foglie d'autunno. Due ragazzini che mi somigliavano, paura per paura. Vidi l'abisso nero. La Bocca del Diavolo non parlava di dolore. Braccia di madri si allungavano verso di me. Mani amiche uscivano dalla spuma bianca. I fiotti scavavano volti pacificati. Rimasi così, ritto sopra la morte. O sopra la liberazione. Mi tremavano le gambe. Quindi indietreggiai di un passo, di due. Il vento mi spingeva violento verso la strada.

E poi ripresi a correre.

Un'auto sconosciuta era parcheggiata davanti a casa. Ancor prima di arrivare al sentiero di ghiaia, sentii i gemiti di una ragazza. Rimasi pietrificato. Il cuore non era pronto a un altro dramma.

« Andrà tutto bene, signora! »

La voce di Sophie.

« Ma come, maledizione! Lo vede anche lei che niente va bene! »

E quella di una terza donna, che copriva i gemiti.

Gli ultimi metri li feci correndo. C'era una ragazza seduta all'entrata, con una coperta scura sulle spalle. Il vestito grigio era strappato. Notai i piedi nudi, le cosce. Sanguinava. C'era sangue ovunque. La fronte macchiata, le guance, le braccia. Il camice bianco di Sophie era insanguinato. Lei aiutava la giovane ferita ad alzarsi e a salire in auto. Stavo correndo, mi fermai di colpo. Slittai sulla ghiaia. Tutti gli occhi su di me.

« Chi è questo? » ringhiò la donna.

Sophie, il volto dispiaciuto.

« È mio nipote. Vive qui. »

L'altra agitò violentemente le braccia.

« Che venga ad aiutarci allora, invece di star lì con le mani in mano! »

Il tono, la voce, le maniere di una persona abituata a dare ordini.

Interrogai Sophie con lo sguardo. Lei annuì.

Non avevo visto il sangue sulla porta, sulle mattonelle dell'ingresso. La ragazza era pallida, gli occhi cerchiati di blu. Non urlava più, piangeva. Doveva avere la mia età. Tra le mani teneva una bambola di celluloide. La donna mi guardò con aria cattiva.

« Prendila sotto le ascelle! »

Le misi le mani sotto le braccia.

« No! »

La donna mi si lanciò contro.

« Non toccare mia figlia! »

Alzai le braccia, come davanti alla polizia.

«Ma mi ha detto...»

«Niente! Non ti ho detto niente!»

Mi spinse via con forza.

«Non voglio che un uomo tocchi mai più la mia bambina.»

Io avevo ancora le braccia in alto.

«Mai più, capito?»

Annuii. Mi sentii colpevole.

Sophie prese il mio posto dietro la ragazza. La sollevò. Sua madre la portò per le gambe. Era faticoso sul ghiaino.

«La portiera!»

Corsi. Aprii la porta del passeggero.

«Quella dietro, cretino!»

Mi trattenni.

Avrei potuto spezzarle il collo con due dita.

Sophie in un sussurro, arrivando alla mia altezza:

«Resta calmo, Jules».

L'altra la sentì. Incrociò il mio sguardo. Lesse la mia rabbia. Sbiancò.

La bambola era caduta sul ghiaino. La raccolsi. Era un giocattolo da ricchi, come quelli che i fratelli Rolin rubavano nelle case di Mayenne. E rivendevano sotto banco, al mercato dei ladri di Laval. I capelli erano modellati e dipinti, le labbra truccate di color corallo. La bambola aveva lunghe ciglia. Le palpebre si chiudevano.

La portai in cucina. C'era del sangue sul vestitino di tulle rosa, sul cappotto, addirittura sui calzini bianchi e sugli stivaletti coi lacci. Con uno straccio e dell'acqua, strofinai le macchie. Il sangue era fresco. Sentivo Sophie attraverso la porta aperta. Diceva alla donna di non preoccuparsi, l'emorragia si era fermata. Adesso la ragazza doveva riposare. No, non c'erano traghetti fino al mattino dopo. E bisognava sperare che restasse un posto per l'auto. In attesa di tornare a

Vannes, madre e figlia avrebbero dovuto passare la notte in un altro albergo. No, non potevano dormire lì. Era troppo pericoloso. Sophie le diede l'indirizzo di un'affittacamere, a Palais. E anche il nome di chi le avrebbe aperto la porta di servizio, nel cuore della notte. Era un'amica. Era necessario rassicurare madre e figlia, sotto la pioggia che aveva ripreso a cadere. Era la proprietaria del posto. C'era da fidarsi? A occhi chiusi. Le due donne erano state a scuola insieme e da allora erano inseparabili.

«C'è sempre stata nei momenti più difficili.»

«Più difficili.» Le parole di Sophie.

Ripensai al giorno del mio arrivo. La mia presenza disturbava l'infermiera. Suo marito le aveva detto che se mi avessero preso, sarei finito in galera. Lei aveva risposto che nascondermi lì avrebbe mandato lei in prigione. Adesso lo sapevo, quei due avevano un segreto.

Oltre al rotolo di banconote, in casa ora c'era anche il sangue.

Avviarono il motore. Io asciugai la bambola, il suo ridicolo volto da damina, i suoi occhi sbarrati, le palpebre mobili, il sorriso entusiasta. Fui tentato di lasciarle un po' di sangue tra i capelli modellati, sul retro della testa. Una traccia delle tragedie che avrebbe ormai per sempre vissuto. E poi no. Con cura feci sparire le ultime gocce del dramma.

Aprii il coltello e tagliai il nastro di mia madre. Così, senza pensarci. Gli occhi della bambola erano dello stesso colore della seta. Un grigio argentato, sbiadito dalle lacrime. Le annodai la metà del nastro attorno al collo. E infilai l'altra metà in tasca.

Quando arrivai sulla porta, l'auto se ne stava andando. Le corsi dietro, tagliando per il giardino, attraversando una siepe di rovi.

«Jules!»

Sophie. Il suo urlo spaventato. Non aveva visto che avevo la bambola in mano. Ma solo il mozzo che, come impazzito, usciva di casa urlando e facendo ampi gesti. Scavalcai il muretto, saltai giù, cadendo sulla strada, davanti all'auto, accecato dai fari. Aprii le braccia a croce, con le gambe divaricate.

La madre frenò. Vidi nell'abitacolo il suo volto impaurito. Mi avvicinai, tenendo la bambola davanti a me con due mani. Piano. Un passo, un altro. Temevo che la donna ripartisse, che mi urtasse, ma non lo fece. Sua figlia era seduta dietro, con la coperta come uno scialle sulla testa. Bussai sul finestrino con le dita, agitando la bambola come una marionetta. Lei la guardò, a bocca aperta. Si guardò le mani, le ginocchia, scosse via la coperta. La bambola non era con lei. Se n'era appena resa conto.

«La mia bambina!»

Le sue braccia tese. I suoi occhi spalancati. Sua madre si sporse. Girò la manovella per abbassare il finestrino.

Allungai la bambola alla ragazza. Lei me la strappò di mano, poi la strinse a sé.

«Ringrazia il signore» ordinò la madre.

La ragazza sbatté le ciglia e abbassò lo sguardo. Ed era tutto. Manovella, finestrino.

I ricchi mi avevano appena congedato.

*

Sangue ovunque. Imbrattava il corridoio fino alla porta color lavanda. L'ambulatorio era tutto a chiazze. Il lettino, le piastrelle del pavimento. C'erano addirittura degli schizzi sui muri. All'inizio pensai alla scena di un delitto. Di quelli che si leggono sui giornali. Il padre, il marito, un bastardo che aveva accoltellato la ragazza, e sua madre che l'aveva portata lì di corsa. Le due donne si somigliavano terribilmente. La stessa massa di capelli biondi, un volto grigio, grossi occhiali rotondi. La ragazza ferita era disperata. Pensai anche a un tentativo di suicidio. Si era tagliata le vene, voleva morire di dolore. Oppure era stata la madre. La madre, sì. Aveva cercato di uccidere la figlia e poi si era pentita del suo gesto. Dopo aver versato il sangue del suo sangue, aveva avuto paura. Sapeva che c'era un'infermiera sulla strada di Port-Belloc. Era arrivata urlando, portando la sua bambina, il suo amore, la sua moribonda.

« Aiutami, Jules. »

Sophie riempì due secchi d'acqua e sfregammo insieme, con la scopa, lo spazzolone di ferro. Strizzando senza fiatare lo straccio arrossato sopra al lavello. Non avevo mai visto così tanto sangue. Un labbro spaccato da una sberla, un ginocchio graffiato, una fronte presa a manganellate, ma mai questo. Nemmeno nei momenti peggiori della rivolta. Non avevo mai camminato sul sangue umano.

Stavo sciacquando il ghiaino a grandi secchiate quando Sophie si sedette sulla scala di pietra. Tirò fuori un pacchetto di sigarette dalla tasca. Me ne offrì una.

« È stato un incidente. »

Un filo di voce.

La ragazza era venuta la sera prima con la madre. Lei aveva operato come andava fatto ma, invece di tornare a Vannes, le due erano rimaste a Palais per la notte.

« I dolori sono cominciati all'Hôtel du Phare. »

Io ascoltavo l'infermiera. Si era raccolta i capelli rossi sulla testa.

« Non sarebbe mai dovuto succedere. »

Scossi la testa.

« Infatti non succede mai. »

Io guardai la mia sigaretta, i suoi occhi bassi. La mia voce, senza respiro:

« Cosa non succede mai? »
Lei mi osservò.
« Ma questo, quest'incidente! Non succede mai! »
Diede un tiro dalla sigaretta.
« Ci vogliono otto, dieci giorni prima del sangue. »
Si mise la testa tra le mani.
« C'era troppa segale cornuta? »
Di che cosa stava parlando?
A occhi chiusi, cercava una risposta.
« L'acqua borica! »
Fece un balzo.
« Ecco cos'è stato! »
Mi chiamava a testimone.
« Ho sbagliato il dosaggio. »
Un'altra Sophie. Il suo volto si era allungato, i suoi occhi non mi rispondevano, non aveva più labbra, i ciuffi di capelli le conferivano un'aria da matta.
« Non sto capendo niente, Sophie. »
Stesso stupore sul suo viso. Mi scrutava.
« Di cosa non stai capendo niente? »
Mi strinsi nelle spalle.
« Di tutto. Di tutto quello che stai dicendo. »
Lei si chinò.
« Che non avrei dovuto mettere tutta quella tintura di iodio? »
Scossi la testa.
« Ma quale tintura di iodio? Di cosa stai parlando? »
Lei spalancò gli occhi. Stupita. E poi si portò le mani davanti alla bocca.
« Mio Dio, Jules! »
Tre volte ripeté quella frase attraverso le dita.
« Mio Dio! »
Annuì, distrutta.
« Non capisci niente. »

Feci un debole sorriso.

« Te l'ho detto. »

Si alzò, a mani giunte, gli occhi rivolti al maltempo in arrivo.

« Davvero non capisci di cosa sto parlando? »

Gesto d'impotenza.

« Aiuto le donne che soffrono, Jules. »

Silenzio.

« Capisci adesso? »

Non ero sicuro.

« Ragazze a cui è capitato e che non volevano. »

Non chiesi niente, non mi mossi.

« Quel che faccio è creare angeli, Jules. »

La notte si squarciò. Alla riunione delle Croci di fuoco l'oratrice aveva denunciato le mammane che spopolavano il nostro Paese. Non pensavo che potessero esistere davvero. Quando aveva chiesto che fossero punite coloro che erano « *la rovina delle donne macchiate dal disonore* », avevo applaudito più forte degli altri. Di Hitler, dei comunisti, o anche delle Croci di fuoco non ci capivo niente. Me ne infischiavo che Alain odiasse Francis o che Francis detestasse Alain. Non capivo nemmeno chi avvolgeva le bombe nella bandiera bretone. Quella era politica. Gente che ci raggirava con belle frasi, discorsi, promesse. Loro rubavano milioni? E li vedevi sui giornali, vestiti come principi. Tu rubavi una pagnotta? Ti ritrovavi in cella, pestato da tre guardie. Quindi tutto ciò che quella gente poteva scandire, da una parte come dall'altra, non mi toccava. Era per questo che lasciavo parlare Alain, e il suo Lenin. O Pantxo, che detestava essere scambiato per spagnolo. O Ronan, che comunque era un padrone. Era anche per questo che avevo sbadigliato due volte alla riunione. Parole, parole, sempre le stesse, che fossero tricolori o rosse, comunque mi annoiavano.

Ma quando la donna ci aveva parlato delle creatrici di angeli, mi ero raggelato. Mia madre mi aveva abbandonato quando avevo cinque anni. Di lei avevo conservato solo il profumo umido del collo e il nastro che mi aveva legato al polso. Ero un orfano. Ce l'avevo scritto in faccia, era sepolto nel mio cuore, stretto tra i miei pugni. Mia madre se n'era andata. Era uno schifo, ma almeno mi aveva lasciato la vita. Mi aveva risparmiato. Come poteva una madre uccidere il proprio figlio? Non capivo. Non volevo capire. Davanti ai miei occhi, la bambola di celluloide dondolava piano. Immaginai che nella pancia delle madri i bebè fossero già vestiti.

Sophie tornò in casa. Io mi sedetti sul ghiaino. Sarei andato a dormire quando lei fosse salita in camera. Non volevo incrociarla, non avevo niente da dirle. Sophie uccideva i bambini degli altri. Non avrei mai più potuto guardarla in faccia.

*

Ronan rientrò all'alba. Per tutta la notte aveva lavorato con i suoi uomini al calafataggio e all'isolamento del peschereccio, che aveva urtato una roccia. La settimana successiva sarebbe stata di festa. Pantxo aveva preparato uno spezzatino. Alain era venuto con dello *chouchen*.

«Il nettare degli dei? Ma va' là! La bevanda dei turisti, piuttosto!»

Diceva il capitano ridendo.

*

Fu la sua voce a svegliarmi. Risuonava in salotto, grave e pesante. Quando scesi, Sophie e Ronan erano a tavola. Occupavano sempre gli stessi posti. Lei seduta con le spalle alla porta. Lui davanti, pronto ad affrontare chiunque l'avesse aperta. Quando mi vide, Sophie mise il caffè a scaldare.

« Non so come avrei fatto senza Jules. »
Ronan mi guardò.
« Grazie di averla aiutata. »
Ero arrabbiato. Con loro, con me. Ero stato testimone e complice di un crimine. Mi ricordai di Sophie il primo giorno, preoccupata della mia presenza.
« Rischia la galera! » le aveva detto Ronan.
« E io la prigione » aveva risposto lei.
Adesso capivo. Creare degli angeli, ecco qual era il loro segreto. Era per questo che l'infermiera aveva paura che restassi: la mia presenza poteva portare guai.
Entrambi mi guardavano, ma niente era più come prima. Qualcosa si era rotto. Avevano un segreto troppo pesante per me.
« Di' qualcosa » mi chiese Ronan.
Cosa?
Mi accesi la sigaretta che mi aveva dato Sophie.
« Se non fai domande, rimarrai per sempre senza risposte. »
Non tremavo così da quella volta a mollo nell'acqua del porto.
« Perché uccidete i bambini? »
Sophie espirò. Chinò la testa.
« Non sono bambini, Jules. »
La mia risata cattiva.
« E allora cosa sono? Topi? »
La Tigna si era appena invitata. Era qualche giorno che sonnecchiava.
« Sono feti di sei settimane. »
Cercava di ingannarmi.
« Oltre mi rifiuto. »
« E cos'è un feto? Non è l'inizio di un bambino? »
Sophie, con le mani giunte sul tavolo.
« È un seme di dieci millimetri, Jules. »

C'era del sangue sui miei pantaloni.

«E perché li uccidi, quei semi?»

Ero rimasto in piedi davanti al tavolo.

«Cosa ti hanno fatto?»

Ronan avvicinò una sedia.

«Siediti, mozzo. Il caffè si fredda.»

Esitai. Mi sedetti.

«La ragazza di questa notte si chiama Garance.»

Sophie evitava il mio sguardo.

«È stata violentata dal fratello. Quando ha capito di essere incinta, ha tentato di uccidersi.»

Io tacevo.

«Garance ha detto a sua madre che preferiva morire. Allora sono venute da me.»

Il caffè era bollente. Tenevo la tazza con entrambe le mani, gli occhi fissi su quelli di Sophie. Lei mi parlò di ragazze, di donne, di paura, di vergogna. Una sera era stata una ragazzina di quattordici anni a venire a supplicarla. Da quando sua madre era morta, il padre se l'era messa nel letto.

«E cosa dovrei fare io, Jules?»

Guardai la mia tazza.

«Rispondimi, per favore.»

Ronan aggiunse un goccio di acquavite alla sua tazza.

«State parlando solo di stupri, così è troppo facile.»

Lei sorrise. Un'ombra leggera.

«Hai ragione. Non c'è solo questo. Sarebbe troppo semplice.»

Allora fece entrare la povertà dentro casa. La donna stremata, con dieci bambini attaccati alla sottana, e un undicesimo che decide di non accogliere. La tradita, lusingata da una rosa, una promessa, una bella canzone d'amore, che il mattino si ritrova sola e con il ventre pieno. La picchiata, fecondata dal suo carnefice, che poi non vuole dividerla con un figlio. La miserevole, obbligata a contare le bocche da sfamare. La vergine, che nessuno aveva messo in guardia e che non ha capito perché un giorno il suo ventre ha smesso di sanguinare.

Mi ronzava la testa. Rivedevo la militante dell'Alleanza nazionale.

« *La nostra missione è la sacra risposta dei Ripopolatori!* »

« Sai che cosa fanno quelle donne se nessuno le aiuta? »

No, non lo sapevo.

« Si avvelenano per farlo andare via. Si bevono la sabina. Mischiano artemisia e china. Si fanno tisane di arsenico e piombo. Si provocano congestioni sanguigne, contrazioni uterine, vomitano, si purgano, se la fanno addosso. »

Ronan si alzò. Aprì la porta per accogliere il mattino.

« E se non funziona, si perforano con un pennino, con un ferro da calza, una spilla per i capelli, del filo di rame, tutto ciò che ahimè capita loro a tiro. »

Si zittì.

« Muoiono. È una carneficina. »

« Era una carneficina anche qui, poco fa. »

Sophie annuì. La ragazza era venuta la sera prima. L'infermiera aveva utilizzato un clistere per scollare l'ovulo. Un miscuglio di acqua borica, sapone nero, tintura di iodio, segale e aceto. Prima della dilatazione del collo e dell'emorragia, le sue pazienti avevano davanti qualche giorno. Ma non questa volta. Dopo i primi sanguinamenti, avevano lasciato l'Hôtel du Phare nel pieno della notte, ed erano corse da Sophie per chiedere aiuto.

« E cosa ci guadagni a fare questa cosa? »

Piccolo gesto irritato.

Questa volta fu Ronan a rispondermi:

« Se intendi soldi, niente. Ci sono medici che chiedono fino a cinquecento franchi per farlo. Ma Sophie ne chiede solo venti. Per il rischio, il tempo e gli asciugamani di spugna ».

«Quale rischio?»
Lui si chinò verso di me.
«La prigione.»
L'infermiera era altrove, un velo triste sul volto.
«Quando ho saputo che i gendarmi davano la stessa somma per ogni colono catturato, ho pianto. Vivo o morto, sempre venti franchi, questo è il prezzo di un bambino.»

Sophie avvicinò la sedia a quella di Ronan, poi posò la testa sulla sua spalla. Dentro di me avevo solo lamenti. Volti di donne martirizzate. Sophie era brava a parlare. Mi scusai. Avevo dormito male. Volevo riposarmi fino a pranzo.
«Anche io» sorrise Sophie.
Ancora una volta aveva rimandato la Tigna a cuccia.
E mi aveva insegnato che l'aborto non è un capriccio, ma una prova di infelicità.

Quando la sera prima ero tornato, ero pronto a raccontare tutto. Raccontare a Sophie che suo fratello mi aveva smascherato. Che mi aveva proposto un accordo. Rivedevo i suoi occhi, dentro l'auto: «*È il rosso quello che deve pagare, d'accordo?*»
Mi teneva in pugno. Ero la sua arma contro l'uomo che voleva allontanare dalla sorella. «*Liberarla di lui*» diceva. La madre era morta cercando di farla ragionare. Ed ecco che lui raccoglieva il testimone. Voleva convincerla a lasciare l'isola, a seguirlo a Lorient. Rifarsi una vita con un francese onesto. Smetterla di farlo vergognare, rendere onore alla madre. E al padre, anche, quel mezzo uomo che lei aveva spezzato.
Ma non dissi niente a Sophie.
C'erano stati troppi urli e troppi pianti perché lei sentisse il mio spavento.
Troppo sangue sulle sue mani per agitare le mie.

14

Una Citroën giallo sangue

11 settembre 1934

Il comandante Mével venne a prendermi la sera dopo. Aveva di certo aspettato che Ronan se ne andasse. Attese che il vecchio mozzo e il suo carretto portassero il capitano al bacino di carenaggio. Parcheggiò la sua auto gialla sul terrapieno. Si appoggiò alla portiera e aspettò.

« Il tuo nuovo amico! »

La voce ironica di Sophie, sulle scale.

Guardai dalla finestra, lui fumava una sigaretta osservando il cielo. Scesi.

« Sai cosa vuole da te? »

Mentii:

« Ha detto che mi avrebbe portato uno o due libri sul movimento ».

Sua sorella fece un gesto irritato.

« Non è un movimento, Jules. È una banda! »

Non risposi. Stavo per aprire la porta, ma lei mi bloccò il braccio.

« Non diciamo niente a Ronan, quei due si odiano. »

« E quindi? »

Una piccola ridicola sfida. Lei sospirò.

« Non è solo questione di idee, Jules. Ronan è geloso. »

« Geloso? »

Mi picchiettò sul cuore.

« Ma cosa credi? Lui vuole bene al suo mozzo. Non ti vuole dividere con nessun altro. »

Aprii la porta. Lei la richiuse col piede.

«Soprattutto se a ronzarti attorno è un suo nemico.»

Sophie lasciò libera la porta.

«E non una parola su ieri. Finirei subito in prigione.»

Mi passò due dita sulla guancia.

«Non lasciarti abbindolare, ti chiedo solo questo.»

Spalancai la porta. Il fratello aveva visto tutto. Con lo sguardo accigliato, avanzava lento sulla strada. Alzai una mano. Feci segno che era tutto a posto.

Mise in moto la macchina con la manovella, senza staccarmi gli occhi di dosso.

Tosse d'acciaio. Scoppiettio del motore.

«Sei passato da una colonia penale a una prigione?»

Rise.

«Sali.»

Non mi mossi.

«Per andare dove?»

Allargò le braccia.

«Alla gendarmeria a denunciarti oppure a comprare il tuo biglietto per Quiberon.»

Si sistemò sul sedile.

«Spetta a te decidere.»

Sophie aveva chiuso la porta. Mi osservava dalla finestra. Ridendo alzò il braccio sinistro, come aveva fatto Alain davanti alla bara della vecchia.

Suo fratello la vide.

«Non rispondi alla mia adorata sorella?»

Lo fece lui. Alla maniera del soldato, con la mano alla tempia.

«Un altro mese ancora e saresti irrecuperabile.»

L'auto partì.

«Per fortuna ci sono io.»

«Dove andiamo?»

Gesto vago.

« In un posto tranquillo, per parlare un po'. »

Mi infilai sul sedile. Stava arrivando il sereno, il fratello aveva abbassato la capote.

*

La lavandaia dell'Hôtel du Phare era un'amica di Francis Mével. A Sauzon girava voce che si conoscessero molto bene. E che avesse ospitato più volte il divorziato, quando lui aveva ingenuamente perso l'ultimo traghetto per il continente. L'avevo notata alla riunione pubblica delle Croci di fuoco, mentre sistemava discretamente il budriere del comandante attorcigliatosi sulla schiena. Il giorno dopo la donna era stata chiamata in aiuto dalla governante dell'albergo. Una madre e una figlia, che avevano passato lì la notte, avevano lasciato la stanza prima dell'alba. Avevano messo i soldi sul comò insieme a una breve lettera di scuse. La ragazzina aveva avuto « una violenta indisposizione ». Avevano preferito passare il resto della notte in auto in attesa della prima nave per Quiberon. La storia non stava in piedi. La madre si scusava anche del « disagio » causato all'albergo. Aveva aggiunto un po' di soldi per i danni. Sua figlia aveva perso del sangue.

Nell'immondizia la donna delle pulizie aveva trovato quattro asciugamani di spugna e della biancheria inzuppata di sangue. La governante era giovane, aveva avuto paura. Aveva addirittura pensato a un delitto. Per questo aveva chiamato la lavandaia. Che aveva avvisato il suo amico Croce di fuoco. Quelle non erano tracce di mestruazioni. Più vischiose, più grasse, quello era sangue da parto. Allora il comandante Mével aveva giocato al soldato, al poliziotto, all'inquisitore. Era andato ad aspettare madre e figlia all'imbarcadero. Mentre l'auto veniva issata a bordo, si era presentato come « un patriota ». Non voleva far loro del male. La prova? Era venuto da solo. La sera prima era alla testa di una squadra di Croci di fuoco pronta a venire alle mani con i comunisti, sostenitori di una politica delle nascite, e con tutti quei bastardi che volevano spopolare la Francia. Avrebbe potuto presentarsi con i suoi uomini, fascia al braccio e fischietto in bocca, ma era da solo e a mani vuote.

Lui guidava e raccontava. Ogni tanto si girava per vedere la mia reazione.

Il comandante aveva condotto le donne in disparte. Loro lo avevano seguito, a capo chino. Con il suo basco, lo stemma con il teschio, gli stivaloni, il lungo impermeabile beige e il bastone da picchiatore, incuteva soggezione. Non aveva nemmeno bisogno di alzare la voce. Con un gesto teatrale aveva aperto un pannolino insanguinato, avvolto nella stoffa. Aveva chiamato le due donne per nome. Registrandosi all'albergo, non avevano mentito.

«Vi lascio andare via tranquille se mi date il nome della mammana.»

Sorriso.

«Avresti dovuto vedere com'erano sollevate.»

Un'occhiata veloce.

«Il seguito lo conosci, no?»

Non risposi.

«Quando ho chiesto loro se l'infermiera era stata aiutata dal marito, mi hanno risposto: no, dal nipote.»

Altra occhiata del comandante.

«Colono evaso e complice di un aborto, accidenti che colpo.»

Arrivammo alla Punta del Castello Vecchio. Lui parcheggiò al margine del sentiero. In mezzo alla landa, si vedeva solo l'auto, gialla come il ginestrone a primavera.

«Continuiamo a piedi» ordinò.

Mi lasciai guidare. Prendemmo un sentiero costiero, senza fiatare.

«Cammina più veloce, la notte scende presto quaggiù.»

Mi teneva al guinzaglio.

Imboccammo un sentiero in direzione delle rocce e delle falesie.

Mi fermai.

«Cosa facciamo?»

«Te l'ho detto, è il momento di comprarti il biglietto per Quiberon.»

Affondò le mani nelle tasche.

«O per la prigione. Dipende solo da te.»

C'era una grotta, dentro un arco di roccia, subito prima del dirupo. Un riparo di quelli che avevano nascosto gli evasi. Lui entrò per primo, io lo seguii. Si sedette su un masso, mentre le onde colpivano la pietra.

«Siediti.»

Si accese una sigaretta, proteggendo la fiamma nell'incavo della mano.

«Cosa facciamo qui?»

«Niente. Aspettiamo che venga sera.»

Stavo per alzarmi.

«Seduto!»

Altro sguardo, altro tono, altro volto.

Frugò nella tasca dell'impermeabile. Ne estrasse due biglie di terracotta. Una nera e una rossa. Me le mostrò, come prima di un trucco di magia, poi le lanciò nella sabbia.

«Tra un'ora sarà buio. E col buio non potrai più distinguere tra la biglia rossa e la biglia nera. Fino ad allora, pensaci su. E quando sarà il momento, ti chiederò di rispondere alla mia domanda.»

Guardai il fratello, le biglie, l'oceano che ribolliva. Era

una scena ridicola. Due ragazzini su uno scoglio durante le vacanze, che si inventano una storia di spie.

D'istinto tirai il nastro fuori dalla tasca. Lo accarezzai come un rosario. Quel tipo era pazzo. E poteva farmi del male.

« Sei pronto a consegnare Ronan Kadarn per salvarti la vita? »

« Sì. »

Mi era uscito così. Forte, chiaro, senza esitazione.

Titubanza. Francis mi osservò. La sua fronte, il suo sguardo, le sue labbra dubitavano.

« Prenditi il tuo tempo, hai fino a sera. »

Il rosso, il nero, i colori resistevano ancora alle tenebre.

Una frescura umida. Lui si alzò il collo dell'impermeabile.

Sospirai.

« Non ho più tempo. »

Lo supplicai:

« Non voglio tornare in cella ».

Il suo sguardo sulle mie mani nervose.

« Mi trasferiranno a Eysses. Ed Eysses è ancora peggio! »

Mi grattavo il palmo.

« E dopo mi manderanno a Cayenne. »

Gli dissi che non avrei sopportato un altro muro, un altro sopruso, delle altre botte. Ero stanco di nascondermi. Sfinito di recitare un ruolo. Dovevo lasciare l'isola, ora e per sempre. Dovevo voltarle le spalle, a qualsiasi costo.

« A qualsiasi costo? »

« A qualsiasi costo. »

Stordirlo, eludere la sua diffidenza. Poi ci avrei pensato. Avrei trovato un modo per spegnere quel fuoco. Ma per prima cosa dovevo lasciare quella pozza d'acqua, risalire in auto. Andare verso la luce. Quella grotta mi metteva a disagio, la sua presenza, il suo sguardo. Non capivo cosa volesse. Per la prima volta da tanto tempo, provavo paura. Avrei voluto rifugiarmi tra le braccia di Sophie, di Ronan.

Che mi aiutassero, che lottassimo insieme. Quel bastardo ci teneva tutti in pugno.

All'improvviso sospirò. Diede un calcio alle biglie.

« Allora facciamo così. »

Si alzò. Stavo per imitarlo.

« Resta seduto, che ti spiego. »

Parlò. Espose un piano di battaglia. Avrei dovuto nascondere dei documenti nella casa di Ronan, e sulla barca. Dei giornali anarchici, dei volantini comunisti. E anche le istruzioni per costruire una bomba, il progetto di qualche attentato, contro la cattedrale di Rennes, l'arsenale di Lorient, il movimento delle Croci di fuoco. Un piano di evasione dalla prigione criminale di Vannes. I nomi dei poliziotti con i loro indirizzi.

Si accovacciò davanti a me.

« Ci saranno due pistole e una granata tedesca. »

Si sedette.

« È tutto » aggiunse.

Il capitano sarebbe andato in prigione. E così Alain e Pantxo. Forse anche Perig. Nessuno di loro si sarebbe salvato. Che urlassero pure al complotto, protestassero, imprecassero, gli avrebbero solo riso in faccia. Polizia, giustizia, giornali. Vedevo già il titolo dell'*Ouest Républicain*: I CONGIURATI DELLA *SAINTE-SOPHIE*.

Sulla sabbia, le due biglie erano nere.

Il comandante, nel buio.

« E mia sorella ne esce pulita. »

La sua voce soltanto, la sua presenza, la sua minaccia.

« E io? »

La sua risata.

« Tu? Ma tu sarai già lontano. Non sentirai nemmeno parlare di questa storia. »

« E con che soldi me ne vado? »

La stessa aria, arrogante e soddisfatta.

« Ma i tuoi! L'incasso della vostra falsa colletta. »

Batté le mani.

« Ti ritorna tutto. Quasi diecimila franchi per farti una nuova vita, non male, no? »

Si alzò, mani sulle cosce.

« Andiamo. »

Feci fatica. Avevo le gambe pesanti, doloranti. La testa spaccata tra le mani. Il ventre pieno di pietre. Una luna lattiginosa saliva in cielo. Inciampai.

« Non è il momento di cadere in acqua, ho bisogno di te, eh. »

« Dove li ha trovati? »

Lui si voltò.

« Cosa? »

« I volantini, gli attentati, le armi? »

Assunse un'aria importante.

« Sono frutto di sequestri di poliziotti amici, e qualcosa è fatto in casa, come per la cattedrale di Rennes. Basta usare l'immaginazione. »

« E le armi? »

Il comandante, più torvo:

« Mi sono ingegnato in qualche modo ».

« E se le Croci di fuoco scoprono che lei si muove in proprio? »

Il suo sguardo brillante nel buio.

« E chi farà la soffiata? Tu? L'evaso? »

L'auto riluceva debole in lontananza.

« In che giorno ripartono per la pesca i tuoi compagni? »

Il comandante non mi guardava più. Aveva il coltello dalla parte del manico.

« Lunedì prossimo. »

Mi guardò.

« Domenica ti porto il materiale. E lo metti metà qua e metà là. Peschereccio e casa. »

Alzò il dito. Gli era venuta in mente un'altra cosa.

« E scriverai bene tutti i nascondigli, perché i gendarmi vadano a colpo sicuro. »

Mi figurai l'armadietto di ferro di Ronan. Avrei potuto arrotolare dei volantini dentro la vecchia carta nautica, nascondere la granata sopra l'armadio, insieme alle banconote. Il cassetto dell'orologio poteva nascondere i nomi dei poliziotti da ammazzare. Mi vidi addirittura in mare, a infilare le pistole sotto il cumulo di drizze.

« Sarà lei a denunciarli? »

« Ma certo che no! Sarai tu, ragazzo! Una bella letterina, imbucata subito dopo essertene andato. »

Rise.

« Nessun poliziotto ti darà più fastidio. »

Eravamo a qualche metro dall'auto. Si voltò, faccia all'oceano.

« Che pace, vero? »

Aprì la portiera per mettersi al volante.

« Vedrai, passare da delinquentello a patriota si rivelerà abbastanza facile. »

Avevo il coltello in mano, lo stringevo come un pugnale. Era da quando avevamo lasciato la grotta che stavo pronto a colpire. Ma volevo scegliere il momento giusto. Lui avrebbe smesso di camminare, di parlare, di ridere, di respirare rumorosamente. Solo io avrei deciso il momento. Era vertiginoso.

« Che pace, vero? »

Ecco la parola di troppo.

Ma quale pace?

Nella mia vita non c'era mai stata pace.

Lo colpii alla schiena. Fino al manico. Attraverso il cotone dell'impermeabile, la giacca, la camicia. Sentii cedere la pelle. Una volta, due volte. Colpi bassi, braccia lungo il corpo, come un ladruncolo di periferia. Lui si girò con le mani alzate per ribattere. Non incrociai il suo sguardo, era troppo buio. Meglio così. Uccidevo un uomo senza occhi. Nulla di umano sarebbe venuto a tormentare le mie notti.

Lo pugnalai alla gola. Due volte. Coltello in alto, braccio alzato. Un attacco da trincea, che coglie il nemico nel sonno. Lui cadde in ginocchio, poi sulla pancia, senza una parola. Nemmeno il tempo di un grido. Mi lasciai cadere su di lui, con tutto il peso, tenendogli un ginocchio sulla schiena. Lo trafissi con entrambe le mani, lo abbattei. Il collo, la nuca, il colpo di grazia.

Avevo male al braccio, alla spalla. Non stavo sognando. Era successo davvero. L'auto gialla era macchiata di sangue. Colava in rivoli sulla famiglia felice. Il padre con i baffi, la madre con il bel foulard, il figlio che si ingozzava dietro, con il viso impiastricciato di gelatina di ribes.

Asciugai con calma il coltello sulla manica del suo impermeabile. Non tremavo. La mia rabbia era svanita insieme al suo ultimo respiro. Non mi voltai. Camminai nella landa scura chiedendomi se la pioggia avrebbe lavato via tutto quel sangue. Non mi preoccupai di niente. Né di incontrare qualcuno nella notte, né di essere visto. Mi ero appena sbarazzato di un fardello. Scendendo dall'auto ero un uomo morto, tornando sui miei passi ero un assassino. Senza vergogna né tormenti di coscienza. O io o lui. Non avevo avuto scelta. Avrei convissuto con quel delitto. E mi stava bene così.

15

Agente provocatore

Il corpo di Francis Mével fu ritrovato all'alba, da un pescatore di gamberetti. Secondo *L'Ouest-Éclair*, la polizia aveva scartato la tesi del suicidio come anche quella dell'incidente. Dal canto suo, *L'Ouest Républicain* menzionava il « probabile omicidio » di un « noto e stimato agente assicurativo di Lorient ». I due giornali parlavano di un testimone, che aveva visto da lontano « il sangue sulla carrozzeria della Citroën gialla ». Ai giornali era servita quasi una settimana per scrivere che la vittima apparteneva ai « dispos », il braccio armato delle Croci di fuoco. E che si era sicuramente trattato di un'imboscata. Un mese dopo la morte, la foto del comandante era in prima pagina sul *Flambeau*, sotto il titolo VIGLIACCAMENTE ASSASSINATO. Il giornale del movimento parlava di « due colpi sparati alle spalle da distanza ravvicinata », denunciando « la canaglia comunista e anarchica » per poi tacere. Non una riga sull'edizione seguente, neanche una parola nei mesi successivi. Il dubbio si era insinuato.

Durante la perquisizione del suo domicilio a Palais, gli investigatori avevano trovato la lista di numerosi poliziotti del Morbihan, con i loro indirizzi. La vittima conservava anche note manoscritte sulle loro abitudini, le targhe d'immatricolazione delle auto e le scuole dei figli. I gendarmi avevano anche trovato i piani preparatori di diversi attentati, tra i quali uno alla cattedrale Saint-Pierre di Rennes. Nei documenti acquisiti era anche precisato che « due dispositivi infernali » sarebbero stati messi all'interno della chiesa, il primo contro il retablo fiammingo, l'altro sotto la cassa di legno di quercia del grande organo. L'azione avrebbe avuto luogo di notte, per evitare vittime civili. I militari avevano inoltre scoperto una formula per fabbricare delle bombe usando clorato di potassio, fertilizzante agricolo e zucchero. Era nascosta in una sacca contenente bulloni e chiodi da carpentiere. Nel suo appartamento di Lorient, la polizia aveva anche messo le mani su un'importante documentazione anarchica, comunista e antifascista. Libri, volantini, manifesti, e seimila franchi in contanti. Ma soprattutto due pistole, delle munizioni e una granata tedesca in grado di funzionare.

« Agente assicurativo o agente provocatore? » aveva scritto *L'Action française* in un articolo di fondo pagina. La domanda era rimasta senza risposta. E poi la morte di Raymond Poincaré, « ex presidente della Repubblica benemerito della patria », aveva spazzato via tutto.

« Stronzate dei giornalisti o recitava davvero così bene? »

L'epitaffio di Alain. Un sorriso, una frase e una scrollata di spalle.

« No. Stronzate dei giornalisti » tagliò corto Ronan con voce grave.

Sophie era sconvolta. Sapeva. Era l'unica a sapere.

Quella notte ero tornato a piedi, con il sangue sulla maglia a righe, che avevo provato a pulire con l'acqua. Avevo confessato sulle scale, dietro la porta chiusa. Suo fratello aveva scoperto tutto. Voleva ricattarmi. O incastravo Ronan o lui denunciava la sorella. Sophie mi aveva fatto cenno di tacere.

« Ti supplico, dimmi che non l'hai ucciso a sangue freddo! »

Mi aveva preso per le spalle. Non capivo la sua domanda.

« Dimmi che ti ha aggredito! »

Io avevo abbassato gli occhi. Lei mi aveva scosso con entrambe le mani.

« Ma dimmi qualcosa! Ti sei difeso, è stato un incidente, dimmelo! »

Piangeva. Non l'avevo mai vista piangere. Una bambina terrorizzata.

« Dimmi la verità, accidenti! »

Il mio sguardo nel suo.

« Ti ho già detto la verità, Sophie. »

Tuo fratello aveva capito che ero un evaso. Mi teneva in pugno. Ne aveva approfittato. Voleva sbarazzarsi di Ronan. Mi aveva chiesto di mettere delle armi sulla barca, di nascondere una granata in casa, progetti di attentati, istruzioni di una bomba, qualche rivista compromettente. Per far cadere il capitano e il suo equipaggio di rossi. Voleva redimerti, Sophie. Salvare la sorella dalle grinfie di un uomo che l'aveva condotta sulla cattiva strada. Ti voleva a casa con lui. La madre e la figlia gli avevano detto di te, Sophie. Avevano confessato tutto. L'ambulatorio, le visite. Per questo ero stato al suo gioco, altrimenti ci avrebbe denunciati entrambi. Io il fuggitivo, tu la mammana. Preferiva saperti in prigione che insieme a un pirata. La verità, Sophie? Questa è l'unica verità che ho.

Lei non aveva voluto sentire niente. Non mi aveva creduto. Era arrabbiata. Per settimane, mi aveva a malapena rivolto parola.

« Ma sbaglio o ti sta tenendo il muso? » mi aveva chiesto Ronan ridendo.

Non andai al funerale del comandante. Quando fu sepolto, la perquisizione non era ancora avvenuta. C'erano gli amici, i camerati e la sua reputazione ancora intatta.

« Ai caduti! »

Rispondendo al grido, tutte le bandiere erano state messe a mezz'asta.

Sophie era in mezzo lutto. Un completo blu notte poteva bastare.

E poi, un mattino, un'amica le aveva portato il giornale. Si parlava di suo fratello. Quei « bastardi dei giornalisti » ne facevano un « agente provocatore », svelavano « il complotto » e « la doppia vita della Croce di fuoco ». Solo lei aveva capito che « le prove della sua duplicità », di cui tanto si erano rallegrati i giornali, in realtà erano state confezionate ad arte dal fratello stesso per liberarsi di suo marito.

Quel giorno ero tornato dal porto in bicicletta, dato che Ronan era rimasto all'asta. Sophie mi aspettava in cortile, seduta sulla panca di pietra, con il giornale aperto sulle gambe. Era distrutta. Sapeva. Io capii subito. Aprii le braccia perché venisse a rifugiarvisi. Singhiozzava.

« Scusami, Jules. »

Piangeva il tradimento del fratello. Piangeva per aver dubitato di me.

Piangeva di tristezza e di rancore.

16

Guernica

26 aprile 1937

Dopo tre anni il mio volto, il mio nome, la mia stessa esistenza erano stati dimenticati. La favoletta dell'evaso introvabile era durata quanto la carta di giornale. Ora ero davvero libero. La gente non faceva più caso a me. Avevo ritrovato i miei capelli, probabilmente i riccioli scuri di mia madre. E anche la pace. In giro mi chiamavano Kadarn o « il nipote ». La fornaia mi si rivolgeva con un « signor Jules ». Al porto ero il mozzo della *Sainte-Sophie.* Andavo di rado a Palais. Più per superstizione che per paura di fare brutti incontri. Quando il mio sguardo incappava sul muro o sulla cittadella, abbassavo gli occhi. Avevo incrociato Le Goff all'asta del pesce, con una grassa signora che doveva essere sua moglie. Anche sugli abiti della domenica portava le sue decorazioni. Una mattina salutai padre Bricout al porto di Sauzon. Indossavo un berretto, lo tolsi.

« Buona giornata, padre. »

Lui si chinò leggermente, con lo sguardo inquieto, come sempre. Sentii che si voltava di nuovo alle mie spalle. Ero vestito come di ritorno dalla pesca, con una rete da rammendare in spalla. Non somigliavo a niente e a nessuno, e quindi a tutti. Un'altra volta fu Chautemps che vidi all'imbarcadero. Prendeva il traghetto, accompagnato da una ragazza senza sorriso. Decisi di divertirmi un po'. Mi avvicinai, chiedendogli educatamente se sapesse l'ora della prossima partenza per Quiberon. Lui mi squadrò. Un bagliore di sospetto in fondo allo sguardo, le sopracciglia aggrottate, un'ombra leggera sulla fronte. E poi niente. Consultò l'orologio da taschino. Restavano esattamente ventitré minuti alla sirena della nave e al ritiro della passerella. Una voce civile, melodiosa. Nessuna traccia del mastino. Ringraziai. Sorrisi alla ragazza che non ricambiò, e ripresi la mia vita di ragazzo per bene.

All'angolo della strada mi battei le mani ridendo. Io, Jules Bonneau, evaso della Colonia penale di Belle-Île, avevo appena chiesto l'ora del prossimo traghetto per il continente al capo delle guardie della mia prigione. Ero un pazzo.

Un'altra volta provai una stretta al cuore. Una domenica. Ero in bici, quando sentii le prime note della fanfara della colonia. Mi fermai su un dosso. Non per salutare Camille, né per portarlo via, ma soltanto per vederlo di nascosto. Calcai il berretto sugli occhi. Ero sul chi va là. I ragazzi sono più furbi degli uomini arroganti.

Arrivarono a passo di marcia, cinquanta infelici travestiti da mozzi della marina navale. Maglie alla marinara ben stirate, giubbe da equipaggio, berretti col pompon, sottogola, trombe, flauti, tamburi militari, battevano a terra con le loro galosce come per vendicarsene. Mi sorprese una lacrima. Pensai di girarmi verso il muro. Brillat l'Anguilla e Malo Piccolo c'erano ancora, tra i ranghi, a divorare con gli occhi i bambini che li guardavano passare. Ancora una volta cercai Camille. Invano. La sua testa a uovo, le sue gambe esili, i suoi occhi da animale inquieto, la sua maniera di soffiare serio nello strumento, non vidi nulla. Quando Jesson arrivò alla mia altezza, non resistetti. Stupidaggine, bravata, buffonata, non lo saprò mai cosa fu. Feci suonare il campanello della bici. Tre pressioni del pollice. Un saluto metallico. Lui stava battendo sul tamburo militare. Alzò gli occhi. Spalancò la bocca. Un sorriso immenso. Gli strizzai l'occhio risalendo in sella. E lui si voltò, inutile follia. Napoleone gli andò vicino.

« Guardare avanti! » abbaiò l'Imperatore.

Jesson rettificò la sua posizione. E picchiò come non mai sul tamburo, facendo volteggiare le bacchette, giovane tamburino che va all'assalto circondato da soldati dell'Ancient Régime. Non avrebbe parlato. Ma sapevo che allo spegnimento delle luci, ben nascosto dietro le sue pesanti palpebre, la Tigna sarebbe stato lì con lui. Vestito con gli abiti della domenica, sulla sua bici Gitane, avrebbe suonato il campanello d'argento solo per lui. Per poi fargli sapere, con un occhiolino, che da quella maledetta prigione si poteva evadere.

Per mesi pensai di lasciare l'isola. Ronan me l'aveva proposto. E poi? Non c'era nessuno ad aspettarmi. Né alla Mayenne, né a Parigi, troppo grande per me, né in nessun'altra città, nessun villaggio, nessuna famiglia. Ero Jules Solosoletto. Perciò, a poco a poco, capii che era lì casa mia. Lì dove avevo un lavoro. Non mendicavo la mia vita, me la guadagnavo. Ogni mese pagavo la mia camera al capitano. C'era l'impronta dei miei stivali in un angolo del peschereccio, il mio piatto alla tavola di famiglia, il mio bicchiere di acquavite all'angolo di un bancone. Ero ovunque legittimo. Mi ero conquistato la mia libertà, mi stavo forgiando una dignità. Due volte, due notti di febbre, tornai a uccidere nella grotta. In quegli incubi il comandante Mével aveva il mio sguardo. Moriva con i miei occhi e io uccidevo con i suoi.

*

Ronan ci aveva messo tre anni per adottarmi a tutti gli effetti. Da colono evaso che difendeva la pelle a pugni e coltello ero diventato un pescatore come gli altri. Un vero mozzo. E un membro del suo equipaggio a pieno titolo, con la paga ogni venerdì e il suo bicchiere al Frères. Molto più di questo. Quando la pesca era buona, mi chiamava « figliolo ».

Per Sophie era stato più difficile. Con la scomparsa di Francis, qualcosa si era rotto. Non tra noi, ma in lei. Io l'avevo fatto per proteggerci, lo sapeva, ma restavo comunque l'uomo che aveva ucciso suo fratello. Molto dopo la sua morte, la rivista *Détective* aveva fornito i dettagli dell'omicidio. « Trentuno coltellate » aveva scritto un giornalista. Il medico legale aveva parlato di una « vera carneficina », una « follia omicida ». Trentuno ferite. Era possibile. Avevo chiuso gli occhi. E pugnalato come per liberarmi. Poi avevo dimenticato. Decostruito il caos e fabbricato un crimine accettabile. Uno squarcio qui, altri due là. Tocchi chirurgici. Ed era falso, probabilmente. Secondo i medici l'avevo dilaniato. Era uno squartatore quello che Sophie aveva davanti in salotto, al porto, al bar la domenica mattina. Il ragazzino che aveva curato alla Colonia penale era diventato l'uomo che aveva fatto a brandelli suo fratello. Ogni volta che mangiavo alla sua tavola, sentivo i suoi occhi sulla mia mano. Quella che teneva il coltello.

Pantxo, invece, aveva perso il piacere di vivere. Al momento di brindare, alzava il bicchiere con tristezza e assaggiava appena la *cotriade*. A bordo snobbava il tiro delle reti, vogava senza cuore. A terra ci evitava. Anche me, che chiamava affettuosamente brigante.

Un giorno, tornando al porto, Ronan gli aveva detto:

« Che palle che sei, basco! »

Il capitano era avvilito per lui, per tutti noi.

Da quasi un anno l'equipaggio viveva con lui le tristi ore del suo Paese.

Un mattino del luglio 1936 era salito a bordo in compagnia della sua rabbia. Era la prima volta che si imbarcava senza sorridere né stringerci la mano. Alcuni militari spagnoli erano insorti in Marocco. Diceva che non sarebbe finita lì, e aveva ragione. Quando le prime caserme si erano sollevate contro il Frente Popular, il basco se l'era presa con noi.

« Pensate soltanto alle sarde! »

Ronan gli aveva ricordato che la nostra vita dipendeva da quel lavoro.

« Me ne fotto del vostro lavoro » aveva ringhiato Pantxo.

Al foulard rosso di Alain, il basco rispondeva con un foulard nero. Era anarchico. « Libertario » diceva lui. Aveva comprato una vecchia TSF Manufrance a Quiberon, l'aveva riparata e programmata sulle onde corte per captare la radio ufficiale del governo repubblicano. Ogni sera, alle 21.20, si sistemava davanti all'apparecchio e cercava Radio Madrid, su 30,43 metri. E ogni mattina, nel salire, era più triste della mattina precedente.

Ma quel 29 aprile 1937 il basco era rimasto abbattuto sul banco di voga. Aveva pianto. Il volto pallido di una notte senza sonno. Ed era toccato a me affondare il remo.

Tre giorni prima, gli aerei fascisti e quelli di Hitler avevano distrutto una città del suo Paese. Era un luogo senza nessuna importanza strategica. Secondo la radio lealista, i bombardieri tedeschi e i caccia italiani avevano ricevuto l'ordine di terrorizzare la popolazione. Pantxo non capiva come un uomo avesse potuto lanciare bombe sui bambini. Era la prima volta che lo sentivo sputare il nome di Franco. Sputare per davvero, in mare, con la sigaretta spenta.

Al porto, prima di salire a bordo, Alain ci aveva mostrato con discrezione la prima pagina dell'*Humanité*. Portava la data del giorno precedente. MILLE BOMBE INCENDIARIE RIDUCONO IN CENERE LA CITTÀ DI GUERNICA.

« Poveraccio, questa cosa lo distruggerà » aveva grugnito Alain.

« Vi dico che lo perderemo » aveva aggiunto il capitano.

*

Era la prima volta che ci sedevamo al Frères. A parte il giorno in cui avevamo incontrato il poeta, l'equipaggio non aveva mai preso posto a un tavolo. Il nostro territorio era l'angolo del bancone, sotto il narghilè in vetro azzurro portato dal Nord Africa. Senza una parola, Gothias ci portò una bottiglia di Lambig e quattro piccoli bicchieri per farla durare.

« Ti ascolto, Pantxo. »

Il suo sguardo limpido, la sua voce tranquilla. In mare, a terra, Ronan era il capo.

Il basco aprì le braccia.

« Cosa vuoi sapere? »

« Quello che hai da dirmi. »

Lui vuotò il bicchiere d'un sorso. Quello che aveva da dire?

« Grazie. »

Grazie a Ronan, ad Alain, alle brave persone che lo avevano accolto come uno di loro. Grazie a Sophie che gli aveva lasciato l'appartamento di uno zio pescatore scomparso in mare. Una grande stanza al pianoterra, un angolo cottura, una cameretta con un letto chiuso. Grazie al peschereccio di averlo accolto e al mare di averlo risparmiato. Grazie per quei dieci anni passati a Sauzon. Grazie anche a me, il piccolo brigante, per aver sopportato i suoi sbalzi d'umore.

« Puzza di epitaffio, questo discorso » brontolò Alain.

Pantxo non conosceva quel termine.

« La parola della fine » tradusse il rosso.

Io non volevo capire.

Ronan si chinò sul suo pescatore.

« Hai davvero prèso la tua decisione? »

« Da Guernica. »

Ronan annuì.

« Guernica, ovviamente. »

Alain fece una smorfia.

« Maledetti crucchi! »

Vuotò il bicchiere, testa all'indietro, e lo sbatté sul tavolo.

E poi il silenzio. Quello delle parole troppo usate per poter ancora servire. Il silenzio di fine frase, di fine sguardo. Il silenzio degli addii.

All'improvviso Ronan colpì coi due pugni il tavolo.

Sussultammo.

Si alzò diritto.

« In piedi marinaio! »

Pantxo esitò. Si alzò.

« Lasciarti andare è un po' come aiutare la tua Repubblica, no? »

Il basco sorrise. Per la prima volta da mesi.

Tese la mano a Ronan.

« *Milesker.* »

« Ecco, continua pure a *baragouinare*, compagno » borbottò il capitano.

Era molto commosso.

Si asciugò gli occhi con il dorso della manica.

E poi affondò la mano in quella di Pantxo.

17

Camille Loiseau

2 maggio 1937

Un tamburellare contro la porta della mia stanza al mattino, un sussurro.

«Jules?»

Ero rimasto sveglio fino a tardi. Dormivo. Mi misi a sedere.

Sophie entrò, con un impermeabile infilato sul camice da infermiera. Tornava dalla colonia. Esitò, attraversò la stanza, si sedette sul bordo del letto. Aveva pianto. Uno sbaffo di trucco le imperlava la guancia.

Mi mancò l'aria.

«Cosa succede?»

Lei abbassò gli occhi, prese la mia mano nella sua.

«Si tratta di Camille Loiseau.»

Le stritolai le dita.

«Camille cosa?»

Lei strappò via la mano.

«Cos'è successo a Camille?»

«Si è impiccato.»

Me lo disse così, d'un fiato.

Mi alzai di scatto. Dormivo nudo.

Sophie distolse gli occhi e lasciò la stanza.

Chiusi la porta a chiave.

Mi sedetti sul bordo del letto, a braccia conserte, la gamba sinistra impazzita.

Chiusi gli occhi.

Dovevo uscire.

*

Mi vesto di rabbia. Imbratto il mio corpo di fango. Corro fino alla colonia. È Colmont ad aprire, proteggendo gli altri con le braccia a croce. Chautemps, Le Goff, Toupet, l'Imperatore. Mi getto su di loro. Li faccio a brandelli.

Eccomi risalire il cortile di guardia, abbattere le porte dei laboratori. Falegnameria, corderia, ebanisteria, rompere le finestre, sfondare i chepì gallonati. Eccomi ballare con Satana, attraversare la cappella, rovesciare i banchi, far volare i libri di preghiera. Eccomi correre attraverso i giardini, ruggire come una belva. Eccomi nel cortile principale, lacerare le vele della nave-scuola. Eccomi nel blocco numero 2, davanti alla scala di legno che porta al dormitorio, seguito dalla massa dei coloni.

Sei appeso in un angolo della stanza, Camille Loiseau. La testa abbassata, le braccia lungo il corpo. La drizza rubata alla corderia ti ha spezzato il collo. Sei a piedi nudi, con il volto grigio, gli occhi spalancati. La lingua ti sbuca da un lato. La testa di una pecora appesa al gancio del macellaio. Sciolgo il nodo. Mi cadi tra le braccia. Ti porto, come si porta un bambino malato, con una mano sotto le spalle e l'altra sotto le ginocchia. I prigionieri si spostano, poi ci fanno corteo. La banda di Haute-Boulogne apre la nostra processione. Jesson batte sul suo tamburo divenuto campana a morto. Malo Piccolo, Brillat l'Anguilla, tutti marciano a passo di tristezza. Non è per la galera che suona la fanfara. Né per l'orgoglio di François-Donatien de Colmont, né per il brivido di piacere delle famiglie dopo la messa. La sua musica piange te, Camille. L'orfano abbandonato a dodici giorni di vita, avvolto in fasce e dimenticato sui gradini di una chiesa. Il mingherlino, rovinato dalle guardie, insudiciato dai capibanda. Il ragazzino della vergogna, nascosto dalla Giustizia agli occhi della brava gente, per codardia, pigrizia, stupidità. L'evaso gioioso, denunciato dalle sorelle Derrien per una moneta d'argento.

Usciamo dal portone principale della prigione, i ragazzini al nostro seguito. Tutti battono forte i piedi. È una processione di guerra, sguardi torvi, labbra strette. Una marcia funebre verso il Picco delle Grotte, da dove si erano lanciati i due fratelli.

Attraverso la città dalle imposte chiuse. Le strade deserte. Il porto morto. Brucio dalla voglia di svegliare la gente, inventarti una famiglia, solo per il tuo funerale. Ma ci siamo soltanto noi, il tuo peso tra le mie braccia e il cielo carico di tempesta.

Gli altri mi lasciano avanzare solo fino alla Bocca del Diavolo. Ho dato loro delle torce per allontanare la notte. L'acqua colpisce la roccia nera. Ti alzo sopra la testa, con entrambe le braccia, il tuo corpo spezzato tra le mie mani. Ti lancio nel tumulto.

E urlo la tua morte.

*

« Apri questa porta, Jules! »

Colpi contro il legno. La voce di Ronan, quella di Sophie.

« Adesso apri, va bene? »

Ero nudo in mezzo alla stanza, con la sedia in mano. La riappoggiai, girai la chiave nella serratura. Aprii la porta. Sophie voltò la testa.

« Ma vestiti, accidenti! » urlò Ronan.

Rimase lì dentro con me. Il tempo di infilarmi un paio di pantaloni, una camicia, la mia giubba da marinaio. Mi controllava.

« Perché urlavi? Ci hai fatto paura. »

Il mio letto era sfatto, le lenzuola strappate, i cuscini

sventrati. Avevo rotto una gamba del tavolo, distrutto lo sgabello, rovesciato la lampada del comodino e lanciato a terra i due soldatini. Ronan si chinò. Raccolse il francese di stagno, lanciato alla carica con la baionetta. E anche il tedesco con l'elmo a punta, che sonnecchiava nella posizione di tiro a terra. Li appoggiò sul tavolo.

«Sei nella stanza di Alexandre.»

Guardai il capitano. Mi ero spinto troppo in là. Me ne pentii.

«Sono i suoi giochi quelli che hai lanciato per terra.»

Non sapevo cosa dire. Rialzò la lampada, spinse a posto il tavolo, raccolse le lenzuola.

«Non mi chiedi chi è Alexandre?»

Lo immaginavo.

«Tuo figlio?»

«Nostro figlio, sì. È morto a sei anni.»

Appoggiai i cuscini sul letto. Lui non mi aiutò. Mi osservava.

La voce debole di Sophie:

«Posso entrare?»

Ronan disse di sì. Lei comparve nella cornice della porta.

«Gli ho detto di Alex.»

Avevo rotto un vaso. Il suo fiore di carta colorata era rotolato sotto l'armadio. Mi abbassai per raccoglierlo.

Sophie seguiva i miei gesti.

«Sai, Jules, sei tu quello che Ronan ha raccolto e che io ho accolto.»

Recuperai i pezzi di terra, il fiore.

«Perché dici così?»

«Perché tu lo sappia. Non è in memoria di nostro figlio che ti abbiamo aperto la porta di casa.»

«Né perché tu prenda il suo posto» aggiunse Ronan.

Avevo rovesciato il mio vaso da notte sotto il letto.

Ero dispiaciuto. Non avevo parole.

*

Pantxo partiva il giorno dopo. Ronan aveva proposto di accompagnarlo fino a Quiberon con il traghetto. Nessuno avrebbe preso il suo posto di uomo ma un vogatore avrebbe dovuto sostituirlo. Alain aveva fatto il giro dei porti. Aveva già due o tre idee. Gente di mare con la quale andava d'accordo, sia davanti a un boccale di birra che al banco di voga.

«Iscritti al sindacato che siano robusti sono piuttosto rari da queste parti. Bisogna coccolarseli, capitano.»

«Purché siano leali» aveva risposto Ronan.

Alain se ne faceva garante.

Eravamo attorno al tavolo della sala da pranzo. La mia gamba si era calmata, ma non il mio cuore né la mia testa.

«Com'è morto Alexandre?»

Ronan stava rammendando il gomito del maglione. Chino sulla lana grossa, non alzò gli occhi.

«Di meningite» rispose Sophie.

Io giocavo nervosamente con il nastro di mia madre.

«Mi dispiace molto per la sua camera.»

Ronan alzò gli occhi sorridendo.

«È la tua camera, adesso.»

*

Alain tornò da Palais con un nome. Pensava di aver trovato un nuovo membro dell'equipaggio, ma Ronan non si fidava. Volle sapere tutto su di lui.

«È nella Confédération générale du travail da quando ha ventun anni» gli rispose con orgoglio il suo vogatore.

«Non è quello che ti sto chiedendo.»

Il ragazzo era originario di Nantes. Figlio di un pescatore di anguille e di un'operaia della Lefèvre-Utile. Aveva lavorato per due anni sulla *Cornouaille*, un peschereccio di sarde di Quimper. Primo vogatore durante la stagione di pesca, passava gli inverni come falegname specializzato in un piccolo cantiere navale di Camaret.

« È un sindacalista senza eguali » insistette ancora Alain.

Ronan sorrise.

« Due rossi a bordo? Altro che *Sainte-Sophie*, questa diventa la corrazzata Potëmkin! »

Alain stava frugando nella borsa. Rise.

« Tieni, mozzo, questo è per te. »

Lanciò *Paris-Soir* sul tavolo, insieme a un foglio ripiegato. Lo aprii. Era un volantino rosso corallo del Comitato di difesa sociale di Parigi. Ronan tirò fuori una bottiglia di sidro.

« Leggilo, dai. »

Guardai Alain.

« È quello che sto facendo. »

« No! A voce alta, così lo sentiamo tutti. »

Sophie si sedette.

L'immagine di Camille impiccato non mi abbandonava.

Fecero tutti silenzio.

« *Le carceri infantili, anticamera delle galere d'Africa e delle prigioni per adulti.* »

Alain batté il pugno sul tavolo. I suoi occhi fissi su di me.

« Parte bene, no? »

Non risposi. Lui mi strappò il foglio di mano.

« Ma cazzo, Jules. Una reazione, almeno! »

Lesse a voce alta, con piglio da tribuno. Ci osservava.

« *Uomini e donne di cuore che avete figli, voi che vi agitate, vi preoccupate al loro più piccolo lamento, non potete restare insensibili al nostro appello...* »

Aveva alzato un dito.

« Ascolta qua, mozzo: *Ci sono ragazzini torturati tutti i giorni nelle case di correzione dove sono detenuti per delle inezie!* »

«Questo è per te! *Chiedono aiuto, rispondete al loro appello disperato venendo numerosi alla riunione che avrà luogo...*»

Ci mostrò il foglio, le righe da compilare.

«In fondo alla pagina, ogni comitato completa il modulo. Il nome della città, della sala, l'ora della riunione. E qui, si aggiunge il nome di chi parlerà.»

Ero di ghiaccio. Lui era deluso. Quasi arrabbiato.

«Ma insomma, reagisci, accidenti! Non è quello che volevi?»

Sbatté il foglio sul tavolo. Era enorme, al centro della stanza.

«Ti rendi conto che a Parigi ci sarà una manifestazione per abolire quelle maledette case di correzione?»

Una manifestazione a Parigi. Sì, avevo capito.

«Non era quello che volevi, che la gente sapesse?»

Io lo fissavo senza parlare.

«Ed ecco che succede. La gente sa, mozzo! Non è una colonia di vacanze, è un carcere! Tu sei evaso dal carcere, ragazzo!»

Sophie era seduta di fronte a me. Si alzò per venirmi vicina.

«Uno dei suoi amici si è impiccato stanotte» disse Ronan.

Alain crollò.

«È stata Sophie a occuparsi del cadavere.»

No. Sono stato io. Io solo, a prendermene cura. A portarlo maestosamente per la landa. Ad aprire il corteo dei nostri musicisti. Io, a ricoprirlo di luce, a parlargli, a rassicurarlo, a dirgli che ci saremmo visti presto.

Alain, imbarazzato.

«Scusa, mozzo. So essere pesante, a volte.»

Gli sorrisi.

Sophie posò la sua mano sulla mia. Mi attirò la testa sulla sua spalla.

« Sarebbe fiero di te, il tuo Camille, se lo sapesse. »

« Cazzo, sì! » disse Alain.

Quasi automaticamente aprì *Paris-Soir*.

« Aspetta, non è finita. »

Anche Alexis Danan, un giornalista di Parigi, si occupava della Colonia penale. Aveva indagato. Non eravamo solo dei detenuti ma anche degli schiavi. Carpentieri, calderai, cordai, lattonieri, pescatori, operai per l'inscatolamento delle sardine, i nostri laboratori producevano per l'intera popolazione. I coloni agricoli di Bruté fornivano di che mangiare alla gente onesta. I detenuti più meritevoli lavoravano nelle fattorie intorno, nei negozi, dai privati ed era la colonia a incassare i loro salari. Haute-Boulogne aveva l'ambizione di vivere in autarchia, ma era tutta Belle-Île a trarne vantaggio.

« *Paris-Soir*, ti rendi conto? » disse Alain.

Più di un milione di copie. *Le Petit Parisien*? Affondato. I nostri giornali locali? Ridicoli.

« Ma non è finita qui. »

Estrasse un libretto sottile dalla borsa. Si alzò in piedi.

« Signore e signori, vi chiedo tutta la vostra attenzione. »

Un canzoniere che entra in scena.

Ronan fischiò tra i denti, Sophie lo applaudì. Il comunista faceva di tutto pur di farmi sorridere. I due ridevano dei suoi sforzi.

« Sì, un discorso! »

« No, una poesia » rispose Alain con voce grave.

Grandi sorrisi.

Si voltò verso di me.

« Ti ricordi di Jacques, il parigino? »

Annuii.

«Lo sbirro in borghese?»
Il vogatore rise.
«Esatto. Il poliziotto che poliziotto non era.»
Aprì il piccolo fascicolo.
«Ci aveva detto che avrebbe scritto una poesia.»
Mi ricordavo.
«All'inizio ho pensato fosse una sparata. Come tutti i turisti che credono di impressionarci con le loro chiacchiere.»
«Solo che la sua era vera» sussurrò Sophie.
Alain, come folgorato:
«Sissignora. Verissima. L'ha scritta, la poesia. Ed è stata pubblicata su una rivista».
Alain fece una pausa. Cominciò a leggere. Voce ampollosa da umorista da caserma:
«*Caccia all'adolescente*
Bandito! Ladro! Briccone! Furfante!
Qualche uccello...»
Aggrottò le sopracciglia e si fermò, a bocca aperta.
«Ma no, accidenti, così non va!»
«Continua, per favore» mormorò Ronan.
Gesto stizzito.
«Con la mia voce gracchiante, sembra una brutta cantilena.»
Passò la poesia a Sophie.
«Tieni, leggi tu. Io vado bene solo per urlare nei cortei.»
Allora Sophie si alzò. Prese la poesia e infilò la mano al braccio del marinaio. Si misero davanti a me, uno accanto all'altra, come due attori tragici. Pensai ad Alexandre. Alain era stato il suo padrino. Ronan e Sophie mi vedevano come un figlio.
«*Bandito! Ladro! Briccone! Furfante!*
È la muta della gente benpensante
che dà la caccia a un adolescente.

Un giorno aveva detto Basta non voglio più stare dentro
e i secondini giù con le chiavi sui denti
lasciandolo poi svenuto sul cemento.
Bandito! La...»

Mi alzai. Sophie smise di leggere. Lentamente, le tolsi la poesia dalle mani. Lei non era sorpresa. Alain neppure. Ronan lo sapeva. Per me era qualcosa di brutale.

«La leggerò da solo, grazie, Alain.»

Ero troppo triste per restare nella sala comune. Eppure i bicchieri erano ancora pieni. Il capitano aveva preso dei filetti di branzino per metterli in tegame con indivia e carote. Alain si sarebbe fermato a cena.

«Grazie a tutti, davvero.»

Strinsi il libretto contro di me.

18

Il Castigo

3 maggio 1937,
2 del mattino

Lessi la poesia di Jacques Prévert. Era limpida, volteggiante, come una canzone di bambini tristi.

... Per cacciare un ragazzo niente licenza
Tutta la brava gente ci si è messa...

Dormii fino a notte. Un sonno da giornata libera, da vino cattivo che non avevo bevuto. Un sonno infastidito dal materasso che cigolava, dalle conversazioni soffocate, da una porta che sbatteva, dall'ululato del vento nel caminetto. Mi ero coricato vestito. Avvolto nella coperta con stivali e berretto.

E poi aspettai.

Gli odori della cena, Ronan che si schiariva la gola, il gracidare della radio, la risata di Sophie, la serata che sonnecchiava. Aprii un po' le imposte. Volevo assistere alla fine del giorno. Accogliere le prime gocce di notte. Guardare le nuvole bianche, le ultime ombre.

Aspettai.

I passi trascinati in corridoio, i gradini verso la camera, la cerimonia del letto. Sophie leggera, in punta di piedi, poi Ronan. Aspettai che aprissero il letto, che andassero a dormire, che spegnessero la luce, che bisbigliassero, che si addormentassero.

Avevo deciso di non portare con me il coltello. Sarebbe rimasto lì, accanto alla sacca che avevo preparato. Alla bussola di Camille, la sua borraccia, la sua carta nautica, il suo accendino, la sua tazza argentata e il piatto a fiori azzurri, aggiunsi qualche vestito, un paio di scarpe e i miei risparmi. Ronan pagava i suoi pescatori da uomo onesto. Aggiungeva anche una banconota qua e là.

« È l'oceano che ti strizza l'occhio » diceva, se a qualcuno di noi non tornavano i conti.

Scesi le scale con le scarpe in mano, illuminato dalla torcia. Aprire la porta delle scale, non fare rumore. Richiusi la porta d'ingresso. I miei calzini sul ghiaino. Non salii subito sulla bicicletta di Ronan. La portai fino al sentiero sterrato. Solo lì, nascosto dalle siepi e dal soffio del vento, misi le scarpe e presi la direzione di Kerzo, tagliando per la landa. Nella rimessa c'erano due taniche di benzina. Ne legai una al portapacchi.

Ancora una volta il mulino di Mathias era deserto. Al primo piano un'imposta sbatteva al vento. Mi nascosi nella sua ombra contro la pietra ghiacciata.

« E io che faccio? »

« Resti vicino al mulino. E aspetti » mi aveva detto Loiseau.

Erano passati quasi tre anni. Non avrei mai dovuto lasciarlo solo. Da allora non avevo mai smesso di sentire le sue urla, le sue suppliche, il rumore sordo della sua ombra gettata come un sacco di patate sul retro del furgone. Da quella notte aspettavo il momento di risalire la strada di Kerzo, arrivare nel giardinetto, buttare all'aria le biciclette delle sorelle e bussare a calci alla loro porta.

Pazientai.

L'ultima luce si spense al primo piano. Battei col pugno alla porta. La più giovane delle Derrien, nel vano della finestra, avvolta in un grande scialle nero. Ero sicuro che avrebbero aperto e si sarebbero sporte fuori nel buio. L'una, l'altra, tutte e due insieme. Con una sciarpa nera mi coprii il volto, il mento, la bocca, il naso. Offrivo solo i miei occhi in collera.

«Chi è?»

«Il Castigo!»

Avevo immaginato la scena mille volte. I loro occhi terrorizzati, le loro urla. Avevo sentito mille volte i loro passi affrettati sulla scala. Ma una di loro semplicemente mi aprì. Senza guardare, senza chiavistello, senza alcuna precauzione. Quando mi vide, la donna spinse con violenza la porta. Io la sfondai con una spallata. Lei urlò.

«Émilienne, un vagabondo!»

Un urlo di spavento. Un raglio cattivo. Riconobbi quella voce orrenda.

E in più, signori, quel disgraziato è un pederasta!

Era lei che aveva chiesto ai gendarmi come doveva fare per avere la sua moneta.

Colpii. Alla gola. Una gomitata. Lei andò giù. Poi corsi al primo piano. La plafoniera della camera era accesa. La sorella urlava:

«Assassino!»

Si gettò su di me, a braccia aperte, le dita come artigli sulla preda. Senza paura né dolore. I lineamenti ridotti a odio e collera. Mi prese a schiaffi, morse la mano. Le sfondai la mascella. E poi la trascinai giù dalle scale per i capelli. La afferrai con forza, maltrattandola come loro avevano fatto con Camille.

La stesi sul fianco, di traverso sulla porta. La sorella si teneva la gola con le mani, respirava in un fischio dalla bocca spalancata. La lanciai sopra all'altra. Stessi grigi capelli disordinati, spenti, aggrovigliati, lunghi fino alla vita, stessa camicia da notte a fiori violetti, stesse pantofole lise. Due vecchie bambole di pezza. Avevo abbastanza corda per legarle insieme. Per spaventarle a dovere. Per gelare la loro vita per sempre. Le trascinai in giardino, una per volta. La più giovane per le gambe, l'altra per il collo. Le feci sedere schiena contro schiena, legandole insieme. Gli occhi terrorizzati della più giovane, lo sguardo assassino dell'altra. La vecchia mi sputava addosso. Ogni volta che ero a portata, si raschiava la gola e mirava al volto.

«Schifoso!»

La sorella gemeva, lei insultava. Un insulto, uno sputo. Le sue armi di difesa. Le due donne erano a piedi nudi. Sporche. Non per il terriccio o l'erba fangosa nella quale le avevo trascinate, sporche per incuria. Erano trascurate. Le mani arrossate, i piedi grigi, le unghie nere. Somigliavano a un colono che esce dalla cella dopo giorni senz'acqua e sapone. La più giovane si era lasciata andare, con il mento sul petto. Respirava a piccoli gemiti, pigolando come un animale. L'altra aveva assunto una faccia da Gorgone, con le ciocche grigie al posto dei serpenti, gli occhi da matta, la bocca storta.

Pensai di lasciar stare. Una stanchezza immensa. Troppi pianti. Troppo terrore per niente. E poi vidi Camille in fondo alla sua corda. I suoi occhi bianchi. La sua lingua grigia.

Avevo portato con me due monete da venti franchi. Non avrei rubato neanche un soldo, anzi gliene avrei lasciati. Infilai la prima moneta nella bocca della più giovane, chiudendole le labbra con il nastro adesivo. Una lunga striscia di cellulosa, arrotolata tre volte attorno alla testa. La sorella cercò di mordermi. Labbra arricciate, narici dilatate. Agitava la testa per sfuggirmi. La tenni ferma per i capelli. Lei sputò la moneta. Una belva. Gliela ficcai in gola. La imbavagliai, il nastro ben stretto sulla bocca. Iniziò a piovere, qualche goccia. Dovevo essere più veloce del tempo.

Tornai in casa, salii di corsa le scale e cominciai a versare la benzina. Sul letto, le tende, i centrini, le pile di lenzuola che lavava e stirava il mio piccolo fratello di prigionia. Bagnai i libri, le sedie di paglia, i vestiti nell'armadio, i loro cappelli, le scarpe di tela e quelle di cuoio, i libri contabili aperti sul tavolo, il grande divano d'angolo. Staccai il crocifisso all'ingresso. E poi appiccai il fuoco correndo, dal solaio fino al mobile di vimini per gli ombrelli, vicino alla porta. Nella loro camera esplose la finestra. Un fischio potente. Le fiamme avevano incontrato la loro collezione di merletti. Rimasi sorpreso dall'esplosione. Lanciai le loro bici nel fuoco. E anche la carriola di legno carica di ceppi.

Le sorelle non si muovevano più, non protestavano. Sedute nell'erba bagnata, come due coloni in punizione, osservavano i bagliori dell'incendio. Le loro foto, le loro stoviglie, i loro vestiti primaverili, il loro pezzetto di mondo che crepitava. Era tutto molto tetro. Una delle cose più strazianti della mia vita. Un orrore e una gioia. Il fuoco purificava il quartier generale del Tradimento.

Avanzai verso le sorelle. La più giovane aveva chiuso gli occhi. L'altra era rigata di lacrime. Mi accovacciai. Sguardo senza luce, voce calma.

« Tre anni fa Camille Loiseau ha cercato rifugio da voi. »

La giovane mi guardò.

« Sì, signora Derrien. Il piccolo Camille, quello che si spaccava la schiena sul tuo bucato. »

Le fiamme danzavano negli occhi di sua sorella.

« Ebbene, Camille si è impiccato. »

Non una parola di più. Solo l'essenziale. D'altronde, a cosa sarebbe servito?

Salii in sella, pedalai per qualche metro, frenai. Scricchiolio sulla ghiaia.

Tornai verso di loro.

« Io sono la Tigna. »

Sopra la casa, il cielo era rosso.

« Diteglielo: la Tigna. Vi assicuro che capiranno. »

E lanciai il crocifisso ai loro piedi.

19

Irreparabile

3 maggio 1937,
5 del mattino

« Hai fatto qualche sciocchezza? »

Sophie, nella mia camera in camicia da notte. Quando entrò, mi stavo infilando il coltello nella cintura. Lei aveva il pallore della notte, era preoccupata. La sua voce terrorizzata:

« Mio dio, Jules, puzzi di benzina! »

Ronan si era infilato un paio di pantaloni sul pigiama.

« Che sciocchezza hai fatto, mozzo? »

Io chiudevo la sacca.

« Le sorelle Derrien. Sono state loro a consegnare Camille. »

Sophie, gli occhi immensi.

« Dimmi che non l'hai fatto, Jules. »

Ronan mi guardò.

« Fatto cosa, cazzo! Rispondi, mozzo. »

Presi un gran respiro.

« Ho bruciato la loro casa, solo questo. »

« Solo?! »

Ronan si gettò su di me. Mi prese con violenza per le spalle.

« Solo?! La loro casa? »

Annuii. Mi liberai.

« Parto con Pantxo. »

Sophie, di ghiaccio.

Ronan mi sbarrò la porta.

«Ma ti rendi conto che succede, se si viene a sapere che sei tu?»

Io ero immobile.

«Tu, Jules Bonneau, l'evaso che tutti credevano morto?»

Sophie era crollata sul letto. Piangeva.

«Il nipote di Ronan Kadarn?»

Mi prese per il collo.

«Il famoso nipote di Ronan Kadarn?»

Sophie tremava.

«Ci stai ammazzando tutti, Jules.»

Lei tormentava un fazzoletto.

«Ricadrà tutto su di noi, tutto!»

Ronan, sempre di traverso alla porta.

«Lo senti cosa diranno, mozzo? I Kadarn? Due bugiardi e una fabbricante d'angeli!»

Avevo chinato la testa. Aveva ragione. Ma il collo spezzato di Camille aveva preso il sopravvento.

Sophie, con il fazzoletto sul naso.

«Ti hanno riconosciuto?»

«Ho detto loro che sono la Tigna.»

Era stato l'orgoglio.

Lei abbassò la testa.

«Sei fregato, siamo fregati.»

«No. Avevo il viso coperto.»

Ronan, la sua risata cattiva.

«Ah be', allora a posto!»

«E poi voi non c'entrate niente.»

Ronan urlò:

«Non c'entriamo? E chi devi ringraziare per la tua libertà, eh? Noi! Noi, due scemi a tua disposizione!»

Si accovacciò. Si lasciò scivolare lungo il muro e si sedette davanti alla porta.

Voce stanca:

«Hai ragione. Vattene, mozzo. Vai da Pantxo».

Alzò la testa verso di me.
« Non c'è più nulla qui per te. »
Io guardavo la sacca a portata di mano.
« Perdo un vogatore, un mozzo, un amico e un figlio. »
Sophie guardò suo marito, senza fiatare. Lo raggiunse, sedendosi sul pavimento della camera. E io crollai. Tutti e tre, davanti alla porta chiusa.
« In qualche modo ce la sbrigheremo » mormorò Sophie.
Aveva preso la grossa mano di suo marito.
« Quelle due vipere non lo conoscono. Non lo hanno visto in volto. Nessuno dovrebbe fare il collegamento tra lui e noi. »
Ronan, con le dita intrecciate a quelle della moglie:
« Certo, come no, e guarda caso, il giorno dopo l'incendio il nipote scompare? »
« No. Lui e Pantxo insieme, due marinai. Hanno trovato un migliore capopesca. »
Sorriso di Ronan.
« Non male per la mia reputazione. »
« Oppure è perché sono andati a combattere in Spagna! Non sei riuscito a impedirglielo. »
« O non ho voluto » mormorò Ronan.
La tensione era scesa. Sì, potevamo farcela. Una mattina, Jules Bonneau, l'evaso di Haute-Boulogne, aveva saputo della morte del suo amico Loiseau ed era tornato sull'isola per vendicarsi. Non avrebbe potuto vivere tre anni nascosto in una grotta. Era riuscito a prendere il largo ed era tornato solo per la sua impresa. Era l'unica spiegazione. Meglio ancora, magari le sorelle denunciavano questo « Tigna » alla polizia ma nessuno faceva il collegamento. Chi lo chiamava Tigna, a parte qualche colono e tre guardie del blocco numero 2? Tre anni? Sono lunghi, tre anni! E poi che smacco, che confessione! La gendarmeria, la giustizia, l'Amministrazione penitenziaria avevano assicurato a tutti di aver

riacciuffato fino all'ultimo evaso e adesso saltava fuori che non era così? Che era una bugia? La Tigna, un capobanda, il peggiore di tutti, era sfuggito alle ricerche e nessuno aveva detto niente? Se n'era andato in giro per la regione in piena impunità ed era tornato a commettere un crimine senza che nessuno glielo impedisse? Impensabile. Le sorelle dovevano aver capito male. D'altronde, la pioggia aveva subito bloccato l'incendio. I danni erano importanti ma non irreparabili. Il comune sarebbe stato di sicuro molto generoso con quelle due donne, se lo meritavano. Come prima i loro genitori, contadini infaticabili e patrioti. Quella storia della Tigna doveva essere di sicuro solo un malinteso. Una telefonata al giornale locale, una visita di cortesia al caporedattore e qualche pubblicità a pagamento sulle sue pagine regionali dovevano bastare per archiviare quel fatto di cronaca. D'altronde, non era appena arrivato in prelazione al comune il famoso terreno agricolo del vecchio Rolland, che le sorelle bramavano da anni? E non erano forse loro le più indicate a prenderlo?

«È tutta questione di politica e relazioni» era solita dire la vecchia Derrien.

L'avrebbe ripetuto una volta in più, e la storia sarebbe finita lì.

20

La traversata

3 maggio 1937,
7 del mattino

Pantxo mi aprì la porta senza una parola, come un amico.

Ronan un giorno mi aveva detto:

«Un amico è chi ti apre la porta nel cuore della notte senza farti domande».

Il basco era così. Non ero né della sua terra né del suo mare, ma lui aveva riconosciuto in me un compagno di bevute. Passavo spesso a casa sua quando eravamo al porto. Per un bicchiere di sidro, di vino, una pausa o una domanda. Seduti a quel tavolo, gli avevo parlato di mia madre fuggita, di mio padre assente, delle paure dell'infanzia, delle violenze della colonia. Avevo imitato per lui le guardie, una per una. Le Goff e il suo braccio mancante, Toupet senza i suoi capelli, la boria del direttore. Avevo mimato il supplizio della tavola, noi a piedi nudi, a zoppicare fino allo sfinimento sulla pista del Gran Ballo. Gli avevo confessato l'incendio di Bruté. Una decina di volte mi aveva fatto raccontare la rivolta, la nostra grande evasione. Ma di sé non mi aveva mai detto molto. Dieci anni prima la sua barca aveva fatto naufragio, nel golfo di Biscaglia. Degli otto pescatori a bordo, solo lui era sopravvissuto, soccorso da una goletta di Palais. Per qualche settimana, un po' come me, si era chiesto come fare ritorno al suo Paese. E poi aveva incontrato Ronan. Il capitano l'aveva preso a bordo. E lui si era sentito a casa.

Non avevo mai bussato alla porta di Pantxo così presto.

Mi vide, si fece da parte.

« Un caffè? »

Dissi di sì, crollando su una sedia.

Lui notò la mia sacca.

« Parti anche tu? »

Sì. Due parole, un cenno della testa.

« Il capitano lo sa? »

« Sì, lo sa. »

Il basco ci servì due tazze bollenti.

« Se lui lo sa, allora va bene. »

Si sedette di fronte a me. Versò due gocce di acquavite nei nostri caffè.

E poi osservò la stanza. Le decine di foto sulla porta, la mappa della sua provincia, anche il grande stemma della Gipuzkoa, due giganti armati di randello che proteggono tre alberi di tasso, ogni cosa era stata accuratamente rimossa. Aveva ripulito i muri, il pavimento, lavato il davanzale della piccola finestra, spolverato anche il battiscopa, rimesso tutto come l'aveva trovato dieci anni prima, quando Sophie gli aveva consegnato la chiave di quell'alloggio, senza volere nulla in cambio.

La sua vita stava tutta in una valigia e in una sacca da marinaio. Le aveva sistemate entrambe vicino alla porta. Da più di una settimana, ancora prima della nostra ultima battuta di pesca e di parlarne con Ronan, era pronto a partire. Aveva svuotato l'armadio, tolto i vestiti. Viveva con due cambi appoggiati sul tavolo. Pantaloni, maglia, giubba. Il resto era piegato, sistemato, chiuso, e si era giurato di non toccare più nulla. Disfare la sacca avrebbe significato rinunciare. E quindi abbandonare i compagni, che stavano indietreggiando ovunque sotto i proiettili.

Pantxo guardò l'orologio.

« Hai preso le tue cose? »

Tutto. Ero pronto.

Mi chiese di uscire per primo. Solo Ronan avrebbe fatto la traversata con noi. Sophie doveva essere all'infermeria della colonia alle nove, e Alain non amava gli addii.

Il traghetto *Émile Solacroup* lasciava Belle-Île alle 7.50. Avevamo appuntamento con Ronan sulla passerella d'imbarco. Al basco non avevo detto niente dell'incendio. Come avevo nascosto a Ronan la morte del cognato. Sin da bambino, non parlare delle cose era il mio modo di non farle esistere. Io le tacevo, e queste scomparivano. Ero un viaggiatore in partenza per il continente. Niente di più.

Per primo vidi Alain. Era sul molo, in mezzo alla folla, seduto su un carretto. Fumava una sigaretta, con il berretto appoggiato sul ginocchio. Mi fece un cenno con la mano. Non si mosse. Gli restituii l'addio, con la mano alzata. Allora lui strinse la sua a pugno e se la portò alla tempia sorridendo. Avrei voluto stringerlo tra le braccia. Non potei. Alcuni gendarmi pattugliavano il molo, tra i bauli, le valigie e i cesti di vimini. Scrutavano ogni persona. Facevano una domanda a uno, due domande all'altro. I passeggeri cominciavano a scendere piano sul molo.

Un ragazzino con il berretto urlava i titoli del *Populaire*.

« LA FRANCIA E L'INGHILTERRA EVACUANO LA POPOLAZIONE CIVILE DI BILBAO! »

Pantxo era arrivato al porto. Ne aveva comprate due copie e me ne porse una.

« Per gli sbirri, chi legge il giornale è meno sospetto di uno che gli sorride. »

Sophie si era mescolata agli altri, il cappello di paglia e il foulard azzurro. Con il dorso della mano mi pulì via una macchia dalla fronte. Mi abbottonò il collo della camicia fino in alto, e passò tre dita fra i capelli per appiattirli. Poi mi prese per le braccia, fece un passo indietro, con la testa piegata di lato.

«Bene. Per questa volta può andare, signor Bonneau.»

Poi mi strinse come una madre sul molo. E se ne andò.

Piangeva.

Ronan aspettava tra due contadini. Si diresse verso Pantxo, lo urtò leggermente, infilandogli qualcosa in tasca. Venne verso di me. Io ero in fila, in mezzo alla passerella inclinata che portava al barcarizzo. Poco più di duecento persone. Il capitano si intrufolò e mi infilò in mano il biglietto arancione e grigio della Compagnia di navigazione del Morbihan.

Eravamo d'accordo di viaggiare separati. Io sarei stato a poppa, sui banchi dietro, con una banda di buffoni con la paglietta. Pantxo sarebbe salito di sopra, sotto il baldacchino di stoffa. Non pioveva. E sarebbe stato al vento. Ronan, invece, aveva deciso di mettersi davanti. Seconda fila, in fondo alla panca. Sarebbe stato il primo a vedere terra. La barca urlò. La sirena del faro le rispose. Eravamo stretti gli uni agli altri. Strillavano tutti. Non ero più abituato al tumulto della folla.

E poi ci avviammo. La pendenza era forte. Il pavimento scivoloso per l'ultima marea. C'erano tre gendarmi per lato sulla passerella. Io chinai la testa, con la sacca sulla spalla.

Avevo il cuore in gola e il ventre vuoto.

Evadevo.

Centinaia di volte avevo sognato l'odore di quel fumo nero e grigio, i granelli di carbone che scricchiolano sotto i denti, l'urlo della sirena, gli ormeggi, tolti uno dopo l'altro dai ganci del molo. I curiosi, ammassati sulla riva, che salutano con le mani tese e i cappelli sventolanti.

La barca si mosse. Guardai la cittadella, gli edifici della colonia, in lontananza l'asta, i magazzini, le case dei pescatori. Dieci anni. Dal 16 maggio 1927 al 3 maggio 1937, quasi dieci anni esatti passati circondato dall'oceano. Di cui sette rinchiuso.

*

La mia gamba sinistra si mise a tremare. Non perdevo neanche un dettaglio di roccia, un'ombra di grotta, un granello di quella sabbia così pesante da portare. Quando superammo il molo e la capitaneria, il mare si fece grosso. Selvaggio come piaceva a me. Bene. Per apprezzare la terra bisogna assaggiare il mare mosso. Quell'infinito che ci sfugge, si cela sotto la chiglia, si avventa sul mascone come un toro infuriato. Per così tanto tempo avevo sperato di affrontare proprio quel vento, quella corrente, quella violenza. Non l'oceano che ci immaginiamo da dietro il muro, ma l'oceano vero, in persona. Quell'immensità tonante, che potrebbe stritolare la barca tra le sue braccia di mare. Romperla, ridurla in ciocchi buoni solo ad alimentare il falò delle nostre vanità.

E poi mi alzai. Mi appoggiai al parapetto. Guardai la costa allontanarsi. Poi affondare nelle onde. Poi sparire. Solo acqua. Ovunque. Tutt'intorno. Né terra, né muro, niente. Solo il cielo immenso e l'oceano grigio.

Chiusi gli occhi. Ero felice, orgoglioso, misero e triste, tutto insieme. Non ero riuscito a salvare Camille, né nessun altro dei miei compagni di prigionia.

In fondo alla pancia, sentii solo rabbia.

21

Il poilu *di Alexandre*

Nessun gendarme aspettava l'arrivo della nostra nave a Port Haliguen. Un faro bianco, una gettata di grosse pietre, una rampa di gradini. Né poliziotti, né giudici, né secondini.

Solo qualche passante.

Alain mi aveva avvertito:

« È lì che è sbarcato il capitano Dreyfus di ritorno dall'isola del Diavolo ».

Gli avevo risposto:

« E lì sbarcherà Jules Bonneau di ritorno dalla Colonia penale ».

Lui aveva sorriso.

Un giorno lo avevo rimproverato di vivere circondato da personaggi troppo grandi.

« Mi eleva » aveva risposto lui.

« Ma abbassa noi. »

C'era un uomo ad aspettare Pantxo.

Il basco gli strinse la mano, senza una parola, prima di venire verso di me.

« È il momento degli addii, brigante. »

I suoi occhi lucidi, il suo cappello gigantesco. Aprì le braccia. Mi ci rifugiai dentro.

Mi allontanò dolcemente.

« Vai a Barcellona? »

La sua risata.

«Segreto militare.»

E poi scosse la testa.

«A Barcellona gli staliniani ci sparano alle spalle.»

Gli misi una mano sulla spalla.

«Allora vieni con me a Parigi!»

Sorrise.

«Sono un combattente, un *gudari*, non un ballerino di tip tap.»

Aprì le braccia, unì le dita e batté qualche passo a terra con le scarpe chiodate. Ballava bene. Risi. Mi strizzò l'occhio.

«Sono i falangisti quelli che farò ballare.»

E poi mi allungò la mano. I suoi occhi nei miei. Si tolse il foulard nero, me lo annodò al collo. Mi sembrò molto bello, molto puro. E anche fragile. Il suo sorriso era quello di un bambino. E quelli che urlavano «*Viva la muerte!*» se lo sarebbero mangiato vivo.

Ronan mi accompagnò alla stazione. Fu lui a portarmi la sacca, per infilarci dentro un rotolo di banconote da mille franchi. E poi, come per farmi rimpiangere il mestiere del mare, o regalarmi un'ultima volta l'oceano, mi fece passare per la spiaggia. Le alghe raccolte a forconi per farne concime, i cavalli docili, le carriole già cariche.

«Lo senti, mozzo? A Parigi di certo non c'è questo odore, eh?»

Decidemmo di separarci sulla strada della stazione, a metà cammino. In mezzo alle carriole rumorose, alle donne in grembiule, proprio là, all'angolo di quella pesante casa di granito. Sul marciapiede, accanto alla cestaia e ai suoi vimini intrecciati. Nessuno di noi due voleva qualcosa di drammatico. Né di teatrale. Quella strada di Quiberon poteva bastarci. Avrebbe sovrastato la nostra tristezza, come la pioggia annega le lacrime. Ronan sapeva che sognavo quella strada da dieci anni. L'avevo immaginata a occhi chiusi in una cella stretta. E voleva che la percorressi solo, da uomo libero.

«Ecco, è ora.»

Mi prese tra le braccia. A lungo.

«Sai perché ti ho offerto la mano, il primo giorno?»

No, non lo sapevo.

«Perché tu sciogliessi il tuo pugno.»

Sorrisi.

Lui mi osservò in silenzio. Come sulla barca la prima notte, dopo avermi disarmato. Mi voltò la schiena, si mise in marcia, esitò, si fermò, frugò nella tasca della giacca. Tornò da me, con il soldatino di stagno grigio-azzurro nell'incavo della mano. Il *poilu* di Alexandre, con l'elmo in testa, che andava all'assalto a baionetta spianata.

Me lo offrì.

«Tieni, figliolo, è tuo.»

Una stupida lacrima mi bruciava la palpebra.

22

Lettera al tedesco che mi fucilerà

Domenica 13 dicembre 1942

Vedi, caro tedesco, oggi non ucciderai nessuno, perché nessuno mi piangerà.

Mia madre mi ha abbandonato, mio padre mi ha fatto rinchiudere in una prigione per bambini.

Il mio unico amico si chiamava Camille e la Francia lo ha impiccato a diciott'anni.

Fucilando me, non fai alcun male alla Francia.

Di me, la Francia se ne frega.

Non per lei mi sono battuto, ma contro di te. Perché tu sei il peggiore dei bastardi.

La mia Francia, devi sapere, è un pescatore bretone, un'infermiera, un comunista, un fratello basco e una guardia campestre di Mayenne.

Sono loro il mio Paese. Loro che mi hanno ascoltato, soccorso e protetto.

L'altra Francia, quella della gente per bene, un giorno ti caccerà via davvero.

Ma di me che ne sarebbe stato, il giorno della vittoria?

Non c'è posto per la Tigna al gran ballo tricolore.

Allora sai cosa, caro tedesco? La Francia ti ringrazia.

Farai per lei il lavoro sporco.

Non le darai un eroe, ma la libererai da un delinquente.

E io, caro tedesco, ti prendo a calci in culo!

Jules Bonneau, prigione di Rennes

Epilogo

Jules Bonneau fu arrestato nel gennaio 1942 da una pattuglia dell'esercito tedesco, in rue de Robien, a Rennes, intento a tagliare dei cavi telefonici militari.

Torturato dalla Gestapo, confessò due tentativi di incendio (contro il Comitato d'azione antibolscevico di rue de la Chalotais e l'ufficio di reclutamento della Waffen-SS di boulevard de la Liberté) così come un attentato a un traliccio dell'alta tensione di Chavagne.

Dichiarò di aver agito da solo, senza alcun legame con la Resistenza locale.

Fu fucilato il 14 dicembre 1942 a Saint-Jacques-de-la-Lande, località La Maltière.

Aveva ventotto anni.

Ringraziamenti

Grazie a Sophie e Ronan, proprietari della Longue Vue, la libreria di Palais.

Grazie a Alain e Pantxo, fratelli d'Irlanda e di Euskal Herria.

Milesker a Sandra, sorella d'*irrintzina*, quel grido basco di una gioia feroce.

Questo libro è stampato col sole

GRAFICA VENETA

Azienda carbon-free

PEFC
PEFC/18-31-226

Certificato PEFC
Questo prodotto è realizzato con materia prima da foreste gestite in maniera sostenibile e da fonti controllate
www.pefc.it

Fotocomposizione Editype S.r.l.
Agrate Brianza (MB)

Finito di stampare
nel mese di settembre 2024
per conto della Ugo Guanda S.r.l.
da Grafica Veneta S.p.A. di Trebaseleghe (PD)
Printed in Italy